鷗外
歴史文学続論

新名規明

梓書院

まえがき

『鷗外歴史文学序論』を刊行したのは、二〇一三年五月だった。それに続いて『鷗外歴史文学続論』を刊行するつもりで、原稿を書き進めていた。『続論』（略称）は『序論』（略称）の続編で、鷗外の晩年の史伝三部作の論述を考えていた。ちょうど、最大の長編「伊沢蘭軒」論にとりかかろうとしていた時、福岡市で発行していた文芸同人誌『ガランス』21号（二〇一三年十二月発行）に発表した拙稿「評論・芥川龍之介の長崎」を本にしないかとのお誘いを受け、私は「芥川龍之介の長崎」の考察に時を費やすことになった。

私が「芥川龍之介の長崎」を書いたのは、華やかな大正時代の長崎の一端を描いて見たかったからである。長崎は昭和二十年八月九日の原爆投下により、都市の性格が一変した。被爆都市としてまた国際平和宣言都市としての宿命を持つようになった。その時より二十数年前の大正時代の長崎には、多くの文化人がこの都市を訪れて、いわゆる異国情緒の雰囲気を味わっていた。大正時代、長崎は九州一の人口を誇り、全国でも有数の都市だった。それは南蛮唐紅毛の交易の町の伝統を引き継いでいたからでもあろうか。森鷗外の史伝作品、特に「伊沢蘭軒」には、所々に長崎遊学への憧れが述べられていて、その時代、長崎は文化的にも学問的にも特異な場所であったことがわかる。

芥川の著述を読むと、鷗外との関わりもいくつか挙げられる。鷗外は西洋の小説や戯曲の翻訳の名手だった。それは「即興詩人」「一幕物」「十人十話」「諸国物語」などの刊行物として、大正期の青年たちに多大な影響を与えたのではないか。私は芥川の習作「ロレンゾオの恋物語」は、鷗外の「即興詩人」を模した作品であると考えている。大正五年十二月十二日、夏目漱石の葬儀の時、受付をしていた龍之介が森鷗外の顔を見て、「その人の顔の立派なる事、神彩ありとも云うべきか」と記したのは知られているところである。尊敬の眼差しで見ていたのだろう。鷗外の歴史小説、特に「山椒大夫」の出来ばえを絶賛したことも知られている。鷗外の史伝作品に対してはどうだろうか。年を記さない日本の古人の手紙を年代順に並べて得意そうな鷗外のことを述べた芥川の文章もある。芥川にとって一種不思議な光景だったのかもしれない。鷗外の詩歌については、芥川は評価しなかった。何か詩情を欠いているというのが芥川の言い分だったのだろう。大正十一年一月十三日付の渡辺庫輔宛書簡に「明星に観潮楼主人（鷗外）奈良五十首が出てゐるのを読みましたか五十首とも大抵まづいですね」の記述がある。

『ガランス』の拙稿に加筆した『芥川龍之介の長崎』は二〇一五年五月、長崎文献社より刊行された。これで、芥川論から解放されて、中断していた「鷗外歴史文学続論」に再度、取り掛かったわけである。『序論』の場合、森鷗外記念会の機関誌『鷗外』に平成八年七月から平成十三年一月まで計六回連載した「鷗外歴史文学考」に加筆して出来た本であった。いわば、大部分は出来上がっていたものを出版したに過ぎないものだった。しかし、今回の場合、いわば、書下ろしである。しかも「鷗外歴史文学」の考察としては、いよいよ、本論になるわけである。なかなか筆は進まなかった。鷗外の史伝作品には難しい漢語がある、漢詩、漢文も多く出てくる。煩わしいほどの歴史考証が出てくる。特に「伊沢蘭軒」には難渋した。しかし、これをクリアしなければ、鷗外の歴史文学を考察したことにはならない、という思いでどうにかこぎつけた。

鷗外作品のテキストは岩波書店発行の『鷗外全集』最新版を基本にした。但し、旧漢字は新字体に改めた。旧仮名遣いはそのままとした。鷗外の史伝作品には注釈を必要とする漢語などが頻出する。鷗外テキスト中の難しい語には（㊟）を付けて便宜とした。

第一章は特に、最近、鷗外をめぐって話題や議論となったことを取り上げて、私なりの解釈を提示したつもりである。第二章以下は、史伝作品三部作をそれぞれ取り上げ、論述した。

平成二十八年三月

新名 規明

目次

第一章　トピックス二題

トピック（topic 単数形）、トピックス（topics 複数形）は英語に由来する外来語である。「話題」といった意味であろう。元々は古代ギリシア語「トポス」（topos 場所）を語源とする言葉である。私の所持する『ハンディ語源英和辞典』（小川芳男編、有精堂、昭和35年初版、昭和55年99版発行）の説明によると、「もとの意味は恐らくyield place to〈…に場所を与える〉で、会話などにおいて話のための場所を与えるもの、すなわち〈話題〉を意味するようになったものであろう」とあり、「題目」の訳語も添えてある。

古代ギリシアの哲学者アリストテレスの著作に『トピカ』と題されるものがある。アリストテレスの著作は岩波版『アリストテレス全集』に見るように、そのほとんどが邦訳されているのに対して、この『トピカ』だけは、ラテン語訳のままである。敢えて日本語訳にすると、「場所論」としかならないであろう。それでは述べられている内容が伝わらないので、ラテン語訳（もともとはギリシア語トポスの複数形トポイ）のまとしてあるのであろう。アリストテレスの『トピカ』は弁論術書ともいうべきもので、その場その場の議論を問題とした内容の書物のように思われる。その意味で、「場所論」が「話題論」の内容に転換しうるのではなかろうか。

平成二十四年（二〇一二）は森鷗外生誕百五十年記念の年であった。各地でさまざまな催しが行われた。話題になった事柄も多かったと思われる。最近、鷗外について話題になった大きな二つの事柄があった。それはまさしく人の目を惹くトッピクスであったと思われる。一つはベルリン在住の女性のジャーナリスト・六草いちか氏の著書『鷗外の恋―舞姫エリスの真実』（講談社、二〇一一年三月発行）『それからのエリス―

いま明らかになる「舞姫」の面影』（講談社、二〇一四年五月発行）の刊行である。もう一つは、鷗外の曾孫にあたる森千里氏の著書『鷗外と脚気—曾祖父の足あとを訪ねて』（NTT出版、二〇一三年一月発行）の刊行である。

六草いちか氏は『舞姫』のヒロイン・エリスのモデルとされるエリーゼ・ヴィーゲルトの実像を、現地調査で探り当てられたのである。そのドイツ女性は鷗外のドイツ留学時代の恋人で、明治二十一年（一八八八）、鷗外の後を追うようにして来日したのであった。その女性の実像は長い間、謎でありさまざまな説が展開されてきた。その議論に終止符を打つ快挙とも呼ぶべき発見であった。続篇では、中年になってからのではあったが、エリーゼの写真も掲載されて話題になった。

予防医学を専門とする森千里氏は、曾祖父・鷗外が日清・日露の戦役で、脚気のため多くの兵士を死なせたという非難・中傷に対して、実際のところどうだったのかを、従来の議論を検討しながら述べられている。また、最近のインターネットでの投稿で、麦飯を給与して脚気を未然に防いだ海軍の高木兼寛の業績が称えられるのに対して、米食主義にこだわり、麦飯給与を阻止した陸軍の鷗外が悪人呼ばわりされていることも、森千里氏に筆を執らせた一因でもあるようだ。要は、麦飯が良く、白米が悪いという問題ではなく、当時の予防医学では、ビタミンの存在が知られていなかったのである。ビタミン発見への道筋を切り開いたとして、高木兼寛は世界的に評価されている。それに対して、森鷗外も最終的には日本の脚気対策に功績があったというのが、最近の見解である。

以下、二つのトッピクスについて、述べてみたいと思う。

第1節　エリーゼ来日事件

森鷗外が四年間のドイツ留学から帰国したのは、明治二十一年（一八八八）九月八日であった。森林太郎（鷗外）数え年二十七歳、満二十六歳七カ月である。鷗外帰国の四日後の九月十二日、一人の若いドイツ人女性が鷗外の後を追うようにして来日した。その女性は築地精養軒に逗留し、十月十七日横浜港を発ち帰国した。滞在は一カ月余に及んだのである。その女性とはどのような人だったのか。

鷗外の死後十四年目の昭和十一年（一九三六）になって、鷗外の長男森於菟《おと》と次女小堀杏奴《あんぬ》は若いドイツ人女性の来日について、相次いで公表した。それは、祖母峰子と母志げからの伝聞によるものだった。それに対するような形で、鷗外の妹小金井喜美子は昭和十一年とその翌年、文章を発表している。そこには、「ドイツ人女性の名前はエリスであること」「手芸が大変上手であること」「小柄な美しい人であったこと」「帰国交渉をしたのは夫小金井良精であり旅費その他の準備をしたこと」「哀れな路頭の花のような女性で、横浜へは鷗外と鷗外の次弟篤次郎と小金井良精が見送りに行ったこと」などが書かれている。森於菟と小堀杏奴は伝聞によるとはいえ、その女性を父のドイツ留学時における恋人という形でイメージしていた。それに対して小金井喜美子は「金銭目当てに来日した路頭の花のような女性である」と応えたのである。

この小金井喜美子の説によって、来日したドイツ人女性は「路頭の花」のような存在であり、かつまた、エリスという名前から、明治二十三年一月発表の『舞姫』のモデルと考えられてきた。

鷗外はこの女性について、自ら語ることは皆無であった。『独逸日記』はもともと「在徳記」という漢文体のものに、手を入れて書き改めたということである。その際、この女性の記述の部分は削除されたのではないかと考えられている。しかし、鷗外の著述の中には、その女性を彷彿させる記述がないわけではない。例えば、『うた日記』の「こがね髪ゆらぎし少女《をとめ》」や『妄想』の「白く、優しい手」のように。また、『舞姫』のヒロイン・エリスこそ、この女性がモデルとなっているというのは、いわば定説であろう。

明治二十一年九月、鷗外帰国の直後来日した女性は、小金井喜美子が述べたように「路頭の花」だったのか。あるいは森於菟や小堀杏奴が想い描いたような、生涯忘れることのなかった、いわば「永遠の恋人」だったのか。

林尚孝氏は二〇〇五年四月、『仮面の人・森鷗外』（同時代社）という著書を刊行された。その副題は（「エリーゼ来日」三日間の謎）というのであった、明治二十一年九月、鷗外と同じ船で帰国した上司・石黒忠悳《ただのり》の明治二十一年十月六日・七日・八日の日記の記述を基に、「鷗外は陸軍を辞任してエリーゼと結婚するつもりだった」という仮説を検証する論からなる書物である。その後、林尚孝氏は森鷗外記念会の機関誌『鷗外』誌81号（二〇〇七年七月発行）から95号（二〇一四年七月発行）にかけて十一回にわたって「『舞姫事件考』」を連載された。その論旨は「鷗外が結婚を前提に、エリーゼを日本に招いた」という仮説を検証することであった。

『舞姫』のヒロイン・エリスのモデルと目されるドイツ人女性の姓名が明らかになったのは、昭和五十六年（一九八一）五月二十六日の朝日新聞の夕刊紙上においてであった。中川浩一・沢護両氏は来日当時の週刊英字新聞「The Japan Weekly Mail」の船客名簿の中から彼女の姓名を発見されたのである。船客名簿の記載によると、Miss Elise Wiegert（入港時）、Miss Wiegert（出港時）である。金山重秀氏と成田俊隆氏は横浜港だけではなしに、香港、神戸、長崎での船客名簿を調査され、Elise Wiegert のほかに Elise Weigert の可能性も指摘されている（『国文学解釈と鑑賞』一九八一年八月号）。彼女の姓は「ヴィーゲルト」か「ワイゲルト」ということになるが、今日では「ヴィーゲルト」の可能性が強いとされる。つまり、来日したドイツ人女性の姓名は、「エリーゼ・ヴィーゲルト」と考えられる。

船客名簿によって彼女の姓名が明らかになると、その身元調査の論が活発になった。さまざまの説が展開されたが、その身元が決定的に明らかになったのは、ベルリン在住の女性ジャーナリスト六草いちか氏の著書『鷗外の恋―舞姫エリスの真実』（講談社、二〇一一年三月発行）によってであった。

六草氏は小金井喜美子の文章の中に、鷗外の話として「帰って帽子会社の意匠部に勤める約束をして来たといって居た」とあるのにヒントを得て、エリーゼは帰国後、帽子会社に勤めたのではないか、そして帰国から十年後ぐらいして生活が安定したのではないかと推測して探索を始める。ネット情報に熟練されている六草氏は、エリーゼ帰国後の十年後（一八九八年、明治三十一年）の「住所帳」から検索する。そして、Wの項をクリックして、ヴィーゲルト姓の最後尾にファーストネームの頭文字Eで始まる名があることを発見する。職業は女性の仕立物師、縫製の仕事に就いているということである。翌年一八九九年版のアルファベット別一覧を開くと、イニシャルのEではなく、Eliseとはっきり記されていた。「帽子デザイナーと書かれているわけではないが、喜美子の記述はまったくの間違いではなかったのだ」と六草氏は述べられている。ベルリン東地区のブルーメン通り十八番地、四階層、日本で言うところの五階に居住。かくして「エリーゼ・ヴィーゲルト」の一八九八年時点での住所が判明したのである。一九〇四年まではエリーゼはそこに住んでいたが、その後、住所帳から名前が消えている。

　その後、六草氏はベルリン市立博物館史料部を訪れ、住所帳に記されていたエリーゼの職業Mordistinが帽子職人を意味することを知ったのだった。「喜美子の記述に一致するエリーゼが、少なくとも一八九八～一九〇四年ベルリンに在住していたことが確認できた」と六草氏は述べられている。しかし、ベルリン州立公文書館の住民票照会では発見できなかった。公文書館の受付の女性が言った「あとは教会簿くらいのものね…」という一言が妙に心に残った。

　六草氏は作品『舞姫』の鷗外自筆草稿から、エリスと出会う古寺の描写が「凹字の形に横に引籠みて」となっていて、後に「横に」の部分が割愛されたという事実から「ガルニゾン教会」の存在を突き止められる。ガルニゾン教会の史料がある「プロシャ王室古文書館」での「教会簿」の閲覧を繰り返すうちに、エリーゼの両親と思われる男女の婚礼記録を発見する。新郎のヨ

六草いちか著『鷗外の恋―舞姫エリスの真実』の表紙（2011年3月講談社発行）

ハン・フリードリッヒ・ヴィーゲルトと新婦のラウラ・アンナ・マリーは一八六六年五月二十一日にガルニゾン教会で婚礼を挙げていたのである。彼らはエリーゼ・ヴィーゲルトの両親の可能性が大である。さらに、新婦（エリーゼの母親）の出生地がシュチェチン（現ポーランド領）と記されて、これは『舞姫』のエリスの母親の出身地と思われる地名（ステッチン）と符合するものだった。

今度はまた、何回か通ったことのある「教会公文書館」へ出向き、「洗礼の記録」から「ヴィーゲルト」姓を検索していき、「アンナ・アルヴィーネ・クララ」という名の赤ちゃんに注目する。「以前にこの洗礼票を閲覧した際にはエリーゼとの関わりを何ら見出すことができなかったのだが、その両親の氏名欄に記載されていたのは、なんとガルニソン教会で婚礼を挙げた、エリーゼの両親と思われる二人の名だったのだ！」と六草氏は記している。アンナの生年月日は一八六八年九月十三日である。聖ペロリ教会で翌年の一月十日に洗礼を受けている。エリーゼの姉妹であるようだ。死産や二日だけ生きたアンナの弟妹の洗礼票は確認出来たが、肝心のエリーゼの洗礼票は見つからない。

エリーゼの洗礼記録は見つからなかったが、「墓地の彼女」から「堅信礼の記録」の事を知らされる。「堅信礼」とは、「十二、三歳になると子どもたちは教会の聖書学校に通いはじめ、その後、クリスチャンであることを自分の意思で表明するという儀式」である。聖ヤコブ教会の堅信礼記録の中に、「エリーゼ・ヴィーゲルト」の名を見つける。洗礼を受けた教会の名は「シュロス教会」とある。「シュロス教会」はエリーゼの母親の里シュチェチンにある教会だった。結局、シュロス教会は同じシュチェチンの聖マリア教会と統合していて、後者の教会の洗礼記録の中にエリーゼの名があった。一八八八年（明治二十一年）九月、来日した若いドイツ人女性の実像とも言うべきものがここに判明したのである。

エリーゼのフルネームは、エリーゼ・マリー・カロリーネ・ヴィーゲルト、一八六六年九月十五日、シュチェチン生まれ、十月十四日に現地の聖マリア教会で受洗した。鷗外より四歳七カ月ほど年下ということになる。エリーゼと妹アンナの堅信礼の記録から一八八二年と翌年はベルリンのルッカワ通り二番地に住んでいたことが判るが、鷗外と出会った頃の住所は不明である。日本から帰国した十年後の一八九八年から一九〇四年の六年間は、帽子製作者としてベルリン東地区ブルーメン通り十八番地に住んでいたことは住所帳から確認されたことであった。

明治19年　ミュンヘンにおいて
右より鷗外（24歳）、原田直次郎、岩佐新紙（岩波版『鷗外全集』第一巻より）

六草氏は「エリーゼの生い立ち」を、次のように記す。

「教会簿と住所帳にちりばめられたエリーゼ一家の情報の断片をつなげることによって、エリーゼの生い立ちを窺い知ることができるようになった。エリーゼ一家はベルリンの下町を転々としながら暮らしてきた。父親はエリーゼと妹アンナが十四歳の頃にはすでに他界し、エリーゼと妹アンナは母マリーの女手ひとつで育てられた」。住所帳の記録には、母マリーの職業は「お針子」と記されていたとのことである。

六草氏の著書が発行されると、たちまち話題の本となった。今まで謎であった「鷗外のドイツの恋人」の姿が明らかになったからである。「路頭の花」説は消えた。堅気の娘さんであり、帰国後は帽子製作者として働いていたのである。

今の時代は、インターネット社会である。それまで読者カードで出版社に送られていた読者からの反応が、「カスタマーレビュー」として自宅のパソコンで閲覧できる。そこからも読者の反応の大きさが窺えるのである。

六草氏は二十数年ベルリン在住という地の利を生かし、またルポルタージュ・ライターとしての経験から粘り強い探索を行ってこられた。その探索の経過がサスペンス・ドラマさながらに叙述されていき、鷗外留学時のベルリンの写真や地図などの挿入と共に、読者を著書に引き込んでいく要素でもあった。そして、その成果が素晴らしい。『舞姫』のモデルとされるエリーゼ・ヴィーゲルトの正体が明らかになったのだ。

「森鷗外記念会」の機関誌『鷗外』89号（平成二十三年七月発行）には、記念会会長の山崎一穎氏の「書評」が早速に出た。「この度、六草いちかさんは、洗礼記録、堅信礼簿からエリーゼ・ヴィーゲルトを突き止めた。この事を素直に喜びたい」と山崎氏は述べる。長年、鷗外研究に携わってこられた人の率直な感想であろう。また『鷗外』89号には、林尚孝氏の「『舞姫事件』考（その八）」も掲載されていて、六草氏の著書の成果について次のように述べられている。「この成果は、船客名簿からエリーゼ・ヴィーゲルトの名前と来日および離日の期日が特定されたことと並ぶ、いやそれを上回る大発見といってよい」。

林尚孝氏は共同研究者の小平克氏と共に、「エリーゼ来日事件」について、資料の精査や作品の分析からエリーゼ像を探ってこられたが、その結果は、六草氏のドイツでの調査と合致する点が多いようである。実在のエリーゼ・ヴィーゲルトと鷗外の処女作『舞姫』のヒロイン・エリスは別物であることは言うまでもないが、実在のエリーゼの追究は、『舞姫』解釈に大いに影響するのである。六草氏は著書の終り近くで、次のように述べる。「私は『舞姫』を初めて読んだとき、豊太郎のふがいなさに憤慨し、男の身勝手さが正当化されているようなこの作品を嫌悪した。しかし、鷗外が『何を書いたか』ではなく、『なぜ書いたか』を考えるとき、鷗外への誤解が解けた」。

エリーゼの身元調べが一応確定した今、私たちも鷗外が『舞姫』をなぜ書いたかを再検討するべきなのかもしれない。私は『舞姫』発表の直後から石橋忍月との間でなされた「舞姫論争」を取り上げてみたい（註1）。『舞姫』が発表された翌月の『国民の友』に最初の「舞姫評」が出る。署名は「忍月居士」ではなしに、「気取半之丞」である。気取半之丞とは石橋忍月の小説作品『露子姫』に登場する敵役《かたきやく》の名である。それに対して鷗外の反論「気取半之丞に与ふる書」の署名は「鷗外漁史」ではなしに、「相沢謙吉」である。ここら辺り、この論争にはひと捻りがあるように思われる。つまり、論争は忍月と鷗外の間でなされているのではなしに、気取と相沢の間でなされているのである。これは戯作調の気味に覆われた、一種馴

「文づかひ」挿絵（原田直次郎画）（岩波版『鷗外全集』第二巻より）

れ合いの論争ではなかったかと私は思う。

最初、『国民の友』に鷗外を紹介したのは民友社社員の石橋忍月であった。『舞姫』は発表直後から評判作、問題作であった。その問題作をさらに問題とするために忍月が仕掛けた論争ではなかったろうか。それに鷗外が応じて前後六回ずつの応酬となる。忍月（気取）は『舞姫』を「第一の傑作」「稀有の好著」と認めながらも、敢えて作品『舞姫』の瑕瑾《かきん》を挙げて述べ立てる。それは多くの読者を文学論争に巻き込むためではなかったのか。

気取の論評によると、「恋愛と功名と両立せざる人生の境遇」が『舞姫』の意匠であるという。その際、主人公・太田豊太郎の性格は「小心翼々たる者なり」として描かれている。そういう性質の人物は「功名を捨て、恋愛を取るべき」なのに、『舞姫』ではその逆になっている。「支離滅裂」であると気取は主張する。忍月は詩境（芸術）と人境（実人生）の区別を知りながらも、恋人を裏切る主人公の行為に許せない心情を気取半之丞に述べさせたのだろう。

気取の説に対して、相沢は猛然と反論する。相沢は気取の説の妄（難点）を六つ挙げるが、その六つ目の中に次のような記述がある。

「太田は弱し。其大臣に諾したるは事実なれど、彼にして家に帰りし後に人事を省みざる病に罹ることなく、又エリスが狂を発することもあらで相語るをりもありしならば、太田は或は帰東の念を断ちしも亦知る可らず」「…此意を推すときは、太田が処女を敬せし心と、其帰東の心とは、其両立すべきこと疑ふべからず。支離滅裂なるは太田が記にあらずして足下の評言のみ」。

この記述には、『舞姫』の筋立からも、気取と相沢の論争の場面からも離れて、鷗外自身のいわば「弁明」(アポロギア)が出ているように思えるが、どうだろうか。「弁明」という言葉が相応しくなければ、実在のエリーゼに対する「謝罪」が図らずも出てしまったというべきだろうか。ここに、『舞姫』はなぜ書かれたかの理由が秘められているように思われる。主人公の悔恨や作者の怨恨が作品の主題であると説かれることがあるが、それはまた一面、作者の「弁明」や「謝罪」であったのだと私は考える。

『舞姫』の結末の文章は次のようになっている。「嗚呼、相沢謙吉が如き良友は世にまた得がたかるべし。されど我脳裏に一点の彼を憎むこゝろ今日までも残れりけり」。

「相沢謙吉」のモデルは、鷗外森林太郎の生涯の親友・賀古鶴所《かこつるど》であると言われている。エリーゼの帰国交渉の任に当たったのは小金井良精(喜美子の夫)であると従来言われてきた。当初はそうであったが、最後のつめの段階では賀古鶴所が働いたということである。(註2)また、エリーゼ帰国後の明治二十一年(一八八八)十二月、賀古鶴所は、山県有朋に随行して欧州視察に出かけ、翌年十月、帰国している。ベルリンで賀古はエリーゼに出会ったのではないか。そして、鷗外が赤松登志子と結婚したことを告げたのではないか。『舞姫』の発表は賀古鶴所の帰国後の明治二十三年一月である。「我豊太郎ぬし、かくまでに我をば欺き玉ひしか」との『舞姫』のエリスの叫びは賀古が本当に耳にしたエリーゼの叫びだったかもしれない、と六草氏はその著書の中で述べられている。

六草いちか氏は二〇一三年九月、続篇の著書『それからのエリス』を刊行された。その中で、エリーゼが三十八歳の時に結婚し、十三年間の結婚生活の後、夫に先立たれ、一九五三年八十六歳まで生存していた事

六草いちか著『それからのエリス　いま明らかになる鷗外「舞姫」の面影』の表紙（2013 年 9 月　講談社発行）

実を発表された。中年になったエリーゼが夫と共に写った写真も公表され、話題となったのだった。

この著書の中でも、六草氏は『舞姫』という作品が、賀古鶴所の帰国直後に書かれている事実と親友への恨み節で締めくくられていることを重く見ておられるようである。つまり、相沢謙吉は豊太郎の恋の成就を妨げた敵役ということになるのである。その究極の因は豊太郎の「弱き心」にあったにせよ。

その意味からすると、石橋忍月が「舞姫評」の署名「気取半之丞」に対して鷗外が「相沢謙吉」の署名で応じたのもうなずける。どちらも主人公の恋愛を妨げる敵役なのである。敵役同士が恋愛をめぐる「舞姫論争」を展開するのである。私はここにこの論争の戯れがあるように思う。しかし、戯れの中にも文芸上の真実を求める気持ちが込められているのも確かである。なぜ鷗外が『舞姫』を書いたかを暗示する箇所は先に引用したが、そこには図らずも、鷗外の真意が述べられているのである。それにしても、「太田が処女を敬せし心と其帰東の心とは、其両立すべきこと疑ふべからず」と言い切る辺りに、どんな論争にも負けない強弁の人・森鷗外の傾向が窺われて興味深い。

鷗外の処女作『舞姫』には、作者の異国での深い恋愛経験が反映していることは、論者たちの指摘する通りであろう。また、鷗外の生涯や後の作品に色濃く影響していることも確かであろう。鷗外の作品の女性描写は生彩に富んでいると言われている。それは鷗外の深い恋愛経験や女性観察が素《もと》になっているに違いないと思う。例えば、『青年』の坂井夫人や『雁』のお玉は著名である。「鷗外歴史文学論」を目的とする本稿の観点からは、歴史小説や史伝作品に登場する女性像が問題となるであろう。いや、それは単に、女性像だけでなく、人間洞察の眼を鋭く細やかにさせた土壌でもあったと思われるのである。そこにこそ、「鷗外歴史文学」の魅力はあったのだ。

（註１）拙稿「石橋忍月について」（『Garance』20号　所収　二〇一二年十二月　ガランスの会発行）参照。
（註２）『鷗外』誌86号（平成二十二年一月発行）所載の林尚孝氏論文参照。

第2節　脚気問題

吉村昭の歴史小説『白い航跡』は、海軍軍医総監となり、日本人の国民病ともいうべき脚気の療法に功績のあった「高木兼寛」を主人公とする物語である。吉村昭は名作『戦艦武蔵』以来、記録文学、歴史小説に新境地を切り開いた人気作家であった。作風は綿密な史料調査に基づく客観描写に特長があったといえようか。『白い航跡』は一九八九年七月一〇日から翌年七月四日まで『産経新聞』に連載され、一九九一年四月、上下二冊の単行本として講談社より刊行された。一九九四年五月には、講談社文庫上下二冊本としても刊行され、広く読まれた小説といえよう。「あらすじ」を紹介しながら、「脚気問題」の経緯を考察してみたい。

小説は高木兼寛が数え年二十歳、戊辰の役の時から始まる。十八歳の時から薩摩藩の蘭方医石神良策に師事していた兼寛は薩摩藩の医師として参戦する。会津攻めのため、常陸国（現在の茨城県）の平潟《ひらかた》という港に上陸する。そこで関寛斎という医者が負傷兵を治療するのを目撃し、感銘を受ける。

西洋医術の素晴らしさを目の当たりにした兼寛は、鹿児島の開成所に入学して、英学を学ぶことになった。やがて、鹿児島の医学校に招かれたイギリス人教授ウイリアム・ウイリスに認められ、医学校の教官になる。そして、明治五年、二十四歳の時、かつての恩師石神の推薦で海軍に入り、上京することになる。

明治六年、海軍省ではロンドンのセント・トーマス病院から三十歳のウイリアム・アンダーソンを海軍病院学舎の教官として採用した。明治八年四月一日､恩師であり上官だった石神良策が死去する。六月十三日、海軍省医監高木兼寛は横浜港よりアメリカ汽船オセアニック号に乗船し、留学の旅に赴いた。アメリカ経由でロンドンに着く。留学先のセント・トーマス病院は規模も大きく設備も整っていた。看護婦養成機関にも感心したのだった。兼寛は五年間、医学校で学び、病院で勤務した。成績は優秀であった。

帰国したのは明治十三年十一月だった。小説の下巻は兼寛が帰国した場面から始まる。兼寛は中医監（中佐待遇）に昇進し､同時に海軍病院長に任命された。小説ではウイリスとの再会やその後のウイリスの動向、息子アルパートとその母八重子のことなどが、歴史小説家らしく詳細な史料に基づいて述べられていく。

当時の日本の医学は大学（明治十年、東京医学校は東京大学医学部となる）や陸軍はドイツ医学の系統を受け継いでいるのに対して、海軍はイギリス医学を導入していた。イギリス留学中、脚気は皆無だったに対して、日本では脚気患者が多い。それは何故か？　それが兼寛の調査の課題となった。水兵の摂取する食物の調査を推し進め、食品分析によって、タンパク質が少なく含水炭素が過多である場合に脚気におかされるという確信をいだいた。

明治十六年十月、高木兼寛は海軍省医務局長となった。三十五歳であった。川村海軍卿にともなわれ赤坂の皇居に参上して、天皇に脚気と食物の関係について奏上した。明治十七年、海軍兵食の改革がなされた。軍艦「筑波」の遠洋航海は、兼寛の海軍兵食改革の実験船であった。乗船中の脚気患者は激減した。「脚気は食事の改善によって予防しえる」と兼寛は説明した。パンを嫌う乗員がいたことから、麦を供給することも決定した。明治十八年三月一日から全海軍の主食に、米、麦等分のものが供給されるようになった。

ドイツの細菌学の影響を受けた東京大学医学部や陸軍では脚気黴菌《ばいきん》説が優勢であり、兼寛の食物原因説と対立した。兼寛は「脚気予防説」と題した論文を発表した。東京大学生理学教授大沢謙二の「麦飯ノ説」は兼寛の説に反対する論文だった。しかし、陸軍の中でも、大阪陸軍病院長の堀内利国は、監獄での麦飯により脚気が減ったことの例から大阪鎮台での麦飯を試み、脚気が激減したのだった。そして、他の現場でも米麦混合の主食が兵たちに給与されるようになった。このような傾向に対して、陸軍中枢部の医務関係者の態度は、きわめて冷淡であった。その中心人物は、軍医本部次長の石黒忠悳であった。

「石黒の黴菌説を強力に支持していたのは、陸軍の命令でドイツに留学していた一等軍医森林太郎（鷗外）であった」と、ここで初めて、小説『白い航跡』に、森鷗外が登場してくる（文庫本下巻一四九頁）。ドイツ医学を学んでいた鷗外は「日本兵食論大意」を執筆し、明治十八年十月、石黒忠悳のもとに郵送してきた。鷗外二十三歳（満年齢）の時だった。鷗外の説は、海軍での洋食を採用する動きに反対して日本食の優秀性を説くものであった。直接、脚気の問題を扱うものではなかったが、この説は石黒を中心とした米食至上主義の陸軍軍医本部を満足させた。

森林太郎（鷗外）は帰国して二カ月後の明治二十一年十一月、「非日本食論は将に其根拠を失はんとす」という演説を行い、論文で発表した。また、「統計に就ての分疏」（明治二十二年六月）では海軍の麦飯での脚気減少の論を非難した。ドイツでの細菌学の影響を受けた鷗外は「脚気は細菌によるものだという信念をいだいていた」と吉村昭の小説は記す。

明治二十三年十月十六日、兼寛は皇居に参上し、天皇に海軍の脚気の状況について奏上した。「筑波」の試験航海の好結果を説明し、麦混合の飯を主食とする兵食を実施したことによって脚気患者が激減し、遂には根絶したことを述べた。兼寛が天皇に奏上してから一週間後、陸軍軍医総監・医務局長に昇進したばかりの石黒忠悳が、陸軍大臣大山巌に「呈兵食試験報告表」を提出した。それは森林太郎が前年の八月から十二月末まで薬剤官二名を助手として兵食試験をおこなった結果の報告だった。それによると、陸軍が実施している一日白米六合、副食費六銭の兵食について、「米食第一ニ位シ麦食之ニ亜ギ　洋食又之ニ次グ」といった内容のものだった。兼寛の主張している麦飯および洋食尊重に対する激烈な反論であった。一方、帝国大学医科大学の学長には、兼寛の説に徹底的に反論していた大沢謙二が就任していた。帝国大学と陸軍の頂点に立つ人々と兼寛は対立する形になったのである。

明治25年頃、書斎にて　鷗外30歳
（筑摩書房版『森鷗外全集』第一巻より）

明治二十五年八月、兼寛は海軍軍医総監を辞任し、貴族院議員に勅選された。明治二十七年から翌二十八年まで日清戦争である。明治二十八年四月、講和条約が結ばれ、その年の末までに台湾の平定もみた。海軍は脚気発生をふせぐため、麦食を重んじて脚気による死亡者はわずか一名だった。これに対して、陸軍では驚くべき悲惨な状況が現出していた。朝鮮派兵から台湾平定まで、脚気患者で死亡したのは三九四四名という戦慄すべき数字で、戦死者の三倍にものぼっていたのである。出動地域別でみると、台湾征討軍が最も患者及び死者が多かった。朝鮮を作戦区域とした第一軍は患者が少なかった。第一軍の場合、精白されぬ朝鮮米に栗、小豆をまぜた雑穀を主食とし、対照的に台湾征討軍は白米を十分に支給したからだと考えられた。

日清戦争中、陸軍中枢部の米食至上主義に反発したのは、清国に上陸した第二軍の軍医部長土岐頼徳であった。土岐は大山軍司令官に麦飯支給やパン、ビスケットの給与をという稟議《りんぎ》書を提出した。「食料について統轄する第二軍の兵站《へいたん》軍医部長は一等軍医正の森林太郎で、米食を至上のものとするかれは土岐の稟議を無視したのである」と吉村昭の小説は述べる。

台湾征討軍の脚気患者の発生は激烈をきわめた。森林太郎は明治二十八年六月十一日に台北に到着し、九月二日まで勤務し、その後任は石阪惟寛であった。石阪も翌年一月に辞任し、その後に土岐頼徳が着任した。土岐は、台湾征討軍の悲惨な脚気発生状況に茫然とした。白米のみを主食とすることが、このような驚くべき発生をうながしていると断定し、各部隊に白米を廃して麦飯を主食とするように指示した。これを土岐からの報告で知った石黒陸軍軍医総監は、土岐の責任を追究する趣旨の訓示を発した。この訓示に反発した土岐は、ただちに上申書を石黒に送った。「麦飯の採用で脚気が年々減少している事実をあえて否定する貴官（石黒）の態度は、言葉巧みな側近の者にたぶらかされているのではないか」というような内容であった。側近とはあきらかに森林太郎をさしていたのであった。

森林太郎は日本食（米食）が栄養の面で申し分ないとの実験結果以来、麦飯論には反対してきたのは確かであった。麦は消化の点で米に劣るし、麦飯論には脚気病の学理がないというのが、森林太郎の言い分であったのだろう。実は脚気はビタミンB₁の欠乏によるという後世の発見を誰も知らなかったのである。もちろん、森林太郎（鷗外）もそうであった。精米された白米は銀シャリといって兵士たちに喜ばれたが、精米によって失われた米糠《ぬか》にはビタミンが含まれていたのである。

日清戦争中、野戦衛生局長をしていた功績をみとめられて、石黒軍医総監は男爵となった。台湾征討軍の脚気惨禍はその後のことであった。台湾征討軍の最初の軍医部長は森林太郎であった。森が更迭され、後任は石阪、そして土岐と、若い森林太郎に比べればはるかに年長で上位の軍医が任命されている。それは台湾の脚気惨禍対策のためだったはずである。

明治三十年九月、石黒忠悳は陸軍省医務局長を辞任した。台湾での脚気の惨害と麦飯阻止が原因という説もある。吉村昭の小説では石黒と土岐の意見の応酬は描かれているが、石黒辞任の記述はない。小説は明治三十三年の場面に移る。海軍軍医としては後輩の実吉安純が男爵になったことが述べられていく。実吉は現職の海軍軍医総監であった。兼寛はその前の海軍軍医総監である。海軍での脚気根絶に寄与したのは兼寛の功績だという自負もある。しかし、「政府はそれを認めてくれてはいないらしい。やはり、麦飯を海軍兵食として採用させる経過に反感をいだかれたためなのだろうか」と兼寛の思いが記されている。脚気は、食物そのものが原因だと主張したが、それに対して帝国大学医科大学系の医学者と陸軍の軍医たちから激しい反論が浴びせられていたことも確かである。

明治三十七年二月、日露戦争の始まりである。陸軍は苦戦したが、旅順を陥落させ、奉天ではロシア軍を退却させた。海軍では東郷平八郎率いる連合艦隊が対馬海峡沖で明治三十八年五月二十七日、ロシアのバル

明治 37 年、日露戦争従軍中　鷗外 42 歳（筑摩書房版『森鷗外全集』第二巻より）

チック艦隊を撃破した。九月、ポーツマスで日露講和がなった。高木兼寛が男爵の爵位を受けたのは、日露戦争中の明治三十八年三月三日であった。

日露戦争中、海軍では麦飯を主食とすることをかたく守り、脚気は軽症患者のみであった。しかし、陸軍では、脚気患者のおびただしい発生がみられ、それは日清戦争時よりもさらに猛威をふるっていた。脚気で死んだ者は二万七千八百余名という「古来東西ノ戦役中殆ト類例ヲ見サル」戦慄すべき数であった。麦飯を廃した白米一辺倒の主食によるとしか考えられなかった。

日露戦争後、脚気病調査会設立の議案が議会を通過したが、その後の進展が見られなかった。石黒忠悳に代って陸軍医務局長となった小池正直も、石黒と同じように兼寛の脚気の食物原因説に反対していた。明治四十年十一月、小池は辞任し、森林太郎（鷗外）が後任となった。明治四十一年五月、臨時脚気病調査会官制が発足した。その頃、ドイツの細菌学者コッホが来日し、脚気の調査について意見を述べた。原因の研究は後回しにして診断法を確立するのが先である、スマトラ地方などに流行しているベリベリは脚気と同じ症状をしめすが、現地におもむいて比較研究することも必要である、と述べた。脚気病調査会はベリベリ研究のため委員を現地に派遣した。帰国した委員は研究成果を報告したが、都築甚之助が動物実験で白米のみをあたえて飼育したところ脚気状の症状を起こすと発表した程度で、際立った動きはみられなかった。

七月四日、脚気病調査会の発足会が陸軍大臣官邸でもよおされた。席上、陸軍大臣寺内正毅は日清戦争の折、石黒男爵から麦飯供給を阻止されたことを述べた。また、「当時、この席におらるる森医務局長なども石黒説賛成者で、私を詰問した一人である」との発言があった。その発言は森林太郎会長の面目を失わさせた。

明治四十三年十二月、鈴木梅太郎が米の糠の中にある鉄タンパク質が脚気治療に幾分効果があると、発表した。その発表後、鈴木は、ミネラル、炭水化物、タンパク質、脂肪にみられない新栄養分が存在することを報告し、それをオリニザンとして翌年二月に『東京化学会誌』に発表した。その頃、ポーランドの化学者フンクが、酵母から同じはたらきをするものを取り出すことに成功して、これをビタミンと名づけて十二月に発表した。

明治四十五年七月三十日、明治天皇崩御、大正と改元された。九月十三日、天皇の御大喪が東京の青山練兵場でもよおされ、兼寛は正装して列席した。翌日の新聞に「乃木大将自殺、御大喪儀の夜夫人と共に殉死す」の記事が載った。

大正二年、兼寛は故郷の穆佐《むかさ》村で講話を行った。一般の大衆は自分の話すことを心からうけいれてくれると思い、新しい世界がひらけるのを感じた。教育調査会会員にえらばれた兼寛は、全国各地を精力的にまわって講話をした。それは国民衛生のみならず、精神修養のことまでおよんだ。

大正八年、兼寛は数え年七十一歳になったが、三男と次男を相次いで亡くする不幸に出合った。既に長女、四男、次女を亡くしていた兼寛夫婦には、長男善寛のみが残った。兼寛自身も、大正九年三月二十一日、永眠した。

大正十年の外国の医学史専門書には「一八八二年から一八八六年の間に、高木兼寛が食物を改良して日本海軍の脚気を根絶し、それがエイクマンとグリーンスの実験を導いた」と評価されている。エイクマンはビタミンB発見への功績を認められてノーベル医学賞を受賞した医学者である。大正十一年にはビタミンの発見者であるフンクが、著書『ビタミン』の中で、「一八八二年に高木は日本海軍の米食を改め、肉、パン、果物、野菜に換えた。そして、この時から重症の脚気がほとんど消滅した」と述べている。

「南極大陸に、高木の岬と名づけられた岬がある」「その地一帯には、世界的に著名な栄養学者、ビタミン研究にいちじるしい業績をあげた学者の名が岬につけられている」「むろん、日本人では兼寛の名のみが岬に命名されている」と述べて、吉村昭の小説『白い航跡』は結ばれている。

以上、「高木兼寛」を主人公とする吉村昭の小説『白い航跡』の物語の筋を追う形で述べてきた。吉村昭の小説は脚気のことばかりを述べているわけではなく、慈恵医大の創立育成、海軍軍医としての活躍、看護婦養成機関の育成、家族友人との関係などが、明治大正の時代を背景に巧みに描かれた作品だと言えるだろう。その中でも、脚気紛争とも呼ぶべき問題は重要な中核をなしていると思える。

吉村昭という小説家は、史料をして語らせるという意味で、森鷗外の歴史文学の方法を継承する人ではないかと、私は思っている。にもかかわらず、小説『白い航跡』では、「森鷗外」は敵役《かたきやく》として登場してくる。高木兼寛が物語のヒーローなのに対してアンチヒーローとして森鷗外は描かれるのである。何とも皮肉な結果である。この点について、吉村昭は「あとがき」の中で、次のように述べている。

「医学者として終始、兼寛の学説に徹底的に反対したのは、陸軍軍医総監にもなった森林太郎（鷗外）である。鷗外の歴史小説に深い畏敬の念をいだく私は、医学者としての思わぬ森林太郎の動きを知り、まことに興味深かった」。

これは吉村昭の率直な感想であろう。一般の読者も鷗外の意外な側面を覗いた気になったのではなかろうか。「脚気問題で誤った鷗外」のイメージが広まったのもこの小説の影響が大きいのではないかと思われる。その意味で私はこの小説の筋を書き抜いてみた。

この小説の巻末に多くの参考文献が列挙してある。いかにも、史料（資料）を重視する作家・吉村昭を思わせるのである。それら史料を駆使しながら物語を作ったのがこの作品であろう。吉村は既に『日本医家列伝』の中で、「高木兼寛」を扱った経験がある。それを基に長編の伝記小説を書きあげたわけである。「脚気」のことについては「あとがき」にも記されているように、山下政三氏の『脚気の歴史―ビタミン発見以前』（東京大学出版会　一九八三年）『明治期における脚気の歴史』（東京大学出版会　一九八八年）と松田誠氏の『高木兼寛の医学』（東京慈恵会医科大学　一九八六年）を参考にしている。

小説『白い航跡』は高木兼寛サイドからいわゆる「脚気紛争」を描いた作品である。その際、高木兼寛の海軍の麦飯脚気予防論を非難する側として東大医学部や陸軍中枢部が描かれるわけである。山下政三氏と松田誠氏の著作の基調もそうであると思われる。

東京慈恵会医科大学教授、そして名誉教授となられた松田誠氏は『高木兼寛の医学』の続編Ⅱ、Ⅲ、Ⅳを相継いで刊行されている。それらは高木兼寛の業績の綿密な論考であると思われる。「高木兼寛とその批判者たち」「脚気論争にみる高木兼寛と森鷗外の医学思想」「高木兼寛と森林太郎（鷗外）の医学研究のパラダイムについて」の章は森林太郎の脚気論争における誤りを指摘しているとして読めるであろう。鷗外は学理の追究に視点を向け、実際の効果を軽視したのではないか。それに対して高木は実際の医療の現場を大切にしたというのが主要な論点であろう。

松田氏著『高木兼寛の医学』一五二頁には次のような記述が見られる。

「脚気の原因に対する森の考えについて、内心は高木の栄養欠陥説に近く、上司石黒に対する気兼ねから、仕方なしに反対の態度を示したとか、あるいは案外早い時期に自分の誤りに気づいていたが、陸軍という固い枠の中では最後まで突張らずを得なかったとか、いろいろ同情的見方もあるが、いずれも具体性に欠けるように思われる。この論文では活字になっているもののみを資料として、森の考え方を組み立ててみた。その結果、上のように脚気論争において森は完全な敗北者になってしまったが、しかしこのことは決して衛生学者として劣等者であったことを示すものではないし、まして、文学者としての名声をきずつけるものではなおさらない」。

この文章において、「同情的見方」や「文学者としての名声」はおくとしても、「脚気論争において森は完全な敗北者になってしまったが、しかしこのことは決して衛生学者として劣等者であったことを示すものではない」の箇所に注目したい。世間の一部には、鷗外が脚気問題においてミスをおかしたが故に、医学者として、また衛生学者として無能であったかのような意見がまかりとおっている面もある。特に最近は投稿勝手次第のインターネットの場面に見られる傾向である。そのような無責任な意見は無視してもかまわないのであるが、最近の社会状況として注意しておくべきことではあろう。

私は前著（『鷗外歴史文学序論』）でも述べたように、鷗外の生涯において、衛生学者としての経歴は重要であり、それなりの業績があったと思うのである。ただ、脚気については、ビタミン発見以前の当時は、だれもその真の原因を知らなかった。鷗外は真の原因（学理）追究のため尽力した。鷗外はドイツの細菌学を学んだ影響もあり、細菌原因説（伝染病説）に傾いていたことも確かである。高木兼寛はヨーロッパでは脚気が見られないのに、米食を主食とするアジア地域にだけ脚気病があることに注目することにより、食物に原因があるのではないかと考えた。

明治四十四年三月と四月に『三田文学』に発表された『妄想』は、鷗外の経歴をモデルにした小説である。白髪の主人は自分の過去の経歴を振り返ってみる。二十代の頃、ドイツで「自然科学のうちで最も自然科学らしい医学」、「exact（精密）な学問」をしてきた。「留学三年が過ぎ、自然科学を育てる雰囲気のある、便利な国を跡にして故郷の国へ帰つて行く」。「自然科学の分科の上では、自分は結論丈を持つて帰るのではない。将来発展すべき萌芽をも持つてゐる積りである。併し帰つて行く故郷には、その萌芽を育てる雰囲気が無い。少なくとも『まだ』無い。その萌芽も徒《いたずら》に枯れてしまいはすまいかと気遣はれる。そして自分はfatalistisc（宿命論的）な、鈍い、陰気な感じに襲はれた」。帰国すると、洋行帰りの保守主義者の意見を述べる。「食物改良の議論もあつた。米を食ふことを廢《や》めて、沢山牛肉を食はせたいと云ふのであつた。その時自分は、『米も魚もひどく消化の好いものだから、日本人の食物は昔の儘が好からう、尤も牧畜を盛んにして、牛肉も食べるやうにするのは勝手だ』と云つた」。

「帰った当座一年か二年はLaboratoriumm（実験室）に這入つてゐてごつごつと馬鹿正直に働いて、本の木阿弥説に根拠を与へてゐた。正直に試験して見れば、何千年といふ間満足に発展して来た日本人が、そんなに反理性的生活をしてゐよう筈《はず》はない。初《はじめ》から知れ切つた事である」。

「さてそれから一歩進んで、新しい地盤の上に新しいForschung（研究）を企てようといふ段になると、地位と境遇とが自分を為事場《しごとば》から撥《は》ね出した」。

以上、『妄想』の文章を抜書き的に取り出してみた。鷗外の留学から帰国後の状況が描かれているとみられるであろう。鷗外の留学の目的の一つは兵食の研究である。最初の留学地はライプチヒ大学であり、衛生学者ホフマンに師事した。一年後、研究成果を「日本兵食論大意」として、日本の上官石黒忠悳に送った。その内容は「米を主とした日本食は人体を養うのに西洋食といささかも差がない。陸軍では米食で十分栄養を採ることが出来るので、西洋食を支給する必要はない」というものであった。次の留学地はドレスデンであった。ザクセン陸軍軍医部の講習に参加するためであった。そこでは軍陣衛生学などの講義を受けた。「日本家屋論」や地質学者ナウマンへの反論「日本に関する真相」を発表したのもこの時期である。三番目の留学地はミュンヘン大学であった。公衆衛生学のペッテンコーフェル教授のもとで研究し、実験研究報告など四編の論文を仕上げた。また、ライプチヒでまとめたものを「日本兵食論」として雑誌に掲載した。最後の留学地はベルリンであった。北里柴三郎に伴われ、細菌学の泰斗コッホに面会し、衛生試験所で学ぶことになった。

明治二十一年九月、鷗外は帰国した。満二十六歳である。直ちに陸軍軍医学舎教官に任命され、さらに十一月には陸軍大学校教官兼任となった。石黒忠悳を中心とする陸軍中枢部は、ドイツで最新の衛生学（一分科として栄養学を含む）を研究してきた森林太郎に期待するところ大であった。

帰国二カ月後の十一月二十四日、大日本私立衛生会で「非日本食ハ将ニ其根拠ヲ失ハントス」と題して講演した。講演の冒頭は「わが国は古来、米を食物の主位に置いてきたが、今や米を含む日本食は健康に害あり、日本食中の主位にある米は病原的の作用をなす、などと唱える世の中になった。…」で始まるものだった。鷗外としては、海軍における洋食採用の傾向に対して、栄養の面で日本食は決して劣らないことを述べたかったのであろう。微量栄養素であるビタミンの存在が知られていない段階では、栄養学の認識に基づく発言であった。今日の眼で見れば、米食に適正な副食を組み合わせれば、日本食（和食）はヘルシーな食事となるわけである。ただ、当時としては脚気問題がからんでいただけにやっかいであった。

鷗外は兵食問題だけではなく、衛生学全般に配慮した論文、評論を医学雑誌に盛んに載せた。日本における実験医学の確立を目的として、「実験室に這入つてゐてごつごつと馬鹿正直に働いた」ことも確かであろう。明治二十四年八月、満二十九歳の時、医学博士の学位を授けられたのも、それなりの医学的業績を認められたからだと考えられる。「さてそれから一歩進んで、新しい地盤の上に新しいForschungをくはだてようといふ段になると、地位と境遇とが自分を為事場から撥ね出した」とは、明治二十六年、陸軍軍医学校長の管理職になり、心太《ところてん》のように実験室から突き出された（『衛生談』参照）ということを言っているわけだ

軍医時代　明治26年　鷗外31歳
（岩波版『鷗外全集』第二十二巻より）

が、それは一種の言い訳であり、衛生学の研究はつづけようと思えばできたはずである。いや、鷗外の心の中には終生、衛生学・医学・自然科学という概念は、根強く棲《す》み続けたと言えるであろう。脚気問題にしても、若い時代に東大医学部や陸軍中枢部の側に立って自説を譲らない態度をみせたが、明治四十一年、「臨時脚気病調査会」が発足し、その会長に就任以後、脚気病解決の行く末を冷静に見続けたのである。

『妄想』では、次のように語られている。「少壮時代に心の田地に卸《おろ》された種子は、容易に根を断つことの出来ないものである。冷眼に哲学や文学の上の動揺を見てゐる主人の翁は、同時に重い石を一つ一つ積み畳《かさ》ねて行くやうな科学者の労作にも、余所ながら目を附けてゐるのである」。「重い石を一つ一つ積み重ねて行くやうな科学者の労作」はまた、鷗外後期の史伝作品に通じる方法であったとみなされなければならないのかもしれない。大正六年九月発表の随筆『なかじきり』には、次のように述べられている。「歴史に於ては、初め手を下すことを予期せぬ境《さかひ》であつたのに、経歴と境遇とが人の為に伝記を作らしむるに至つた。そして其体裁をして荒涼なるジェネアロジックの方向を取らしめたのは、或《あるひ》は彼《かの》ゾラにルゴン・マカアルの血統を追尋させた自然科学の余勢でもあらうか」。

吉村昭著『白い航跡』の「あとがき」に、「脚気については『脚気の歴史―ビタミン発見以前』『明治期における脚気の歴史』の著者である山下政三氏を東京大学医学部に訪れ、御教示をうけた」と述べられている。吉村の小説の「脚気の歴史」の記述は山下氏の研究に拠るところが大であったと考えられる。

山下政三氏はその後、『脚気の歴史―ビタミンの発見』（思文閣出版　一九九五年）と『鷗外森林太郎と脚気紛争』（日本評論社　二〇〇八年）を出版されている。山下氏はビタミン学の権威である。「脚気の歴史」の論説は種々なされて来たが、山下氏の著述が決定版であろう。山下氏は脚気問題における高木兼寛の功績を高く評価されている。それと共に、森鷗外の臨時脚気病調査会における功績も認めておられる。

山下政三著『鷗外 森林太郎と脚気紛争』の表紙（2008 年 11 月　日本評論社発行）

山下氏は森鷗外記念会の機関誌『鷗外』誌に、平成十年（一九九八）七月発行の63号から平成二十四年七月発行の91号まで、鷗外に関する論考を十一篇掲載されている。それら論考が著書『鷗外森林太郎と脚気紛争』に取り入れられているわけだが、それが全部ではない。また、66号に掲載された論考「時代背景からみた『日本医学会論』と『傍観機関』論」は、直接、「脚気問題」とは関係がないが、ドイツ留学から帰ってきた当初の鷗外が展開した医学論争を巡っての示唆に富む論文であった。

この時期の鷗外の言論活動は「戦闘的啓蒙」と呼ばれることがあるが、山下氏によると、次のように述べられている。「いわゆる啓蒙のための発言ではない。容易ならない時代の動きがあり、森林太郎は、医学信念と正義感から坐視することができなかったのである。つまり、日本の医学の将来を憂慮し止むに止まれず発言した、真剣な発言だったのである」。

　時代背景は漢方医学を廃止し近代西洋医学に転換する混迷の中にあった。漢方医であれ洋方医であれ区別なく、また学識の有無深浅にかかわりなく受け入れる「日本医学会」の在り方に鷗外は批判の眼を向ける。ドイツで最先端の近代西洋医学を習得した鷗外の眼には、日本の医学状況は時代遅れ、レベルの低さに写ったのである。ドイツの学会のように真に研究業績（アルバイト）のある医学者の組織を望んだということであろう。

　鷗外は、当時医者の大多数を占めた皇漢医（漢方医）の存在とその復興運動に批判的であった。「和漢陳腐の医籍」「日本固有の医学は一個の零点なり」の言葉も見られる。しかし、山下氏が述べておられるように、百年後の今日、「西洋医療と漢方医療の併用」という漢方の復活と隆盛をみるのである。また、鷗外後期の史伝作品の主人公・渋江抽斎と伊沢蘭軒は儒医（漢方医）であった。彼らへの鷗外の敬愛と傾倒をどのように理解したらよいのであろうか。鷗外は学生時代、漢方医学の書籍を購入しており、「漢方家史伝を書いた原泉は、医学生時代にあった」「西洋医学盲信ではない鷗外の学生時代」との油井富男氏の説もある。(註1)

　山下氏の著書（『鷗外森林太郎と脚気紛争』）は全編二十章からなる、鷗外と脚気問題を巡る集大成の書物である。鷗外は日露戦争時頃までは脚気伝染病説をとっていた。そして麦飯の効用はそれを裏付ける学理がないということで認めなかったようだ。しかし、医務局長就任を機に、「臨時脚気病調査会」を立ち上げ、その会長としてその学理の展開を見守ってきた。そしてそれは脚気病の真の原因（これが即ち鷗外の求めて来た学理であろう）であるビタミン論の確立へと導いたのである。それが「臨時脚気病調査会の有終の美」であり、「森林太郎の医学大業績」であるというのが、山下氏の鷗外脚気論の結論である。

山下氏の著書の中で注目されるのは、日清戦争終結後の台湾征討戦における脚気大量発生の責任をとらされたという形での「小倉左遷」論である。山下氏の論は「土岐頼徳の憤激文」を資料として提示し、また石黒忠悳の対応、石坂惟寛、小池正直の関わりなど綿密な推論を展開されておられる。山下氏の著書の帯には「ついに解明された小倉左遷の真相」とある。これまでにも、小倉転勤についてはさまざまな観点で論じられて来た。山下氏の「小倉左遷」論は従来指摘されて来なかった見方で、特筆すべき論点である。しかし、私はこの件については、多少異論があるので後述したい。

科学史家・板倉聖宣氏の著作『模倣の時代』（仮説社、一九八八年発行）は、上巻四四二頁、下巻六二〇頁にも及ぶ大著である。表題は「模倣の時代」となっているが、内容は「脚気の歴史」、あるいは「脚気論争史」とも呼ぶべきものである。板倉氏は二〇一三年『脚気の歴史』（副題は日本人の創造性をめぐる闘い）というブックレットを仮説社より刊行されている。それは『模倣の時代　上・下』の簡約版である。

板倉氏の『模倣の時代』は多彩な資料を駆使して、一般読者にも読みやすい物語の形で述べられた著述である。そこに登場する人物は、上巻では、脚気に煩わされた将軍や皇族や明治天皇も出てくる。医者・医学者としては漢方医の遠田澄庵、麦飯の兵食改革を行った海軍軍医高木兼寛、陸軍軍医としては石黒忠悳、小池正直、森林太郎（鷗外）、麦飯採用により脚気の減少に尽力した堀内利国。東京大学医学部は帝国大学医科大学、さらには東京帝大医学部とその名称を変えていくが、その東大医学部出身者及び教授としては、大沢謙二、緒方正規、三浦守治、青山胤道、伝染病研究所の北里柴三郎などである。

脚気麦飯療法、つまり、〈麦飯が脚気に効く〉を実践した人は、海軍の高木兼寛、陸軍では大阪鎮台の軍医堀内利国である。堀内利国の業績を述べる箇所で板倉氏は次のように述べる。「かれは、当時の軍医たち西洋医たちにあった〈西洋医学崇拝、漢方医学蔑視〉の風潮を克服した。かれは、西洋医学の権威主義を克服したのだ。それはまさしくかれの創造性の然《しか》らしめたものであった。堀内利国は、自分の主体性をかけて漢方医や監獄の実験結果に学び、それで新しい道を開いたのだ。それがかれの創造性であった」「このことから私たちは、〈創造とは、模倣とはまったく違うものではなく、模倣が発展したものにすぎない〉ということを学びとることができるであろう」。

板倉氏の著作の表題「模倣の時代」の意味は、西洋医学を模倣する時代の中で、新たな創造性のために働いた人々の軌跡を述べるということにあったのかも知れない。板倉氏の著述のなかでは、その創造性を抑圧してきたのは、東京帝大医科大学長・青山胤道であり、陸軍軍医総監・石黒忠悳であるということになる。そして、森林太郎（鷗外）は、青山や石黒の側に立つ人物として描かれるのである。

板倉氏の著作の下巻は第四部「頑迷なる秀才が天下をとったとき」から始まる。「頑迷なる秀才」とは誰のことか。脚気伝染病説に固執する東大医学部系や陸軍軍医中枢部のことであろう。森林太郎もその中の一人であろう。確かに鷗外は脚気伝染病説を支持していたし、麦飯説は俗説として退けたところがある。しかし、果たして終生そうであったろうか。日露戦争での脚気大量発生が問題になり、小池正直が責任をとって辞任する。後任は鷗外である。板倉氏の著作の第五部「日露戦争における脚気大量発生問題」第九章「森林太郎の医務局長就任と臨時脚気病調査会の成立」は、衛生課長大西亀次郎と上司森林太郎医務局長の会話が描かれる。「脚気調査会というような機関を設けて研究調査をやらせてはいかがでしょう。陸軍部内でもよろしいかと思います」と大西が提案すると、森局長は「それは善《よ》かろうね」と同意したので、陸軍省医務局の新しい脚気政策がはじまることになった、と述べられている。大西衛生課長が頑強な反麦飯説の森局長を説得して脚気調査会の設立を認めさせたような描き方である。

板倉氏の著作の第六部「日本での脚気の部分的栄養欠乏説の成立」の副題は「新しい脚気研究の時代を開いた人々」であり、志賀潔、都築甚之助、鈴木梅太郎、遠山椿吉などの活動が述べられている。このうち、都築甚之助は当初は脚気伝染病説であったが、臨時脚気病調査委員会よりバタビアへのベリベリ調査のため派遣後、栄養欠陥説に転じた人である。彼は動物実験の結果、玄米から精米される過程で除かれる米糠《こめぬか》に脚気を救う栄養分が含まれていると考え、脚気予防治療効力のある食品の開発研究を進めた。都築の開発した脚気治療食品はジャーナリスト村井弦斉によって新聞で大々的に宣伝され、売り出された。そのことが原因となり、都築は臨時脚気病調査委員会委員を解任されることになった。都築はその後、しばらく陸軍軍医を続けていたが、私費でドイツ留学したのち、大正元年九月、陸軍を離れて民間で脚気の予防治療を続けることになった。脚気治療薬アンチベリベリンが売れて都築は財を築くことになる。

板倉氏の著作は第七部「『ビタミンB_1欠乏説』の確立」となり最終的な場面の叙述に入る。脚気論議において、しだいに「栄養障害説」が優勢になるような中、大正三年三月、青山胤道は『脚気病説』と題する単行本を出版した。青山は〈脚気の予防・治療に麦飯や米糠が有効である〉という考えを頭ごなしに否定してきたが、その考えは変わらなかったと板倉氏は述べる。森林太郎は小池正直との共著『衛生新編』の第五版を出版した。この時既に小池は故人となっていたが、明治三十年の初版以来、初めて、「脚気」の項が加えられた。しかし、「残念なことに、そこには脚気の原因についての著者の結論らしきものはまったく書かれていない」というのが板倉氏の評である。山下政三氏は前掲書（四二三頁）に次のように述べる。「すなわち全文、手元にある資料から無差別に抜きだした、他者の記述のよせ集めである。統一がなく雑然としているのは、そのせいである」「せっかく『脚気』の項を新設したというのに、どうして雑駁な内容にしたのか？　なぜ一貫した記述にしなかったのか？　なんとも不思議な気がするが、真相は当時の脚気医学の混乱のせいだったのである」。「当時の脚気医学の混乱」とは、根強い脚気伝染病説と新たに台頭してきた糠エキス派の対立のことであろう。

しかし、アンチベリベリン（都築甚之助）、ウリヒン（遠山椿吉）、オリザニン（鈴木梅太郎）などの糠エキス派は脚気のビタミン欠乏説の確立へとなって行くのである。

板倉氏の著書は「脚気病への対応の歴史」を述べた書物ということであろう。その際、脚気の栄養障害説の進展を妨げた東大医学部系の学者や陸軍軍医部中枢が非難の対象となる。森林太郎（鷗外）は脚気伝染病説に固執し、麦飯採用を認めなかった人物として描かれているわけである。いわば鷗外の負の側面が強調された著作ということになる。果たして板倉氏の論は正しいのであろうか？

『鷗外』誌77号（平成十七年七月発行）に掲載された安川民男氏の論考「鷗外と脚気問題」は、板倉氏の著書に対するコメントがなされていて、「脚気問題に関してのこの当時の社会一般における混沌とした状況が、生き生きと再現されている」としながらも、「しかしこの著作では、それらの情報は、もっぱら鷗外が強硬な反麦飯論者・脚気伝染病者であったとの見解の下に整理されている」と述べられている。

安川氏は板倉氏に原資料の閲覧を申し込まれて謝絶されたとのことだが、その時、この鷗外観について、著者自身が「これは一つの作業仮設です」と明言されていた、と述べられている。「つまり、種々の文献や情報を綜合的に検討した結果として、この結論に達したというよりも、むしろ多数の輻輳する情報を、とりあえず、この仮説の下に取捨選択し、整理してみたという性格のものであることを、自認しておられた」と安川氏は記されている。

板倉氏の著作には、幾つかの問題点があるように思われる。臨時脚気病調査会の設立とその後の鷗外の関わりとそれへの態度を消極的なものとして板倉氏は描かれているが、実際は、鷗外はそれに対して積極的に関わってきたのではないか。その件については、山下政三氏の著書（『鷗外森林太郎と脚気紛争』）の後半部（三四三頁以降）が、臨時脚気病調査会での鷗外の功績を、特に強調するところであった。

脚気の米糠売薬に有効証明を与えたという廉《かど》で、臨時脚気病調査会委員を解任された都築甚之助は鷗外と親密な関係にあった。板倉氏の著書では、「臨時脚気病調査会の会長森林太郎＝鷗外も、この理不尽な免職に同意してその辞令に印を押したのである」「それに森林太郎がどう関わっていたかということも、今のところわからない」と述べるのみである。

都築甚之助は森鷗外が校長を務めていた陸軍軍医学校に在籍していたこともあり、臨時脚気病調査会の委員に選ばれたのも鷗外の推薦があってのことだった。また、ベリベリ調査のバタビア派遣の人選も鷗外の意思が働いていたものと思われる。都築は明治四十三年十二月脚気病調査会の委員を辞任するが、その後も軍医にとどまり、翌四十四年四月、東京医学会総会で「脚気ノ動物試験第二回報告」を行い、のちに臨時脚気病調査会委員会でも発表している。それには鷗外の特別の好意的な配慮があったからである。山下氏の著書では次のように述べられている（三七六頁）。「俗説では、森は伝染病説を盲信し、それ以外の説は峻拒し排斥していたかのように言われているが、必ずしもそうではなかった。森は、都築の研究（未知栄養欠乏説）にかなり理解をしめしている」。

安川民男氏は、「森鷗外記念会通信」一三七号（平成十三年十月発行）に、第一次世界大戦中の大正三年九月、戦時兵食令の改訂に伴い、青島出兵隊に対して、半搗米と麦の混用を採用したことを指摘されている。当時の陸軍医務局長は鷗外だった。安川氏は次のように述べられている。「この時期には鷗外は、複数の原因の関与が考えられるにしても、脚気の主要原因は栄養障害であると内心確信するようになっていたのであろう。今日の知識からすれば半搗米と麦の混用は白米と麦の混用の二倍以上のビタミンB_1を含むことになるが、食味に問題がある。それにも係わらずその採用に踏み切ったことは鷗外の並々ならぬ決意を示している」。

安川氏の「鷗外と脚気問題」は、包括的な視野から述べられた論考だと思われる。脚気の問題は一筋縄ではいかない性格を持っていて、鷗外を大いに悩ましたのではないか。安川氏は鷗外の哲学小説ともいうべき『妄想』の文章を引用しながら論考を進めている。自然科学者であった翁は、「我国の研究者達は依然として雰囲気の無い処で、高圧の下に働く潜水夫のやうに喘ぎ苦しんでゐる。雰囲気の無い証拠には、まだ

Forschungといふ日本語も出来てゐない。そんな概念を明確に言ひ現す必要をば、社会が感じてゐないのである」と述べる。これは作品が書かれた明治四十三・四十四年頃の状況を述べているのであろう。安川氏は「都築の解任問題が念頭にあったのであろう」と記されている。

白崎昭一郎『森鷗外―もう一つの実像―』（吉川弘文館、一九九八年）は「歴史文化ライブラリー39」として、一般読者向けに発行された著書である。著者は評伝風の筆致でわかりやすく述べている。医師である著者は医療面の記述が詳しい。「もう一つの実像」という副題は、文豪として名高い鷗外の別の側面、つまり、脚気病に対応しきれなかった医学者としての森林太郎のことを意味しているのであろう。

著者は「あとがき」の中で、次のように述べている。「私は『鷗外全集』から、林太郎が脚気について語ったほぼすべてを抽出した。それらはすべて〈うわべ〉の言葉であって、本質に触れるものはなかった。脚気こそは、鷗外の心の深いところに刺さった手痛い棘《とげ》であった」「脚気こそは鷗外の最大のアキレス腱であった」。

「手痛い棘」「最大のアキレス腱」に絞って論述されるつもりであったのであろうが、著者は「あとがき」に次のように書かれている。「しかし絶対に語

陸軍軍医学校長時代、明治28年（『新潮日本文学アルバム森鷗外』より）

らなかったものがある。それは自己の弱点であった。また弱点を露わす可能性のあることだった。それ故に鷗外は脚気のことを語らなかったのである」。

確かに、鷗外の脚気に対する態度は曖昧である。それは鷗外の立場からすれば、原因が明らかでなかったから、あるいは学理上明らかにされていないから語り得なかったということになるのかも知れない。鷗外は頑強な反麦飯論者と見なされる場合があるが、白崎氏の著述では、日露戦争中、「この事態に至って、麦飯の効果を認めざるを得なかったように見える」と述べられている。

白崎氏の著述は、鷗外が陸軍省医務局長となり、臨時脚気病調査会会長になってからの叙述は簡略である。ただ、最後の章「北条霞亭の死因」の叙述には興味を惹かれる。白崎氏は「鷗外の三大史伝」を高く評価されており、評判の高い『渋江抽斎』よりは、悠々たる歴史の流れを感じさせる大作『伊沢蘭軒』や、鷗外の苦渋の筆の跡を留める『北条霞亭』のほうを認めておられるようだ。

『北条霞亭』において、鷗外は霞亭の死因の脚気説を斥けて、萎縮腎説を取った。「しかしこの診断は疑わしい。鷗外自身の死因が肺結核であって、萎縮腎でなかったごとく、霞亭の病状診断もおそらく誤っていよう」と白崎氏は述べる。そして、「ついに鷗外は自己の分身としての霞亭をも、脚気で死なせることを欲しなかったのである」と著書の結びの言葉とされている。

カフカ研究家で文芸評論家・坂内正氏の『鷗外最大の悲劇』（二〇〇一年　新潮選書）は、脚気問題と鷗外文学を関連づけた著作として興味深く読めた。しかも、鷗外文学に対して脚気問題と同様、手厳しい批評となっているところが却《かえ》って面白い。鷗外は若い頃、石橋忍月や坪内逍遥との文芸論争やスタチスチックス社との統計論争、医事評論誌における傍観機関論争などの論争家として知られている。留学時の「兵食論」を論じる場面で、坂内氏は次のように述べる。「相手の真意、問題提起を無視し、あるいは無視するために問題を矮小化したり転移して論を競い、当面の論争に勝つというのが鷗外論争術であるが、その特徴は科学論文であるここにも表われている。すでにして論争的攻撃的論文の趣をもっているということだ」(四九頁)。「相手をなにがなんでも屈服させずには熄まない林太郎の拘執性」「自分の業績についての批判を許さない独尊性」「天性の負けを認め得ない気性」などは坂内氏が形容する論争家鷗外の姿だが、それは医学論争でも文学論争でも共通しているというのが坂内氏の持論である。例えば、坪内逍遥との「没理想論争」(逍鷗論争)の場合どうだろうか。

逍遥は「これからの時代は演繹的専断の批評ではなく、帰納的批評の時代だとし、とくに演劇《ドラマ》ではそこに没理想の詩を見ることを説いた」と坂内氏は述べる。それに対して「林太郎は例によって相手の言から真意をとろうとはせず、言葉尻を捉え、それを相手の意味から遠くはずれたところまで拡大し、没理想を理想なきものと談じ、……」と述べる。坂内氏は逍遥の帰納的批評と高木兼寛の臨床的、帰納的医学を、いわばパラレルに置いているように思える。また、「没理想論争」の鷗外の方法は、「兵食論」で脚気論を栄養論に枉《ま》げて捉え直し、相手を非難しているのと同じであると、坂内氏は述べる。

しかし、坂内氏の演繹―帰納の論には幾らか問題がある。明治四十二年以降、鷗外は盛んな文筆活動をみせる。木下杢太郎のいうところの「豊熟の時代」の始まりである。いわば鷗外後期の文学活動であるが、この文学活動を脚気問題の趨勢、動向と関係づけて述べるところに坂内氏の著作の特徴がある。この頃になると、脚気栄養障害説が次第に優勢になってくるところがあり、鷗外がかつて述べた兵食論が不利なことが明らかになってきた。明治四十二年十一月に発表した随筆『Resignation の説』(『予が立場』)について、坂内氏は次のように述べている。「この諦念(レジグナチオン)には脚気問題の半ば見定めた者の諦念(レジグナチオン)の影が射しているようにみえてくるのである」。

大正元年(明治四十五年)、乃木希典殉死事件以後、鷗外は歴史物に転じる。歴史は事実の集積であり、歴史物は資料(史料)に依拠しなければならない。「この資料への全面的依拠は、これまでの立言のための小説や記述、言ってみれば演繹的記述を、事実、資料に即して書くという点で帰納的記述に帰っていくということであった」。「兵食(脚気)問題」においても「逍鷗論争」においても、鷗外の態度は「演繹的記述」であり、「帰納的記述」へ回帰してゆく鷗外の後期の文学は、「演繹的記述」の「兵食論」の重圧から彼を解放し、癒してくれるものだったと坂内氏は説く。「初めに意志、立場、結論があり、あとはそれに向ってひたすら傍証を固めていくというのは、科学・文学・美術の領域を問わず彼の論文の特徴であった」(二一七頁)というのが、坂内氏のいう「演繹的記述」というのであろう。だが、果たして、鷗外の態度変更を「演繹から帰納への回帰」という図式でまとめられるものだろうか?

私は前著の中で、「没理想論争は言葉の勢いでは鷗外の方が凌駕しているように見えても、内実は鷗外にとって苦しいものだった」(二一四頁)と述べた。あるいは、論争としては鷗外の敗北であったと、言い切ってよいのかも知れない。鷗外はそのために反省し、沈潜した。そこで鷗外が勉強したのは、事実の集積である歴史資料の探索（「日本芸術史資料」）と審美学の考察である。そして到達した鷗外の境地は「結象理想」（コンクレエト・イデアル）の思想だったと私は理解している。その語は通俗哲学者とも評されるＥ・ハルトマン（一八四二〜一九〇六）の用語を借用しているとはいえ、鷗外独自の思想だった。歴史は個々の具体的な事象からなる。しかしまた、鷗外の考える美的な理想は個々の具体的な事象の中にしか見いだせないのである。それは帰納的な方法で見出せるものではない。いうなれば、それはプラトンのイデア分有論（それは同時に離在・超越論でもあるが）のようなものであろうか。個々の歴史的な事象の考察に委ねる方法しかないのである。鷗外後期の史伝作品は個々の事象の中に、さまざまな形の理想（美）を描く作品だったように思える。

坂内正氏の著作では、脚気細菌説から栄養障害説に意見を変えた都築甚之助と鷗外の交渉の叙述がある。都築は鷗外が引き立てた人物だった。米糠成分を抽出した脚気薬アンチベリベリンを発明し、臨時脚気病調査委員会の委員を罷免され、また陸軍も退くが、鷗外との親密な関係は継続する。「この関係は、公には口にしなくとも林太郎側からの甚之助の研究とその実行に対する理解、なにがしかの評価なしには考えられないのではないだろうか」と坂内氏は意見を述べられている（二三二頁）。

坂内氏の著作の表題「鷗外最大の悲劇」は、鷗外の兵食論の誤り、それに続く脚気惨禍を引き起こしたことを意味しているのであろう。更に『北条霞亭』において、霞亭の病気が脚気でなかったという結論に導こうと苦闘する、それもまた、「鷗外晩年の悲劇」と位置付けるわけである。鷗外は終生、脚気問題を引きずって生きてきた、しかもそのこだわりが鷗外後期の作品の中に反映しているというのが、坂内氏の論である。

脚気問題の鷗外の錯誤とその動向が鷗外を文業への傾斜に導き、後期作品を生み出したとすると、悲劇云々は別としても、何とも奇妙な皮肉である。

坂内氏の著作の「あとがき」を拾う形で述べると、「陸軍の脚気対策の根本的誤りに重大に関与した鷗外こと森林太郎を公《おおやけ》に最初に指摘したのは山本俊一東大教授（公衆衛生　昭和五十六年）である」「長い間それが語られることがなく、不問に付されてきた」「しかし近年この陸軍の脚気惨禍とそこに果たした林太郎の関与は、多くの人の知るものとなっている」ということである。

私が鷗外の脚気関係の書物などを通読した印象では、鷗外の脚気問題が一般の人々の間に知れ渡ったのは、吉村昭の小説『白い航跡』の影響が大きいのではないかと思われる。作者自身が「あとがき」の中で「医学者としての思わぬ森林太郎の動きを知り…」と述べているように、多くの人々が意外の感をもたれたのではないだろうか。そこでは主人公高木兼寛の学説に徹底的に反対した悪役として登場するのである。さらに衝撃的な書物は板倉聖宣著『模倣の時代』であろう。そこでは脚気問題の進展を抑圧する側を支える悪者・鷗外森林太郎の姿が強調されるからである。平成八年二月ＮＨＫテレビで「ライバル日本史」シリーズの一つとして、「日清・日露戦争、軍医鷗外の大敗北―高木兼寛と森鷗外―」が放映された。坂内正著『鷗外最大の悲劇』も、脚気問題の資料は板倉著に依り、文芸方面へも筆を延ばし、演繹―帰納の論でまとめているが、大枠では否定的な鷗外論である。近年の傾向として、高木兼寛の功績を称える一方で、鷗外の負の面が強調され過ぎる傾向があった。インターネット情報などでは、さも鬼の首を取ったかのような勢いで鷗外が責められている場合もある。

そういう状況の中、鷗外の曾孫にあたる森千里氏は『鷗外と脚気』（二〇一三年一月発行）と題する本を出版された。森千里氏は予防医学を専攻される医学者（千葉大学予防医学センター長）である。産業廃棄物に関する月刊誌『いんだすと』にエッセイを連載されていて、今回の著書にもその中から鷗外に関するものが収録されているが、「第一部・鷗外と脚気紛争」は書き下ろしである。著書の「はじめに」で書かれているように、鷗外の次女小堀杏奴の御子息・小堀鷗一郎氏より、「鷗外が一部の人から日清・日露戦争で多くの兵士を脚気で死なせた戦犯のように言われている。あなたはエッセイを書いているから、冷静な科学者の目でこの誤解を解き、どこかに書いてもらえないか。予防医学をやっているあなたにしかできないことだから」と言われたとのことである。この小堀氏の言葉がこの本を書かれた契機になったのであろう。

森千里著『鷗外と脚気　曾祖父の足あとを訪ねて』の表紙
（2013年1月　NTT出版発行）

森千里氏の著書は、わかりやすく読みやすい形で、例えば、鷗外の著書の引用は現代語訳されている。森千里氏の叙述によると、鷗外は祖父森白仙を脚気で亡くしているし、弟篤次郎は東大の脚気病室に勤めた経験もある。脚気は当然鷗外の関心事だったのである。『航西日記』の香港での脚気についての記述に関して、山田弘倫著『軍医森鷗外』では「当時すでに日本の脚気問題に留意着眼しておられた証左でもあるが、後年陸軍臨時脚気病調査会長として功績を残されたのも決して偶然の事とは思われぬ」と述べられていることを紹介されている。まさにその通りであろう。

西澤光義氏の「森鷗外『脚気責任論』は冤罪」（『歴史通』二〇一二年九月号）の文章を引用しながら、森千里氏は次のように述べられている。「実際に日清・日露戦争の時に軍医の最高の地位にあったのは石黒忠悳、そして小池正直であるが、そのような人物の名前は現代ではほとんど誰も知らない。誰も知らない人が大失敗しても面白くない。だから、多くの人に自分の書いた本や文章を読んでもらう、あるいは自分の作る番組を見てもらうには意外性のある面白い話にする必要があるのである」。これも一面の真実であろう。

二〇一四年（平成二十六年）六月十九日（木）、北九州森鷗外記念会の総会が行われた。私は会員であるし、記念講演会の演題は森千里氏の「森鷗外と脚気」だったので、記念講演会、総会、懇親会ともに出席した。森千里氏の講演は、プロジェクターを巧みに使われ、とてもわかりやすい話であった。また、御子孫であるが故の熱の入った話しぶりであった。幸いなことに、懇親会では同じテーブルだったので、個人的にお話しもした。話題は吉村昭の小説、板倉氏や山下氏の著作のことなどだった。鷗外はこれまでも、種々悪口を言われてきたが、今回の「脚気問題」ほど、ひどいものはない、と私は考えているし、御子孫の森千里氏も同じ思いであろう。私は今回の「脚気問題」を乗り越えていかなければ、森鷗外研究の進展はないと思う。

森千里氏は私と同じホテルに宿泊しておられたので、翌朝もホテルのロビーでお会いした。翌朝の新聞には、講演会の記事が写真入りで載っていた。講演会は会員外の人も多数参加されて、補助椅子を出すほどの盛況だった。この問題の正当な理解が一般の人々の間に広まれば喜ばしいことである。

この節の最後に、山下政三氏の著作『鷗外森林太郎と脚気紛争』における「小倉左遷説」を取り上げてみたいと思う。山下氏の著作では、前半部では兵食論あるいは脚気論における鷗外の誤りを指摘しているところもあるが、全体的には脚気問題における鷗外肯定論である。その意味では、鷗外の脚気問題に対する世の誤解を解消するには決定的な絶好の著作である。山下氏はビタミン学の権威であるので、専門外の私としてはこの件に対しては口を挟むことはない。ただしかし、氏の言われる「小倉左遷説」には異論があるので、以下に述べる。

山下政三氏の著作の「第一〇章　森林太郎の小倉左遷の背景」「第一一章　森林太郎の小倉左遷（１）」「第一二章　森林太郎の小倉左遷（２）」は山下氏が『鷗外』誌の70号、73号、75号に断続的に連載されたものとほぼ同じであるが、『鷗外』誌に掲載された論考では詳しく叙述されている部分が省略されているところもある。単行本にされるにあたり、推敲されたり省略された箇所があるのであろう。単行本が決定稿であろうので、単行本を基本に考察したい。

山下氏の論考の結論は「森林太郎の小倉左遷は台湾での脚気惨害に対する懲戒処分であった」ということである。山下氏はこの結論に至るまでに、実に詳細な叙述を行っておられるのであるが、その考察には、かなりの推量・推論が含まれていることは、御自身が断られている通りであろう。「台湾での脚気惨害」と「小倉左遷」を結び付けるために、かなり無理な推論を展開されていると私には思われるのだが、どうだろうか？

台湾での脚気惨害は石黒忠悳の責任であろう。またそれに加担した森林太郎にも責任はある。そのために、石黒は辞任した。本人は円満辞職と言っているが、責任をとっての渋々辞職であった。そして森林太郎は……ということになるが、鷗外の台湾勤務は明治二十八年の六月十一日から九月十二日までの三カ月間である。鷗外の小倉赴任の任命は明治三十二年六月八日である。この間の四年間、鷗外は陸軍軍医学校長、陸軍大学校教官、近衛師団軍医部長などを務めてきた。そして突然の小倉勤務である。その説明のために山下氏は大掛かりな推論を述べられているのだが、その叙述は幾らか推測的な物語の印象を受けるのである。

日清戦争とその後の台湾征討戦における脚気惨害の責任をとって石黒忠悳は、明治三十年九月二十八日辞任する。この間、「台湾軍への麦飯給与をめぐる土岐頼徳と石黒忠悳との大喧嘩」がある。明治二十八年九月二日、台湾総督府陸軍局軍医部長は、森林太郎からベテランの石阪惟寛に替えられた。そしてまた、翌二十九年一月十六日、これもベテランの土岐頼徳が任命された。石阪と土岐は野戦衛生長官・石黒に次ぐ序列第二位と第三位の陸軍軍医総監である。日清講和条約が公布されたのが明治二十八年五月八日である。譲渡された台湾の反乱鎮圧のため、第二軍兵站軍医部長の森林太郎は石黒から台湾行きを指示された。『徂征日記』明治二十八年五月十五日の条に、「長官の云く　吾将に卿をして台湾に赴きて以て其風土を観ることを得せしめんとす／ゆけといはゞやがてゆかむをうた枕／見よとは流石やさしかりけり」とある。異郷の風土でも見物して来いぐらいの悠然たる指示であったのだろう。ところが、反乱軍の抵抗は激しく、伝染病や脚気の被害が凄まじかった。鷗外はすぐさま解任され、ベテランの石阪と交替したのだが、更に土岐頼徳と交替したのはどういう理由からだったのだろうか。

この土岐の台湾勤務が石黒との間に問題を引き起こす。土岐は麦飯支給論者であり、米食（白米）支給論者の石黒と衝突することになる。台湾に来た土岐は脚気の惨害を見て、全台湾軍に麦飯支給を指示した。石黒はこれを越権行為とみなし、訓示を発する。「…彼ノ脚気ヲ予防スル為ニ麦米混飯ヲ給スルガ如キハ　仮令一二ノ之ヲ偏信スルモノアルモ　未タ学問界ニ於テ承認セラレタルモノニアラス　今日新ノ学問上之ヲ以テ予防ノ効アリト認ムルニ至ラス／然レトモ貴官或ル部分ニ於テ実験上幾分カ其功績アルヲ信スルニ於テハ　其食用ニ供シテ無害ナル以上ハ之ヲ用ヒルモ妨ナシト雖トモ　命令的ニ一般ニ供給セシムヘキモノニハアラサルナリ…」。要するに、石黒は全体に命令して麦飯に代えることはならない。麦飯指示の撤回を迫ったのである。

それに対して土岐は憤激の文書（明治二十九年三月二十六日付）を発する。山下氏はこの憤激文の写真コピーを載せると共に、漢文調の原文を現代語風に直して紹介されている。この文書はなぜか石黒が秘匿していたもので、山下氏が初めて発見されたという。

その内容は麦飯の不実施が脚気の惨害を引き起こした。しかも麦飯支給を阻止した人物がいる。「おそらく齷齪《あくせく》した小人が自家の陋見に執着して、他人の偉勲を嫉妬するあまり、言葉たくみに貴官の左右に勧めたせいではないのか。なぜならば、貴官は公明忠誠であり、残毒陰険このような考慮は決してないことを信じているからである」。

この文書はむしろ、石黒への忠告であり、石黒の左右に仕える小人（森林太郎を指しているのであろう）を責める文章のように思えるのであるが、どうだろうか。台湾における脚気惨害の真相を封じるため、石黒は脚気公表の抑制、軍医部長への口封じ、さらには土岐の台湾勤務の事実の抹消を行ったと山下氏は説明する。その一方で、土岐との大喧嘩によって、台湾での脚気惨害と麦飯阻止の事実は軍中枢に暴露されたと山下氏は述べる。この間の説明に矛盾はないのか。

明治三十年九月二十八日付で石黒は辞任する。石黒は円満辞職だとするが、山下氏は台湾での脚気惨害と麦飯阻止の責任をとっての辞任と解釈する。「この石黒の非自発的辞任という出来事は、森に無縁なものではなかった。高島から麦飯阻止の相棒とみられていた森の身上にも、やがて予期しない同様の事件が起きるのである」と山下氏は述べる。高島とは当時陸軍大臣の高島鞆之助であり、台湾での事情を知悉していた上司である。山下氏は「予期しない同様の事件」を鷗外の「小倉左遷」とみるのであるが、果たしてそうか。

明治三十年九月の石黒の医務局長辞任は台湾での、あるいは広く見て日清戦争全体における脚気惨害の責任をとったと、理解できるが、森林太郎は最高責任者ではないので、明治二十八年九月二日付を以て台湾総督府陸軍軍医部長を免ぜられ、陸軍軍医学校長事務取扱を命ぜられたにとどまったのではないか。日露戦争でも、陸軍における脚気惨害があったわけだが、野戦衛生長官だった小池正直が責任をとって医務局長を辞任したと理解できるが、鷗外は小池の後、医務局長に就任したのである。

台湾から帰任した鷗外は、陸軍軍医学校長、陸軍大学校教官、近衛師団軍医部長を歴任し、明治三十二年六月八日、突然、第十二（小倉）師団軍医部長に任命される。この間の経緯について山下氏の叙述に幾らか疑念を覚えるので以下に述べる。

山下氏の著作一八三頁に「陸軍大学校教官を罷めさせられたりしていたのは、異変のはしりともみられるが、…」とある。「異変のはしり」とは「小倉左遷の序幕」としてとらえられているのであろう。しかし、明治三十年九月十三日、陸軍大学校の教官兼任を免ぜられたのは、「小池正直の洋行中、陸軍省医務局第一課長事務取扱を命ぜられたからであろう」との苦木虎雄氏の判断（『鷗外』誌44号所載「鷗外研究年表（15）参照」が正しいであろう。

山下氏の著作二四八頁に「石黒の逃げの対応に万事を了解し、森は観念したのであろう。直後の六月十日には一八種、十四日には四〇種、十七日には三十二種、と立てつづけにやけくそに古書を買っている。今さらの胸の痛みをまぎらわす切ない手段だったと思われる」とある。鷗外の「明治三十一年日記」の六月七日、八日、石黒を訪ねて面会出来なかったことから、「自分だけうまくとがを逃れ円満辞職した石黒は、これから起こる森の悲運（懲罰）に気がとがめ、顔を合わせたくなかったのであろう」と山下氏は推測されている。石黒と面談できなかったことを「これから起こる森の悲運」（小倉左遷）と結び付けておられるが、「明治三十一年日記」における購書の記録は、私が前著の中で指摘したように（十四頁）、「日本芸術史」（「日本芸術史資料」）のためであったのである。それは小倉時代の「歴史好尚」につながり、鷗外後期の「歴史文学」につながっていくのである。いうなれば、その時期の購書の記録は鷗外の趣味道楽（鷗外はヂレッタンチスムと言った）の一端を示していて、(註2) それは官職とは別の営みであった。それは文学・文芸の側面でもあろう。「立てつづけにやけくそに古書を買っている」という問題ではないのである。

山下氏の論の基調は小池正直と森鷗外の関係は、敵対するものではなく、友情の関係であったとされているようだ。従来の通説とは異なり、山下氏独特な見方であり、私はそれなりに説得力があると思う。山下氏は次のように述べられている。

「森林太郎の小倉転勤の発令者はたしかに時の医務局長・小池正直であり、そのことから〈小倉左遷〉といえば必ず小池が引きあいに出されている。そして、小池が悪意のもとに森を左遷させたかのような論議が大半を占めている。つまり小池を加害者、森を被害者のごとくに論じているのである。果たして、そのような単純な見方でよいのだろうか」。

鷗外の小倉転勤の直接の契機となったのは、江口襄第十二師団軍医部長の開業のための辞任である。小池局長の軍医の開業禁止訓令に反発して、江口は六月八日、軍医を辞めて開業医となった。江口襄は小池や鷗外と同じ東大医学部の同期生だった。小池の後の第十二師団（小倉）軍医部長を誰にするか、小池は困惑しただろう。その穴埋めに森林太郎が任命されたのである。山下氏の叙述によると、「つまり、三五年三月一四日まで在任するはずの江口襄が開業で中途辞職したための、応急の穴埋めだったのである」ということになる。

ここで、「三五年三月一四日まで在任するはずの…」は注意すべきかも知れない。なぜなら、明治三十五年三月十四日を以て、鷗外は第一師団（東京）軍医部長に任命されていて、当初から小池は、いずれ鷗外を東京へ帰任させるつもりだったと解釈されるからである。鷗外の小倉勤務は応急の臨時的処置だったのである。小池は大阪や朝鮮での勤務の経験もある。戦時下を除いて東京だけに勤務してきた鷗外とは違う。「朝鮮にまで行かされた小池からみれば、小倉は別段驚愕絶望するような異郷ではない」と山下氏が述べているように、小池は思ったかも知れない。そして、時には地方勤務もためになるという年下の同期生への配慮があったとも考えられるのである。しかし、山下氏は「小倉左遷の事情は、小池とは関係のない別のところにあった」として、論を展開されている。
「小池とは関係のない別のところ」には石黒忠悳がからんでいると山下氏は説く。台湾征討戦での脚気惨害の責任をとっての石黒辞任であったが、円満辞職という形のために石黒は八方手を尽くした。「残る問題は森の処分であった」「思案のすえ石黒は良策を得た。自分の進退と森の処分とを切りはなせばよい。自分が一足先に辞任し、森の処分は後日他者におこなわせれば、二つの事件は無関係なものにみえる。また自分が直接手を下さない方が、森との人間関係も険悪にならなくてすむ。万事好都合である」と山下氏は推量されている。石黒は小池を説得して、懲罰のための小倉左遷をさせたというわけである。「石黒が森の処分を後日にずらす方針で進んだことは、高い確率で推定できる」と山下氏は述べ、著書の中で大掛かりな推論を展開されているわけだが、それは「脚気問題」と「小倉左遷」を無理に結び付けた推論のように私には思われる。

山下氏にかぎらず大部分の論者は、「小倉左遷」という言葉を決まり文句のように、あたかも四字熟語のように使っている。しかし正確には、「小倉転勤」あるいは「小倉赴任」ではないのか。確かに「左遷」という言葉を鷗外は使っている。ただし、それは小倉赴任直後の母親宛ての書簡においてである。鷗外自身そう思い込んでいた。「小倉左遷」は鷗外の主観の言葉であると私は考えている。客観的には左遷どころか、「栄転」とも言えるかも知れない。実際、「栄転」という言葉も、鷗外自身使っているのである。プライベートな書簡のなかでは、「左遷」と言っても、公になる書簡のなかでは、「望外の栄転」などという言葉も使っているのである。(註3)

小倉赴任と同時に鷗外は、一等軍医正（大佐相当）から軍医監（少将相当）に昇進している。これについても、色々解釈があるが、(註4)「昇進」に間違いはないのである。小倉へ赴く前日に観潮楼茶室前にて写した写真は将官昇進の記念すべき晴れがましい礼服姿ではなかったのか。ただし、満三十七歳の端正な顔貌の中に寂しさが漂っていることも確かである。小倉在任中の明治三十三年五月六日、鷗外は上京の旅に出立する。皇太子御成婚式に参列するためである。参列の資格は将官（陸軍軍医監）だったからである。『小倉日記』によると、旅の途中、東郷海軍中将や乃木陸軍中将と出会ったことが記され注目されるが、御成婚式関係の記述も詳しい。鷗外は晴れがましく思っていたに違いない。それは「軍医監」なればこその参列だったのである。

小倉への赴任は「都落ち」なので、その意味では「左遷」であろう。衛生部の中枢から離れなければならない、東京美術学校や慶応義塾などの講師など、東京でなければ出来ない仕事も辞めなければならないなど、失うものは大きかった。鷗外の気分は落ち込んでいた。小倉へ赴く途中での『小倉日記』明治三十二年五月十八日の記述「私《ひそか》に謂《おも》ふ、師団軍医部長たるは終に舞子駅長たることの優れるに若かずと」は有名である。陰うつな気分が反映された言葉であろう。

明治三十三年一月一日付の『福岡日日新聞』に掲載された『鷗外漁史とは誰ぞ』の悲愴感漂う文章は、文芸志向の人々の同情を誘った。豊前小倉の地を「西僻《せいへき》の陬邑《すうゆう》」（西のはずれの片田舎）と呼んだことで知られている文章である。全体としては中央の文壇を遠ざかった者の怨恨が表れ出ているようだ。

東京（中央）から地方への勤務は鷗外のエリート意識を傷つけるものであったかも知れない。しかし、そこには鷗外の甘えの気持ちもあることは否めない。山下政三氏の著作一九四頁に次のような記述が見られる。「特別待遇の安楽にひたり中央に安住してきた森だからこそ、小倉行きぐらいで動転悲観したとみられなくもない。つまり安易な甘えの気持ちが過剰反応をひき起こしたとみられないこともないのである」。おそらく、これが正確なところではないかと思われる。

鷗外の部下であった山田弘倫が昭和九年に刊行した『軍医としての鷗外先生』に次のような記述が見られる。「小倉でも台湾でも命あれば即ち飛んで行く、これこそ武人たる先生の本領であり、亦実に当然の軍医生活でもある。イヤその田舎廻りの経験こそ他日首脳部の椅子に座るお方の為には、大切な素地手腕を養うことにもなる、…」。これも正当な理解であろう。江口襄の突然の辞任に戸惑った小池の胸中にも、そのような思いがあったかも知れない。小倉在任中の書簡や日記に出てくる小池に対する鷗外の反感は、鷗外の思いすごしに過ぎない。いずれは自分の後任には森林太郎をという考えは当初から小池の中にあったのであろう。事実その通りに、日露戦争後の明治四十年十一月十三日、小池は陸軍省医務局長を辞任、後任の新医務局長には「予定の如く」、鷗外が就任したのである。『男爵小池正直伝』には「唯一言〈宜しく頼む〉〈よし心得た〉の実に簡単なる事務の引継であつたと云ふ」との談話が記されている。

以上のように、客観においては、鷗外の小倉赴任は「左遷」ではなく、(註５)昇進しての転勤だったと理解できるが、鷗外の主観においては、あるいは意識においては、「左遷」だったのだろう。そういう意味での「左遷説」を展開しても構わないだろう。

「サラリーマン森鷗外の哀歓」のテーマで鷗外評伝を書き継がれていた吉野俊彦氏は「小倉左遷説」論者

であった。しかし、小倉への左遷が鷗外の生涯にとって重要な転機となったと解釈されているようだ。吉野氏は小倉時代を「雌伏の時代」と捉え、種々の勉強に励んだことを挙げられている。吉野氏の著作の中から次の記述を引用しておこう。「このサラリーマンとしての雌伏時代の苦労こそ、彼の文学を、朝から晩まで文学に専心する生活の中からは生まれ得ない独特なものにした根底である、と私は信ずる。同じサラリーマン生活を続けている私などにとっては関心の対象たらざるを得ない『あきらめの哲学』は、小倉左遷の時期に初めて形成されたとみるべきであろう」(註6)。

（註1）『鷗外』誌91号（平成二十四年七月発行）所載の油井富雄氏の論考「『渋江抽斎』成立の背景と漢方医学」参照。

（註2）大正六年九月発表の随筆『なかじきり』には「約《つづ》めて云へばわたくしは終始ヂレツタンチスムを以て人に知られた」とある。

（註3）明治三十三年四月九日付『医海時報社』宛書簡に次のような文面がある。「貴社雑誌第三百五号に　下官儀貶謫を快からずとし　本年三月上京の際　文科大学の椅子を要求して得ず又慶応義塾大学部の招聘に逢ひて後者をば謝絶せり云々記載相成候処　下官の第十二師団軍医部長たるは望外の栄転にして貶謫と称すべからず…後略…」(傍線は筆者)。多少、皮肉めいた言い方であるが、公にはそう言わざるを得ない事情があったのであろう。

（註4）山下政三氏の著書（二六一頁）には、「左遷せざるをえなかったので軍医監に昇進させた…云々…」の文言がある。『鷗外』誌44号所載の篠原義彦氏の論考「鷗外森林太郎の雅号『隠流』考」に、「…表面的には栄転させ、その実、退

け遷す…」なる文言がある。

（註５）「小倉左遷説」の否定は、つとに、山﨑國紀氏によって、指摘されて来ていた。和泉書院発行「森鷗外研究８」所載「『小倉左遷』は消えた」参照。

夏目漱石は松山から熊本への転勤を、大塚保治宛の書簡（明治29年7月28日付）で、漱石一流の諧謔表現で、「左遷」と述べている。東京から遠ざかるほど、「左遷」なのだろう。

（註６）吉野俊彦氏著『青春の激情と挫折　森鷗外』（昭和五十六年二月刊　ＰＨＰ研究所）三四六頁参照。

第二章　『渋江抽斎』論

第1節 「抽斎」との出会い

大正四年十二月十日、賀古鶴所宛書簡は次のように述べられている。

「拝啓椿山荘ニテノ事御報被下候ニ御返事延引恐入候実ハ新年ノ作品ノ為昨日マデ忙殺セラレ居候兎ニ角今後筆デ立タウトスルニハ多少地盤ヲ作ル事ニシタクカセギ出シ候ワケニ候…（後略）…」。

大正四年九月十六日、「婦女通信」に鷗外引退の報が伝えられ、東京の諸新聞の記者が駆けつけるという騒ぎがあった。世間では鷗外の陸軍省医務局長引退の説が広まっていたのであろう。医務局長就任以来八年が経過していた。十一月二十二日、鷗外は陸軍次官大嶋健一に辞意を告げ、翌日、その旨を親友の賀古鶴所に伝えたのであった。正式に辞任したのは、翌年の四月十五日であったが、大正四年の半ば過ぎ頃から鷗外は引退の覚悟を決めていたのかも知れない。


唐木順三著『鷗外の精神』（一九四八年刊）に指摘されている大正四年七月十八日の日記に記された「齠齔《ちょうしん》」と題された七絶の漢詩は、鷗外の心境を表しているのであろう。「齠齔」とは難しい漢語であるが、鷗外は同年七月二十三日付の賀古鶴所宛書簡でこの漢詩を披露し、「齠齔ハ歯ガハリノ時ヨリ也」と註している。第七句は「老来殊覚官情薄」である。「我々は何事か気まづい衝突が省内にあつたことだけは察し得るのである」「おぼろげながら、心中平らかならざる鷗外を想ふのである」と唐木順三は述べている。

この頃の鷗外は陸軍省引退の気持ちを抱いていたことは確かであろう。陸軍を退いてどうするか。いよいよ「文筆で立つ」のか。しかし一方では、陸軍を退いた後、貴族院議員に推薦されるかもしれないとの思いも鷗外にはあったと解釈される場合もある。大正四年十二月六日付石黒忠悳宛書簡には次のように述べられている。

「……（前略）…下命ノ上ハ直ニ御受可申上ハ勿論一層言行ヲ慎ミ御推薦ノ厚誼ニ負候事無之ヤウ可仕候又成就セストモ御盛宜永ク記念可仕候敬具　十二月六日　森林太郎　石黒男爵閣下」。

この書簡は石黒が鷗外を貴族院に推薦する旨の手紙に答えた文章である。そのことが成就するかどうか確かではないが、一応石黒の厚誼に礼を述べているのである。結局、そのことは成就しなかったわけだが、鷗外はあまり期待をかけていなかったのかも知れない。それよりは、鷗外にとって賀古宛書簡に出てくる「今後筆デ立タウトスル」ことが関心事であったのだろう。「新年ノ作品」とは、歴史小説『高瀬舟』と『寒山拾得』であろうか。この二作品は鷗外歴史小説の極みといっても良い作品である。いや、それればかりではない。翌年正月発表の作品には、史伝作品『椙原品』があり、翻訳作品『白衣の人』がある。そして一月十三日からはいよいよ、長編史伝作品『渋江抽斎』の連載が始まるのである。これら一連の作品発表が「筆で立つ地盤」作りだったと理解されるのである。

大正四年は鷗外が陸軍省辞任を決意した年であると共に、「渋江抽斎」という人物との出会い、また、その人物の事跡の探索、子孫との交流などの出来事の起こった時であった。その経過は作品『渋江抽斎』の初めのほうに書いてある通りであり、鷗外の日記や書簡を検討すればわかることである。

「わたくしの抽斎を知ったのは奇縁である」と作品（その三）の冒頭で述べる。鷗外は自己の文章の題材を過去に求めるようになり、徳川時代の事蹟をさぐるため、「武鑑」を収集するようになった。「武鑑」とは、諸大名や幕府役人の出自・格式・職務などを記し、毎年改訂刊行されていた年鑑風の刊本である。鷗外は大正二年九月から二百六十余冊を収集したということである（註1）。

鷗外は武鑑収集中に、「弘前医官渋江氏蔵書記」という朱印のある本に度々出逢った。「弘前医官渋江氏」とは誰か。正保二年（一六四五）に出来て、正保四年に上梓された屋敷附より古い武鑑の類書を見たことがない、というのが数年間武鑑を捜索して来た鷗外の断案であった。鷗外の断案より先にこの断案を得た人があった。その人は著書に「抽斎云く」の考証を記し、弘前医官渋江氏蔵書記の朱印が押してあった。抽斎と渋江氏が同人ではないかと鷗外は思った。ここから鷗外の「渋江抽斎」の探索が始まる。弘前の知人に手紙を出して問い合わせたのは大正四年八月のことだった。渋江氏は津軽藩定府の医者の家であることを知った。飯田巽《たつみ》という旧津軽藩士の人に面会して、『経籍訪古誌』の著者渋江道純という医者があり、子孫も存在している事を知ったのは八月三十一日だった。旧津軽藩士で歴史家の外崎覚《とのさきかく》に面会したのは十月十三日である。外崎覚との面会によって鷗外は多くのことを知った。抽斎の嗣子渋江保《たもつ》の存在をも知ることになるのである。

渋江抽斎のことを詳しく知るにつれ、鷗外は自分と似た経歴の人であり、親近の感をおぼえる。「抽斎は医者であつた。そして官吏であつた。そして経書や諸子のやうな哲学方面の書をも読み、詩文集のやうな文芸方面の書をも読んだ。其迹《あと》が頗《すこぶ》るわたくしと相似てゐる」と鷗外は思う。しかし、「抽斎が哲学文芸に於いて、考証家として樹立することを得るだけの地位に達してゐたのに、わたくしは雑駁なるギレツタンチスムの境界を脱することが出来ない」と鷗外は述べる。鷗外自身の謙遜もある一方で、渋江抽斎を優れた存在として見ているのである。「抽斎はわたくしのためには畏敬すべき人である」「わたくしは抽斎を親愛することが出来るのである」といった言葉も並べられている。ここには畏敬すべき親愛する人物としての「渋江抽斎」との出会いが喜びに満ちた調子で描かれている。それが「抽斎」のことを筆にする鷗外を揮いたたせたのである。

谷中の感応寺に行って、渋江抽斎の墓にお参りしたのは、大正四年十月三十日である。そこには海保漁村撰の「抽斎渋江君墓碣銘」がある。撰文の抄は既に外崎覚より得ていた。抽斎の嗣子渋江保との書信が始まったのは、十月十八日であった。十月二十四日着、渋江保の鷗外宛書状は鷗外を歓喜させるものであった。翌日の鷗外の返信には次のように述べられている。

「御細書昨日到来拝誦仕候御蔭ニテ抽斎先生ノ面目髣髴トシテ心頭ニ現シ来リ歓喜ニ不堪候小生ガ先生アル事ヲ知ルニ至リシ道筋ハ実ニ不可思議ニ付イツレ面晤之時申上候…（後略）…」。

渋江保と初めて面談したのは、十一月二日であった。『渋江抽斎』（その九）の冒頭はつぎのように書かれている。「気候は寒くても、まだ炉を焚く季節には入らぬので、火の気の無い官衙の一室で、卓を隔てゝ保さんとわたくしとは対坐した。そして抽斎の事を語つて倦むことを知らなかつた」。

鷗外はその後、渋江保より抽斎についての多くの資料を得ることになる。抽斎の娘杵屋勝久や孫渋江終吉とも交流することになり、翌年の一月十二日、渋江保、杵屋勝久（渋江陸）、渋谷終吉と外崎覚を鷗外邸の晩餐会に招いた。その席に当時十七歳の保の娘乙女《おとめ》も同席した。その晩餐会は、外崎覚の日記では「渋江道純翁紀念会」と記されている。(註2) 鷗外はいよいよ渋江抽斎の伝記を新聞に連載することになるのである。

大正四年十一月初旬、鷗外は東京日日新聞社の客員となり、早速、「東京日日新聞」と「大阪毎日新聞」に随筆『盛儀私記』を連載する。これは翌年一月の「東京日日新聞」「大阪毎日新聞」への史伝作品の連載の先駆けをなす出来事であった。東京日日新聞社としては、明治四十年以来、朝日新聞に入社して活躍した夏目漱石に対抗して、森鷗外の連載を依頼したのだとも考えられる。その結果はどうであったか。漱石は新聞紙上の読者の人気を博したが、鷗外の場合は読者の反応は散々だった。それはどうしてか。一言で言うと作風の違いであろう。またさらに言うと、鷗外の史伝作品は通俗的でなかったからである。この件については、後述するとして、ともあれ、「渋江抽斎」との出会いによって、鷗外は自らの長編史伝作品の体裁を築いたのだった。

（註1）『鷗外歴史文學集・第五巻』（岩波書店、二〇〇〇年一月発行）九頁注参照。

（註2）川村欽吾著「森鷗外と外崎覚―『渋江抽斎』余聞」（『鷗外』誌18号参照）。

第2節　資料提供者・渋江保

史伝作品『渋江抽斎』の成立にとって、「抽斎」との出会いは大切なことだった。それと同様に、抽斎の嗣子・渋江保との出会いも大事なことだった。鷗外は保からの資料提供によって作品の大部分を構成しているからである。

鷗外が渋江保という名前を知ったのは、（その七）の叙述から察すると、大正四年八月中旬以前のようである。津軽藩に仕えた渋江氏の当主、師範学校の教員、博文館刊行書籍の著者、といったような情報があった。八月三十一日、旧津軽藩士の飯田巽と面会して抽斎の娘・杵屋勝久の存在を知り、後からの書簡で抽斎の孫・渋江終吉の所在を知る。終吉（当時二十六歳）に手紙を出したのは十月十三日であった。十月十五日付の鷗外の終吉宛返書には、「…小生只今研究中ノ問題ハ古来道純先生ヨリ精通セル人無之追テ大イニ世間ニ向テ同先生ノ功績ヲ称シタキ考ニ有之候…」とある。抽斎研究に精進しようとの意気込みが窺えるのである。

十月十八日付終吉宛鷗外書簡には、「御細書拝読難有奉存候保君ノ事ハ兼テ承及ビ宿所不明ノ為メ所々問合セ中ニ候処御文中ニテ判明イタシ候…」とあり、渋江保の住所がわかったのである。十月十九日付渋江保宛鷗外書簡には「昨日御葉書入手種々御示之件承知難有奉存候…」とあり、いよいよ抽斎の嗣子・渋江保との文通が始まったのである。

渋江保と初めて面会したのは、大正四年十一月二日であった。（その九）の見出し[註1]は、「渋江保との対面」である。その章の終りの叙述はつぎのように記されている。

「わたくしは保さんに、父の事に関する記憶を、箇条書にして貰ふことを頼んだ。保さんは快諾して、同時にこれまで独立評論に追憶談を載せてゐるから、それを見せようと約した」。

「保さんと会見してから間もなく、わたくしは大礼に参列するために京都へ立つた。勤勉家の保さんは、まだわたくしが京都にゐるうちに、書きものの出来たことを報じた。わたくしは京都から帰つて、直に保さんを訪ねて、書きものを受け取り、又独立評論をも借りた。こゝにわたくしの説く所は主として保さんから獲た材料に拠るのである」。

「大礼」というのは、大正四年十一月十日に京都御所で行われた大正天皇の即位式である。それに参列するため十一月八日から十八日まで鷗外は旅行中だった。その間、保は資料を揃えてくれていた。鷗外が初めて牛込の渋江保宅を訪れたのは、十二月一日であった。それ以後、保とは史伝作品制作を巡って親密な交際がなされていくのである。

保が提供した資料は「抽斎年譜」「抽斎吟稿」「渋江家乗」「抽斎親戚並門人」「抽斎歿後」「渋江保懐古談」など多数に及んでいる。[註2]それらは史伝作品『渋江抽斎』制作の骨格を成しているとも言えるだろう。

東大の鷗外文庫の中の渋江保提供資料について調査された一戸務氏は、昭和八年八月発行の『文学』において、「鷗外作『渋江抽斎』の資料」と題する論考を発表された。それは保提供資料の重要性を指摘するものだった。その論文の中には、次のような言葉が並べられている。「もし渋江抽斎にして、文学的な人物性格描出された処がありとせば、それは鷗外の力ではない、渋江保の力である。わたくしは、現在の保氏の草稿をみてそれを充分に知つた」「わたくしは、いま鷗外の蔵書の蓄積の間から、図らずも保氏の渋江抽斎の草稿を拾ひえて、その伝記作成の資料提供の功の偉大なるに感じてこの草稿を草し、未だ一般に知られなかつた稿本を紹介して、労作の功業をねぎらひたい」。

この論文は反面、鷗外の史伝作品『渋江抽斎』のオリジナリティに疑問を提示するものとなり兼ねない。鷗外は自らか或いは新聞社からか定かでないが、渋江保に謝金を払っていたのである。(註3) それは渋江保を作品の共同制作者として見ていた意識が、鷗外の中にあったからであろうか。

多少横道にそれるが、近年、これに似たような問題が生じている。それは広島原爆被災の状況を描いた井伏鱒二作『黒い雨』を巡ってである。猪瀬直樹氏は『週刊ポスト』一九九九年九月から二〇〇〇年十一月にかけて五十六回に連載したものに加筆して、『ピカレスク　太宰治伝』と題する著書を刊行されている（小学館、二〇〇〇年十一月初版第一刷発行）。この著書は太宰治評伝ではあるが、他面、太宰治の遺書に書かれていた「井伏さんは悪人です」を追究した書物でもある。

『ピカレスク　太宰治伝』の終章に『黒い雨』のことが出てくる。猪瀬氏によると、井伏鱒二作『黒い雨』は資料提供者である重松静馬氏の『重松日記』をリライト（rewrite　書き直し）したものだというのである。このことはまた、『文学界』二〇〇一年八月号に載せた猪瀬氏の文章（『重松日記』出版を歓迎する―『黒い雨』と井伏鱒二の深層）でも繰り返し述べられている。「井伏さんは悪人です」は、猪瀬氏の解釈によると、結局、「共感能力の欠如」ということになるようだ。「共感能力の欠如」は「井伏特有の問題」にも置き換えられると思うが、それは、『黒い雨』の場合はどうか。

『新潮』に連載されていた『黒い雨』が単行本として刊行されたのは昭和四十一年十月二十五日である。その四日前に井伏鱒二はその年の文化勲章受章者に決定した。比較的地味な作家・井伏鱒二に対する注目度は高まる。十一月十日には野間文芸賞の受賞が決まる。井伏の受賞の言葉には次のような箇所がある。「…要するにこの作品は新聞の切抜、医者のカルテ、手記、記録、人の噂、速記、参考書、ノート、録音、などによって書いたものである。ルポルタージュのようなものだから純粋な小説とは云われない。その点、今度の野間賞を受けるについて少し気にかかる」。これについて、猪瀬氏は「重松静馬とその日記についてはまったく触れず」「数多くの記録類に拡散させてしまう」と述べ、そこに「井伏特有の問題」があると捉えているようだ。野間文芸賞をもらう三カ月前、井伏は重松静馬に「二人の共著にしたいと思う」と申し入れた事実との落差に驚くと猪瀬氏は述べる。

「『黒い雨』の約六割は重松日記をリライトすることで成り立っている。そのうえに岩佐博医師の被爆日記、岩佐夫人の看護日記などもほとんどそのまま加わっているのだ」と猪瀬氏は述べる。そして、『重松日記』と『黒い雨』を対応させながら、リライト説を補強する。猪瀬氏の言う「リライト」をどう解釈するかが問題となるが、資料に依存して作品を仕上げるという側面が、それが全部でないにしても井伏鱒二にあったことは確かであろう。その例として、『青ヶ島大概記』と『ジョン万次郎漂流記』が挙げられている。

『青ヶ島大概記』は『中央公論』昭和九年三月号に発表された作品で、まだ二十四歳の大学生だった太宰治に手伝わせたという。これは「伊豆国付八丈島持青ヶ島大概記」を種本としていると猪瀬氏は指摘している。『ジョン万次郎漂流記』は昭和十三年に第五回直木賞を受賞した作品である。これは明治三十三年五月に博文館から出た石井研堂著『中浜万次郎』が種本であるとのこと。「膨大にして精細なる名著『明治事物起源』の著者として知られる石井研堂だが、ジョン万次郎の評伝を書いたころはまだ伝記的な資料が乏しかった。だから間違いが多い。井伏は間違いまでもそっくり引き継いだ」と猪瀬流の辛辣な言い方もしている。

井伏鱒二は福山中学時代、当時「大阪毎日新聞」に連載中の史伝作品『伊沢蘭軒』の著者森鷗外宛にいたずらの手紙を出して、それに鷗外が作品の中で反応の文章を書いた逸話で知られているが、井伏は鷗外の作品に親しんでいたのかも知れない。資料（史料）に依拠して作品を仕上げる手法は鷗外の歴史文学の手法と同じだからである。

『ジョン万次郎漂流記』受賞の時の直木賞選考委員の小島政二郎の絶賛の言葉を猪瀬氏は引用している。それは次のようなものだった。「文章の美しさと、ストーリーを遣る水際立った練達堪能の見事さに敬服しながら読んだ。井伏君は、井伏君流に森鷗外の影響を巧みに受け入れていると思った。行間に聞こえる井伏君の息使いに、僕は詩を感じ、詩人を垣間見た」。

『黒い雨』は題材が題材であるだけに、大きな反応を呼んだ。高名な文学者諸氏が賞讃の言葉を連ねた。「原爆をどんなイデオロギーにも曇らさぬ眼で、これほど直視し切った小説を私ははじめて読んだ」（江藤淳）。「ひとつのフィクションとして、作者はあえてヒロシマ原爆を一長編にまで構築したのである。私はまずその作家的勇気に注目したい」（平野謙）。「異常な大事件を、市井の男女の眼で見させ、肌で感じさせ、それに依って描く手立てを見付け、また完全に描ききることができたということは、立派というほかありません。構成にも苦心のほどが窺われ、細部の描写など不思議と言いたいほど現実性を持っています」(井上靖)。「広島の原爆について、多くの小説やルポルタージュが書かれているが、被爆の惨状をこれほど如実に伝えたものはなかった。作家の眼のたしかさと技術的円熟が、この結果を生んだことは疑いない」(大岡昇平)。以上の言葉は猪瀬氏の著述から抜書きしたのだが、これらの発言は資料となった『重松日記』が明らかになってない段階での発言であろう。

『重松日記』が存在すると言われ出してからも、安岡章太郎や大江健三郎の発言の中に、『重松日記』を過少評価する箇所を猪瀬氏は指摘する。リライトの問題は考察する必要があるが、猪瀬氏が強調するのは、「井伏独特の謙遜、あるいは韜晦」と受け取られかねない「井伏鱒二の深層」の問題なのだろう。それが太宰の遺書にあった「井伏さんは悪人です」につながるのであろう。

余談めいた話になるが、猪瀬直樹氏が東京都知事に就任し、また辞任に追い込まれた事件の報道などで、猪瀬氏が「作家」の経歴を持つ人であることを、私は知った。「作家」とはどのような「作家」なのかと興味を持ち、猪瀬氏の著作を図書館から借り出して読むことになった。主に読んだのは『天皇の影法師』(朝日新聞社、一九八三年発行)と『ペルソナ　三島由紀夫伝』(文藝春秋社、一九九五年発行)と『ピカレスク　太宰治伝』である。これらの書物のいずれにも「森鷗外」への言及があり、鷗外についての評論を試みている私にとっても参考になった。

猪瀬直樹氏はルポルタージュ作家である。昨今はノンフィクションの作家と呼ぶようである。虚構の物語

（フィクション）を紡ぎ出す小説家を「作家」と呼ぶ感覚からは少し違う作家なのである。しかも現今、ノンフィクションは盛んである。「事実は小説よりも奇なり」と言われるように、「事実」の中に「奇なる物語」を読者は求めているのだろうか。

そこで私は、およそ百年前の鷗外の史伝文学のことを考えてみた。鷗外の史伝作品も言ってみれば、ノンフィクションの作品であろう。してみると、現今のノンフィクションの隆盛の源を鷗外の史伝文学に求めるというのはどうだろうか。しかし、現今のノンフィクションと鷗外の史伝作品とは趣《おもむ》きが違うであろう。例えば、語弊があるかも知れないが、猪瀬氏の筆致は週刊誌的であり、読者の興味を惹《ひ》く書き方で一般受けがするであろう。それに対して、鷗外の史伝作品は主人公が江戸時代の儒医・儒者であり、漢籍・漢詩などの教養がないと読み難い書物なのである。しかしまた一方、諸方面より情報を取り入れて、文章をあるいは物語を構成する方法においては共通するのである。

『渋江抽斎』の方へ論題を戻して考察してみたい。渋江保は『抽斎』（略称）のみならず、その後の鷗外の史伝制作にも協力しているが、『抽斎』の場合は特に自らが主人公の嗣子であるが故に、家に伝わる材料を所持していたし、自らが作成した資料を鷗外に提供していて、その貢献の度合いは大きかった。それはまさに、「わたくしの説く所は主として保さんから獲た材料に拠るのである」と鷗外が述べる通りである。

保から提供された材料を鷗外がいかにしてその作品の中に盛り込んだか。そこには、猪瀬氏のいう「リライト」という問題もあるのかも知れない。但し、鷗外史伝研究の場合、材料と作品の間の比較検討は先行研究者の綿密な論考があるので、そのことについては次節以降の論述に委ねたい。

渋江保は師範学校及び慶応義塾を卒業し、教員や新聞社勤務などを経験し、多彩な著述活動を行った人である。『抽斎』（その百十二）で鷗外は保の経歴を述べている。「しかし最も大いに精力を費やしたものは、書肆博文館のためにする著作翻訳で、その刊行する所の書が、通計約百五十部の多きに至つてゐる」と鷗外は述べる。「概《おおむね》皆時尚を追ふ書估《しょこ》の誅求に応じて筆を走らせたものである」と鷗外は述べるが、たとえそうであっても、著作に対する筆まめな傾向には驚かされるのである。そのような保の傾向が鷗外の史伝制作の協力者として大いに寄与したことは言うまでもない。『鷗外』誌72号（平成十五年一月発行）に「渋江保の事蹟」と題する論考を発表された村岡功氏は「渋江保年代順著作一覧」を載せられているが、その論考の中で、村岡氏は次のように述べられている。「保の存在、そしてその献身的ともいえる資料の書き出しと、提供がなければ『渋江抽斎』のあれほどの躍動感と精彩はなかったであろうとの実感は益々強まるのである」。

渋江保についてはその実年齢に六歳の違いがあることが、近年、松木明知氏によって明らかにされた。『鷗外』誌90号（平成二十四年一月発行）所載の「渋江抽斎の嗣子『保』（成善、道陸）の生年と名について」と題する論考に於いてである。つまり、渋江保は自らの生年月日を安政四年（一八五七）七月二十六日として鷗外に報告していた。鷗外はその報告に基づいて作品の叙述を進めている。しかし、それはいわば虚偽の報告であり、実際は、それより六年以前の嘉永四年（一八五一）七月二十六日だったことが、渋江家子孫所蔵の「渋江族系譜」（抽斎自筆）などによって確かめられたのである。このことは、渋江保が史伝作品『抽斎』

の資料報告者であると同時に作品の中の登場人物でもあるので、重大な指摘となる。それは『抽斎』の読み直しを迫る問題かも知れないからである。

松木氏は、「渋江保の生年が安政四年でないことを一九六三年（昭和三十八）から知っていた」と述べる。弘前藩江戸定府藩士の代々の略歴を記した「江戸御家中明細帳」の記録によれば、安政四年七月保の誕生半年前に「嫡子願」が出され、四カ月前に「御目見え」したことになり、矛盾が生じる。保が安政四年以前に生まれていたが、何らかの事情で生年を遅らせたのではないかと松木氏は推測する。一九六三年に保の娘である渋江乙女さん宅を訪れて、尋ねると「保は安政四年生まれと聞いており、それに間違いありません」との返事であった。渋江乙女所蔵の「渋江族系譜」（抽斎筆）には保の生年月日は「嘉永四年七月二十六日」と記され、同じく渋江乙女所蔵の「保の同胞表」（保筆）には「嘉永四年八月朔日」とある。月日については食い違いがあるが、生年はいずれも「嘉永四年」であった。

乙女さん没後その跡を継いだ佐藤家より、松木氏が史料を預かり整理したのは二〇〇八年の事だった。問題の史料を丁寧に読んだ松木氏は、保が「安政四年生まれ」でなく、「嘉永四年生まれ」であることを確認する。抽斎自筆の「渋江族系譜」には抽斎の子供たちの生没年などが記されている。十番目の「成善《しげよし》」は「保」のことである。その所には「嘉永四年辛亥七月廿六生称稲垣氏　嘉永七年申寅三月十二日復渋江氏」と書かれている。松木氏の説明によると、「抽斎は跡を継ぐべき長男恒善を失ったので、一旦稲垣家に養子に出した成善（保）を急遽嗣子とすべく渋江家に戻したのであろう」ということである。そして、抽斎の次子で矢嶋家の養子となった矢嶋優善自筆の「渋江家年譜」に拠っても「保」の「嘉永四年七月二十六日生」は確かめられたのである。

　では、何故、保は自分の生年を「安政四年」と六歳も若くしたのか。「色々想像されるが、飽くまでも単なる想像でそのことを確実に実証、保障する資料は見当たらない」と松木氏は述べる。明治五年、青森県に提出した文書には、保は二十三歳と届けている。これでは嘉永三年の生まれとなり、一歳年長に申告しているわけである。

　松木氏は「鷗外の苦心」の章で、次のように述べている。

「成人してからでも六年と言う年齢の差は大きな問題になるが、生年が六年も違っているということになると事は重大である。なおかつその人物の誕生からの成長過程を家族と共に描くのであるから記述に矛盾が生じないほうがおかしい。鷗外は執筆に際してこの矛盾に気がついていたのではないかと推察される。しかし抽斎の嗣子である保自身が生き証人となって父である抽斎と母である五百を目の前で語り、それに加えて豊富な資料を提供したのだからそれらを信用せざるを得なかったと考えられる。保の実際の生年が六年も遡ることを念頭において改めて『渋江抽斎』を読むと、鷗外が執筆に苦労した箇所が散見される」。

　例えば、作品では渋江終吉の父渋江脩は渋江保の兄として描いてあるが、実際は保が兄で脩が弟である。『抽斎』（その六十五）には次のような叙述がある。「渋江の家には抽斎の歿後に、既に云ふやうに、未亡人五百《いほ》、陸《くが》、水木《みき》、専六、翠暫《すゐざん》、嗣子成善《しげよし》と矢島氏を冒した優善《やすよし》とが遺《のこ》つてゐた。十月朔に才《わづか》に二歳で家督相続をした成善と、他の五人の子との世話をして、一家の生計を立てゝ行かなくてはならぬのは、四十三歳の五百であった」。成善が二歳で家督を相続したというのはどうだろうか。矢島氏を継いだ優善は異母兄であるが、実際は専六（脩）も翠暫も保の弟に当たる。そこで、渋江家の中では年長男子の成善（保）が家を継いだというのが実情であろう。慶応元年、翠暫は十一歳で夭折し、明治二年、専六（脩）は山田氏の養子となる。「脩は（明治二十一年）七月に東京から保の家に来て、静岡警察署内巡査講習所の英語教師を嘱託せられ、次で保と共に渋江塾を創設した。是より先脩は渋江氏に復籍してゐた」（その百九）の叙述他などに見られるように、脩は渋江保を頼っているようで、むしろ弟のような感じを受けるのである。

岩波書店『鷗外全集』第十六巻後記所載の森潤三郎による「校勘記」には、「保翁の弟脩の子終吉氏の寄せられたのは渋江脩傳附句抄一冊で…」（傍線筆者）とある。潤三郎の勘違いなのか、あるいは、潤三郎は保と脩の兄弟関係を知っていたのだろうか。筑摩叢書の渋川驍氏著『森鷗外』（昭和三十九年八月発行）の二二六頁にも「保の弟脩は、…」とある。これも何かの勘違いなのだろうか、嗣子は保であるから脩は弟と捉えられたのだろうか。

（その五十二）には、次のような叙述がある。「安政五年には二月二十八日に、抽斎の七男成善が藩主津軽順承に謁した。年甫《はじめ》て二歳、今の齢《よはい》を算する法に従へば、生まれて七箇月であるから、人に懐《いだか》れて謁した。しかし謁見は八歳以上と定められてゐたので、此日だけは八歳と披露したのださうである」。安政五年、保は数え年八歳なので、実際は八歳の嫡男保が謁見したのかも知れない。

（その六十七）には次のような叙述がある。「抽斎歿後の第二年は万延元年である。成善はまだ四歳であつたが、夙《はや》くも浜町中屋敷の津軽信順に近習として仕へることになつた。勿論時々機嫌を伺ひに出るに止まつてゐたであらう」。これも四歳では幼《おさな》過ぎる。六歳プラスして十歳なら不都合はないだろう。同様に、（その八十七）の「十四歳を以て藩学の助教にせられ、生徒に経書を授けてゐる」も二十歳なら納得がいくであろう。

安政五年八月二十九日の抽斎の死の時、安政四年七月二十六日生まれでは保は満一歳一カ月であり、生前の父の記憶はないであろう。だが、嘉永四年の生まれだとするとどうなるか。満七歳一カ月であり、生前の父の記憶は充分にあるはずである。

「わたくしは保さんに、抽斎の事を探り始めた因縁を話した。そして意外にも、僅《わずか》に二歳であつた保さんが、父に武鑑を貰つて翫《もてあそ》んだと云ふことを聞いた。それは出雲寺板の大名武鑑で、鹵簿《ろぼ》の道具類に彩色を施したものであつたさうである。それのみでは無い。保さんは父が大きい本箱に『江戸鑑《かがみ》』と貼札《はりふだ》をして、其中に一ぱい古い武鑑を収めてゐたことを記憶してゐる。此コレクションは保さんの五六歳の時まで散逸せずにゐたさうである」（その九）。これは、「僅に二歳であつた保さん」の記憶ではなく、父抽斎が生前の「保さんの五六歳の時」の記憶であろう。

大正四年、鷗外と面談し鷗外に資料を提供した保は、自らの年齢を五十九歳と偽らざるを得ない理由があったのであろう。従来、『抽斎』は鷗外の作品の中でも名作と評され、多くの鑑賞者や研究者が論述してきた。それが今頃になって、資料提供者であり作品の登場人物の実年齢が明らかにされたのである。『鷗外』誌90号に掲載された松木明知氏の論文は大きな反響を呼ぶであろう。この点においても、今後の『抽斎』論の展開に興味が持たれる。

（註１）第１次岩波版『鷗外全集』の編集者の一人であった斎藤茂吉が便宜のため付けた「略目」である。章ごとの内容が分りやすいように付けられた「見出し」であろう。

（註２）『鷗外歴史文學集』第五巻（岩波書店、二〇〇〇年一月発行）解題（小泉浩一郎氏担当）参照。

（註３）大正五年一月二十七日、二月十日、保宛鷗外書簡参照。

第3節　『渋江抽斎』は小説か否か

長谷川泉氏は『日本文学』誌（昭和三十七年二月）に於いて、「『渋江抽斎』は小説か」と題する論考を発表された。それは明治書院発行の著書『森鷗外論考』（昭和三十七年十一月）に「渋江抽斎」の題で収められている。その中で、長谷川氏は石川淳著『森鷗外』（昭和十六年十二月発行）と高橋義孝著『森鷗外―文芸学試論』（昭和二十一年十月）を取り上げられている。

石川淳は『渋江抽斎』を「一点の非なき大文章」であり、「小説概念の変革を強要するやうな新課題が提出されてゐた」と述べている。「作者の『予期』とか『動機』とかの如何に係らず、空虚なる空間を刻々に充実して行く精神の努力が言葉に於て現前してゐるのだから、われわれはそれを小説だと思ふほかない。作者が小説だと思はなかつたところに、文学の高度の発展があつた」と述べ、「愛情に濡れた鷗外の眼」にも言及する。「おかげで書かれた人物が生動し、出来上つた世界が発光するといふ稀代の珍事を現出した」と、石川淳特有の大仰な飛躍した言い方をしている。石川説は、「結論だけがあって途中の論理はない」が、「文学の鑑賞が論理ではなく、端的に作品そのものの享受」にあることを教えていると長谷川氏は説明している。

それに対して、高橋義孝の評論は「論理をもって鷗外に迫ったもの」と長谷川氏は述べる。「小説は形式的には動くもの、あるいはものの動きを描写の対象とするのであり、極限すれば、小説とは本来、歴史小説である」と高橋は述べ、その規定を『抽斎』は充分、満たしていると説く。「恐らく日本散文史上初めて現れた正統的な小説なのである。嘗てランケにあつて一つの希望としてとゞまつてゐた歴史と文学の統一は、こゝに実現されたと云つてよい」「こゝには調和がある。肯定がある。静かな讃美がある。透明さがある。自覚がある。それ故にこそ、我々の感動は、果てしなく深く、且、大きい」と高橋は述べる。

石川説と高橋説は「小説」の規定が異なっているが、共通しているのは、そこに「感動」があるかどうかであるようだ。感動をもたらすように構成された文章（あるいは話）こそが、小説ということなのだろう。

有馬頼寧（亀井家と縁戚）と。明治 26、27 年頃
（『新潮日本文学アルバム森鷗外』より）

石川・高橋両説は『抽斎』を小説として評価する最もなるものとして長谷川氏によって挙げられたのである。さらに長谷川氏は、「鷗外と抽斎との出会いの契機」のことを述べる。鷗外は抽斎の中に自己を発見する。「其迹が頗るわたくしと相似てゐる」ことが、鷗外をして作品を書かせたのである。長谷川氏は保からもたらされた資料と加えられたフィクションのことを述べる。その場合のフィクションとは「鷗外自身の」とか「鷗外らしい」と限定されたフィクションなの

である。そこには「抽斎伝」を書かせた契機の「自己の発見」が働いているということであろう。あくまでも「史伝」であり、しかも「小説」であるというのが長谷川氏の結論であるようだ。長谷川氏の叙述を引用すると、次のようなことになる。「鷗外の『渋江抽斎』は史伝か小説かという問題の出しかたへの解答を求められるべきものではなくして、史伝にして、小説たり得た稀有の作品であるところに問題がある」。

長谷川氏は渋江保の提供した資料と作品の記述の相違する箇所の例として、（その六十〜六十一）における五百の盗賊撃退の場面を挙げる。資料に肉付けの描写を施したのみならず、フィクションを加えているのである。資料では「全裸」が「僅に腰巻一つ身に着けたばかりの裸体」に改められたのは、よく知られているところである。

「わたくしは筆を行《や》るに当《あた》つて事実を伝ふることを専《もつぱら》にし、努《つとめ》て叙事の想像に渉《わた》ることを避けた。客観の上に立脚することを欲して、復《また》主観を縦《ほしい》まゝにすることを欲せなかつた。その或《あるひ》は体例に背きたるが如き迹あるものは、事実に欠陥あるが故に想像を籍《か》りて補填し、客観の及ばざる所あるが故に主観を倩《やと》つて充足したに過ぎない」。

これは史伝『伊沢蘭軒』を終えるに当たっての鷗外の叙述である。それは『渋江抽斎』にも通じる態度であろう。事実を尊重するが故に鷗外の「史伝」がある。しかし、長谷川氏説によるとフィクションが加わっているが故に「小説」なのであろう。文芸作品は「虚構」（フィクション）を旨とするのが定説であり、小説が「事実」探究を旨とする歴史書とは違う文芸作品である限り、そこに「虚構」があるのも定説であろう。

私は「事実」と「虚構」を巡って、プラトンの対話篇で展開される「ロゴス」（logos・事実の言葉）と「ミュートス」（mȳthos・虚構の物語）の対比を思い浮かべる。

毒杯を飲む前のソクラテスと弟子たちとの対話を描いた『パイドン』の中で、ソクラテスは夢知らせのことを述べる。対話人物ケベスはソクラテスに尋ねる。「アイソポスの物語を、詩のかたちになおしたり、またアポロン神への讃歌をおつくりになった、あなたの詩作についてなのです。…（中略）…あなたは、以前に詩作などはけっしてされたことはないのに、ここに来てそれをつくられたとは、何を、いったい思われてのことなのか、と」。それに対してソクラテスは次のようなことを答える。「いやわたしは、ただ自分の見たいくたびかの夢について、それが何を語っているのかをたしかめようとしたまでのこと。そして、この夢がもしかして、そういう種類のムーシケーの術（文芸・音楽）をなすことをわたしに命じているのであれば、その責をはたして、みずからの浄めをなそうとしたまでなのだ」（60Ｅ）[註1]。

ソクラテスに現れていた夢は「ソクラテスよ、ムーシケーの術をなし、それを仕事とせよ」と告げていた。哲学（フィロソフィア・愛知の営み）こそが最高のムーシケーの術と理解していたソクラテスは、現になしていることへの励みと捉えていた。しかし、夢が命じているのは、ムーシケーの術と一般になじまれている方かもしれないと思い直し、アイソポスの物語（イソップ寓話）とアポロン神讃歌を詩作したとソクラテスは述べる。

プラトンの対話篇における「ソクラテス」は、歴史的なソクラテスなのか、プラトンによって脚色されたソクラテスなのか、問題のあるところだが、この場面、つまり、牢獄での夢と詩作の話はいわゆる実話なのかも知れない。つまるところ、ソクラテスは謎めいた一種伝説的な人物なのだが、この場面のこの話は一応、歴史的な実話として考えることから始めたい。その話は「夢の中のお告げ」として語られる。その意味では神秘的な側面もあることは否めない。「ムーシケーの術をなし、それを仕事とせよ」を哲学の営みと理解していたソクラテスが、「一般になじまれている方のムーシケー」（つまり、文芸）へと転換したのは、ソクラテスの刑死を延期させたアポロン神の祭祀が影響したのであろう。そこで、ソクラテスはまず、アポロン神讃歌を作る。そして、物語が不得手なソクラテスはイソップ寓話を借りて詩を作ったということであろう。そこまでは、実話として考える。しかし、次の詩人論・詩作論はプラトンの考えであろう。また、古典的な創作論（文芸論）の定説でもある。

「詩人というものは、いやしくもほんとうにつくるひと（ポイエーテース）であろうとするならば、けっして事実の語り（ロゴス）をではなく、虚構（ミュートス）をこそ、詩としてつくるべきなのだ、と」。

ここで「詩」と訳される営みは「創作」ということである。ギリシア語では詩人は「創作家」（ポイエーテース）という意味を持つ。私たちの現今の理解の仕方では、「文芸家」であろう。そして、「詩」は「文芸」と理解する。ここで、「虚構」と訳されている「ミュートス」は「神話」の訳で知られている語である。「ミュートス」はまず、「物語」である。大部分のミュートスには神々が登場するので、それは「神話」となるが、本来の意味は「物語」である。しかも、「虚構の物語」という条件が付く。ここで、「事実」（ロゴス）と「虚構」（ミュートス）の対比が出てくる。

ロゴスもミュートスも「言葉による語り」である。その点では同じである。どこが違うのか。ロゴスは「事実の語り」であり、ミュートスは「虚構の物語」である。要するに、「事実」と「虚構」の違いである。あるいは、真実と嘘との違いと捉えられるかも知れない。そういう意味では「事実」が貴い、という話しの筋ではない。「作る」（創作）という点に重きが置かれていると言えよう。「虚構」（フィクション）を作るということに価値が置かれていると言えよう。

長谷川泉氏は「渋江抽斎論」に於いて、それは事実を基にしているが、鷗外の自己発見による「フィクション」が加わっているが故に、それは史伝であり小説である、と理解されているのであろう。小説が文芸である限り、何らかのフィクション（虚構の創作）があるのは当然であり、それはプラトンをも含めた古典的理解である。

「人間は万物の尺度である」の言葉で知られているソフィストのプロタゴラスを主要な登場人物とするプラトンの対話篇『プロタゴラス』（副題はソフィストたち）を取り上げてみよう。プラトンの対話篇は実在の人物をモデルに脚色を加えた対話劇と解釈できるが、ここに登場するソフィストも実在のしかも著名な人物である。対話劇の年代はペロポネソス戦争がまだ始まらない時代の紀元前四三三年頃に設定されている。その時代、ペリクレス指導下のアテナイは文化の中心地で、新たな思想的潮流と教育活動の担い手であるソフィストたちが、盛んにこの地を訪れていた頃である。(註2) 対話人物プロタゴラスは六十歳くらい、それに対してソクラテスは三十六歳。紀元前三九九年、ソクラテス裁判の時、七十歳であったソクラテスとは違い、ここでは、まだ壮年期のソクラテスが高齢で著名なプロタゴラスに問答を挑んでいるという設定になっている。プラトンの対話篇というのは、勿論、哲学的な内容ではあるが、ある意味、虚構（フィクション）を加えた文学作品でもあるのだ。

対話人物ソクラテスとプロタゴラスの議論は、「人間の徳性」(アレテー aretē) を巡ってである。それが「教えられるもの」かどうか。プロタゴラスは言う。「それを示すのにどちらのやり方を選んだものだろう。年長者が若い者にするように、物語を話すのがよいだろうか、それとも理論的に説明するのがよいだろうか」。ここで、「物語」(ミュートス) と「理論」(ロゴス) の対比が出てくる。

「君たちには物語を話すほうがおもしろいように思える」とプロタゴラスは述べ、まず、「物語」が展開される (320C ~ 322D)。「むかしむかし、神々だけがいて、死すべき者どもの種族はいなかった時代があった。……」という具合に「神話」が語られていくわけである。プロタゴラスが話す神話は次のようなものだった。プロメテウス神は、人間のために技術的な知恵と火を盗み出して来て人間に贈った。しかし、「国家社会をなすための知恵」が欠けていたので、互いに不正をはたらきあい、ばらばらになって滅亡しかけていった。そこで、ゼウス神はヘルメス神を使って「いましめ」(dikē) と「つつしみ」(aidōs) をあたえた。技術的な知恵はそれぞれの専門家に与えられたのに対して、「いましめ」と「つつしみ」は全ての人間に与えた。

この神話は一種の寓話になっていて、例えば医術や造船術のような「技術知」と「国家社会をなすための知恵」(poritikē 政治術とも訳される) の区別として使われているわけである。後者は個人的には「正義」や「節制」と置き換えられる「徳目」(アレテー) であろう。プロタゴラスは神話を寓意や比喩として述べたのち、説明的な演説を始める (322D ~ 328D)。これがプロタゴラスのいうロゴス (理論的説明) であろう。プロタゴラスの理論的説明は次のようなものである。技術的知識は各々専門家がいるが、人間的なまた国家を成す徳性はあらゆる人間が分け持っている。したがって、議会などにおいてあらゆる人間の意見を聞き入れることが可能なのである。技術的知識は教えられるが、人間的徳目も懲戒や鍛錬によって教授可能とプロタゴラスは述べるわけである。それに対して、ソクラテスは一問一答式の議論（ロゴス）を要求するのであるが、今は「ロゴス」と「ミュートス」の対比に絞って考えてみたい。

ここの場合、「ミュートス」は「年長者が若い者にするような」「おもしろいように思える」物語（神話）として提出されている。ロゴスに比較して、そういう性格が付与されているが、それは無論、作者（ここでは、プラトン）の想像による話なのである。哲学的議論（ロゴス）の中に、そういう想像力による話が挿入されていることに、何か意味がありはしないか。ここの想像力による話は、想像と比喩によって議論（真理追究）を補助している役割があるのではないか。無意味な荒唐無稽な話でないことは確かである。

『ゴルギアス』『パイドン』『国家』の巻末に、死後の世界での裁きや出来事がミュートス（物語・神話）の形で描かれていることはよく知られている。それはプラトンの想像力による架空の物語であることは言うまでもない。しかし、何故に、対話篇の巻末を飾る部分にこのような物語を置いたのか。それはそれまでの哲学的な議論を補う意味もあったのかも知れない。あるいは死後の世界のことはもはや、ロゴス（論理）では追究できない領域のことであるので、ミュートスで語るしかなかったのであろう。

「魂の不死」を語ってきたプラトンとしては、何らかの形で「死後の世界」のことを語る必要があったのであろう。その物語は、『ゴルギアス』（523A）では「君はそれを作り話（ミュートス）と考えるかもしれない、とぼくは思うのだが、しかしぼくとしては、本当の話（ロゴス）のつもりでいるのだ」として語り始められる。『パイドン』（114D）では、次のように語られる。「ともあれ以上の事柄が、いまわたしが述べてきたそのままに、また真実そうあると断言するのは、知性というものにかかわる人間にはふさわしくないことであろう。しかしいまは、魂はまさに不死であるとあきらかになった以上は、われわれの魂と、またそれの住まうところについては、いま述べられたことかあるいは何かそれに類する事柄があるのだとすることは、たしかにふさわしいことであり、また、かくあるとおもう者には、あえてそれに賭けてみるだけの価値のあるものと、わたしには思えるのだ。まことに、その想定におのれを賭けることはうつくしいこと！　これを魅惑のうたのように感じて、みずからにくりかえし唱えねばならない。だからこそ、わたしもまたこうしてさきほどから、ミュートスをながく語ってきたのだ」。『国家』（614B 以下）では、死後の世界を見てきた「エル」という人物の物語として語られる。「このようにして、グラウコンよ、物語は救われたのであり、滅びはしなかったのだ。もしわれわれがこの物語を信じるならば、それはまた、われわれを救うことになるだろう」。

以上の記述は、ミュートスは虚構の作り話ではあっても、信じなければならない真実が含まれているのだと、プラトンは主張しているのではなかろうか。私はそう解釈する。

私たちは鷗外の史伝作品『抽斎』が小説か否かを論じる途上にある。その際、参考としてプラトンのミュートス論を述べるに至っているのである。先に引用したが、鷗外は『抽斎』に続く史伝作品『蘭軒』（略称）を終えるに当たって次のようなことを述べている。「…努《つと》めて叙事の想像に渉《わた》ることを避けた。…事実に欠陥あるが故に想像を籍《か》りて補填し、客観の及ばざる所あるが故に主観を倩《やと》つて充足したに過ぎない。…」ここでは、「事実」や「客観」に重きが置かれているが、「想像」が排除されているわけではない。長谷川泉氏の論文において、『抽斎』が小説でもあると述べられていたのは、「フィクション」（想像）が加わっていたからではなかったか。鷗外は「想像」を軽視しているかに見えるが、私たちの見解からするとその役割は大きいと見なければならない。例えば、『抽斎』において、主人公の抽斎やその妻五百の業績や性格に作者の主観による理想化がなされていることは、否めないだろう。それはある種の虚構であり、それは作者の想像力のなせる業《わざ》なのである。その意味で、『抽斎』やその他の史伝作品は小説でもあると言えるだろう。

「小説」は「文芸」の一ジャンルである。歴史と文芸の関係について、アリストテレス『詩学』（創作論）九章の中に、有名な箇所があるので引用してみよう。

「歴史家と創作家（詩人）との違いは、…（中略）…歴史家は実際に起った出来事を語るのに対して、創作家（詩人）は起るであろうような出来事を語る、という点にある。このゆえにまた、創作（詩作）は歴史とくらべて、より哲学的であり、価値多いものでもある。なぜなら、創作（詩作）が語るのはむしろ普遍的なことがらであり、他方、歴史が語るのは個別的なことがらだからである」。

「作家（詩人）が作家であるのは彼が描写をおこなうからこそであり、そして描写する対象はほかならぬ行為であるからには、まさにそのかぎりにおいて、作家は韻律の作り手であるよりも、むしろ物語の作り手でなければならぬ。ただし、仮に歴史的な出来事を作品化するということがあったとしても、そのために作家たる資格が減少するというわけではない。というのは、実際に起った歴史上の出来事であっても、そのなかには、もっともな成行だと思わせるようなものもじゅうぶんありうるのであって、作家がそこさえつかまえるならば、彼はそれらの出来事のまさに作家であるといえるのであるから」(注3)。

ここでの詩人は文芸家といった意味であろう。小説が文芸の一ジャンルであるとすれば、小説家もそうである。文芸家は虚構の物語を作る人なのである。創作は歴史より価値多いものである、それは普遍的なものだから、という場合、「普遍的」（カトルー）の意味は強い。「普遍的」なものを捉えていなければ、それは創作とは言えない。そういった意味での「創作」が、「歴史」より価値多いのである。

鷗外は歴史ものの作品を発表して以来、「歴史其儘と歴史離れ」の概念が頭の中にあったものと思われる。私たちは「歴史其儘」を「歴史」、「歴史離れ」を「文芸」と捉えるかも知れない。しかし、歴史に取材した作品が「普遍的」なものを捉えているならば、それは全て「文芸」あるいは広く考えて「文学」であると宣言していいのかも知れない。鷗外の「歴史文学」をそういう視野で考えてみたい。

以上は、プラトンとアリストテレスの古典的文芸観を「小説論」に適用してみようとしたわけだが、鷗外自身は「小説」概念をどのように考えていたか。鷗外の著述に沿って考えてみたい。

石川淳は『森鷗外』（岩波文庫）の「追儺以後」の章において、明治四十二年発表の鷗外の口語体小説第二作『追儺』を高く評価する。そこでは石川淳の鷗外解釈による「小説論」が展開されていると言えよう。「わたしはこれをもって鷗外の小説のほうでの処女作と見る」は、石川流の大仰な言い方ではあるが、鷗外と石川の小説観が混在して述べられているので面白い。「一体小説はかういふものをどういふ風に書くべきであるといふのは、ひどく囚はれた思想ではあるまいか。僕は僕の夜の思想を以て、小説といふものは何をどんな風に書いても好いものだといふ断案を下す」。これは『追儺』の中の文章である。「何をどんな風に書いても好い」という考えのもとで、鷗外は明治四十五年までの四年間に現代小説を長短四十余篇書いているわけである。

明治二十四年、坪内逍遥との没理想論争の折は、鷗外は理想主義的文芸観を持っていたはずだが、石川の捉え方は違っている。「鷗外には一貫した小説観がある。…（中略）…すなわち、鷗外の示した最初の小説観は読詩概念である。横文字でレエゼポエジイとことわっている。読む詩なのだそうである。吟じるものではないが、詩は詩なのだそうである」「…作者の小説観は何であろうと、『抽斎』『蘭軒』の大作はいうに及ばず、小篇の『追儺』でさえ、作品のほうは著著として読詩概念を破している。こういう矛盾の上にけろりとして、鷗外は詩の変体のつもりで立派に一本立ちの散文を書いている。大小説家だというほかない」。これも石川流の小説観からする鷗外小説論だと理解しておこう。

大正四年一月、『山椒大夫』を書いた後での随筆『歴史其儘と歴史離れ』は鷗外の歴史小説観が窺われて興味深い。冒頭、鷗外は次のように述べている。「わたくしの近頃書いた、歴史上の人物を取り扱つた作品は、小説だとか、小説でないとか云つて、友人間にも議論がある。しかし所謂 normativ な美学を奉じて、小説はかうなくてはならぬと云ふ学者の少なくなつた時代には、この判断はなかなかむづかしい。わたくし自身も、これまで書いた中で、材料を観照的に看た程度に、大分の相違のあるのを知つてゐる」。

『山椒大夫』を含めてこの頃の鷗外の作品は「歴史小説」に分類されるのが普通であり、『渋江抽斎』以降の「史伝作品」とは違う。この段階において既に、「小説だとか、小説でないとか云つて、友人間にも議論がある」のは何故か。それはこの随筆で鷗外が述べているように、「歴史の〈自然〉を変更することを嫌つて、知らず識らず歴史に縛られた」からであろう。鷗外の歴史小説は当初から歴史考証の度合いが強かった。「史料を調べて見て、其中に窺われる〈自然〉を尊重する念」があったからであろう。そこで、『山椒大夫』の場合、「勝手に想像して書いた」という。しかし、この随筆の末尾は次のようにして結ばれている。「兎《と》に角《かく》わたくしは歴史離れがしたさに山椒大夫を書いたのだが、さて書き上げた所をみれば、なんだか歴史離れがし足りないやうである。これはわたくしの正直な告白である」。

この随筆において、鷗外は「歴史離れ」がしたくて、それを試みたがうまくいかないことを嘆いているように思える。歴史を尊重する心がそれを妨げたのであろうか。「歴史離れ」であれば、完全に「小説」と規定できる。それができないもどかしさがどこかにある。歴史離れの要点は、やはり「想像」ということにあるようだ。想像の虚構をいかに作り上げるか問題である。

この随筆において、「材料を観照的に看た程度」という語句は注目される。その程度が足らない故に『栗山大膳』（大正三年九月発表）を、小説として認めたくなかったかのような口ぶりである。この作品は後に史伝作品集『山房札記』（大正八年十二月発行）に収められているので、私たちは史伝作品として扱うが、小説と規定してもよい作品であろう。少なくとも体裁の上からはそうである。また、まだ、鷗外には本格的な「史伝」の意識がない時期の作品であるからである。

「材料を観照的に看た程度」という語句は、文脈から考えれば、歴史に材料を得る場合でも観照的に看て作品化するということであろう。この随筆には「わたくしが多少努力した事があるとすれば、それは只観照的ならしめようとする努力のみである」の文もある。「観照的に看る」と「想像の虚構」がどう関係するか、興味のあるところである。

　大正六年一月発表の史伝作品『都甲太兵衛』に於いて、歴史家と小説家の態度についての発言がある。宮本武蔵と都甲太兵衛の会見の考証についての記述で、鷗外は或る推測を提出する。そして次のように述べる。「…わたくしはさうだと考へたい。これが小説なら、わたくしはさうだと書いて、上《かみ》の如く辞《ことば》を費やさぬであらう。／わたくしは此《ここ》に、曾て所謂歴史小説を書くに当つて慣用した思量のメカニズムを暴露した。／歴史家はこれを見てわたくしの放肆《はうし》を責めるだらう。小説家はこれを見てわたくしの拘執《くしふ》を笑ふだらう。西洋の諺《ことわざ》に二つの床の間に寝ると云ふことがある。わたくしは折々自ら顧みて、此諺の我上に適切なるを感ずる」。「放肆」も「拘執」も難しい語である。前者は「わがまま勝手なこと」であり、後者は「こだわること」である。小説をも含めて、鷗外の歴史文学は「二つの床の間に寝る」という微妙な立場にあったことを私たちは知るのである。

　大正五年一月一日から八日まで、『東京日日新聞』と『大阪毎日新聞』に連載された作品『椙原品』について述べてみよう。鷗外は遊女高尾の伝説に早くから興味を持っていたふしがある。（註4）「奥州話」という本には、伊達綱宗は新吉原の娼妓高尾を身請けして、仙台に連れて帰り、その子孫が椙原《すぎのはら》氏だという。しかし、綱宗の妾椙原品は吉原にいた女でもなければ、高尾でもない。「品はどんな女であつたか。私は品川に於ける綱宗を主人公にして一つの物語を書かうと思つて、余程久しい間、その結構を工夫してゐた」と鷗外は述べる。大正四年十二月十日付賀古鶴所書簡「兎ニ角今後筆デ立タウトスルニハ多少地盤ヲ作ル事ニシタクカセギ出シ候ワケニ候」とあるように、鷗外は一つの物語を書こうとした。つまり、文筆専門の小説家として立とうとしたと考えられるであろう。しかし、作品の終りには、次のように書かれている。

「私は此伊達騒動を傍看してゐる綱宗を書こうと思つた。外に向かつて発動する力を全く絶たれて、純客観的に傍看しなくてはならなかつた綱宗の心理状態が、私の興味を誘つたのである。私は其周囲にみやびやかにおとなしい初子と、怜悧で気骨のあるらしい品とをあらせて、此三角関係の間に静中の動を成り立たせようと思つた。しかし私は創造力の不足と平生の歴史を尊重する習慣とに妨げられて、此企《くはだ》てを抛棄してしまつた」。

「この企てを抛棄した」とは、この物語（小説）を諦めたということであろう。「創造力」は文芸の場合、「想像力」であろう。創造力の不足云々は鷗外の謙遜とも思われるが、あるいは鷗外なりの実感だったのかも知れない。こういう所から、鷗外の小説家としての資質を低くみる論者もいたのである。鷗外よりやや年下の内田魯庵は大正十一年年八月『明星』掲載の「鷗外博士の追憶」と題する文章の中で次のように述べている。

「若い人たちの中には鷗外が晩年考証に没頭して純文芸に遠ざかつたのを惜しんで、鷗外を追懐するにつけて再び文芸に帰る期が失はれたのを遺憾とするものがあつた。／が、私の思ふままを有体《ありてい》に云ふと、純文芸は鷗外の本領では無い。劇作家又は小説家としては縦令《たとへ》第二流を下らないでも第一流の巨匠で無かつた事を肯《あへ》て直言する。何事にも率先して立派なお手本を見せて呉れた開拓者では有つたが、決して大成した作家では無かつた」。これは魯庵の規定する純文芸の見地から述べられた説であろう。鷗外の立場からすると、魯庵の規定する小説概念を捨ててまでも、『抽斎』以後の史伝作品に向わなければならなかったのである。

『抽斎』『蘭軒』の連載が終わった大正六年十月、鷗外は雑誌『帝国文学』に『観潮楼閑話』と題する随筆を載せる。そこには次のような文章がある。「わたくしは目下何事をも為してゐない。只新聞紙上に人の伝記を書いてゐるだけである。『黒潮』の評論家は塚原蓼洲君の二の舞だと云つたさうである。併し蓼洲君は小説を作つた。わたくしの書くものは、如何に小説の概念を押し広めても、小説だとは云はれまい。又蓼洲君は人の既に書いた事を書いた。わたくしは人の未だ書かなかつた事を書いてゐる。二者の間にはこれだけの差があるに過ぎない。併し文章にこれだけの差があれば、全く違ふと云つても差支へはあるまい」。

鷗外自らは、史伝作品を「如何に小説の概念を押し広めても、小説だとは云はれまい」と述べる。しかし、「わたくしは人の未だ書かなかつた事を書いてゐる」という辺りに、何やら鷗外の自負が窺える。後世の石川淳の評言に、「小説概念に変更を強要するやうな新課題が提出されてゐた」とか、「…われわれはそれを小説だと思ふほかない。作者が小説だと思はなかつたところに、文学の高度の発展があつた」と言わせるような何かが潜んでいるのかも知れない。

鷗外の死去は大正十一年七月九日である。翌十二年一月から昭和二年十月にかけて、全十八巻からなる『鷗外全集』が鷗外全集刊行会より刊行された。「史伝部第七巻」が配本されたのは大正十二年五月である。その巻に『渋江抽斎』は収められている。その巻を読んだ折の永井荷風の随筆『隠居のこゞと』（大正十二年中稿）は、鷗外の歴史文学を絶賛した文章として知られている。その文章の中から次の箇所を引用してみたい。

「…先生の所謂歴史物は実に先生独創の文学にしてわが文学史上曾て其の類例を見ざるものなり。…」。

「…然るに山房の小説体史伝に至つては、正史の威厳と随筆の興趣と稗史講談の妙味を併せ有して、その間更にまた著者平生の卓見を窺ひ知らしむ。修史を尚ぶものは山房文学の考証該博精緻なるを見ておのづから敬意を表すべく、野趣の興を娯しまんとするものは記事の絶妙なるを見て賛賞の辞を求むるに窮しむべし。山房の小説体史伝は江戸時代の所謂硬軟両派の文学を合せたるものにして、又史学と芸術との合致を示したるものなり」。

荷風は鷗外の歴史物を「歴史小説」と「史伝作品」に類別せず、ひとまとめにしているが、それを「独創の文学」と呼び、「小説体史伝」と呼んでいることに注目したい。荷風は史伝作品をある種の「小説」と見なしているのである。

渋川驍氏著『森鷗外』(筑摩叢書)は、作品論として、「史伝小説」の章を設けて論述している。普通には「史伝」とか「史伝作品」と言われる作品を「史伝小説」という言葉で表現しているのである。渋川氏は作品の中での「わたくし」の重要性を指摘する。「それは、私小説における『私』のように、その作品の主人公というわけではない。鷗外の『わたくし』は、その作品の進行の司会者を勤めるような『わたくし』である。それは、その作品の叙述者としての『わたくし』であり、同時に、ここに取り扱われる史料の、採択の判断者としての『わたくし』であり…」と渋川氏は述べ、ハーマン・メルヴィルの長編小説『白鯨』の中の「私」の例を挙げる。鷗外の史伝小説の形式もその方法に近いが、鷗外の方法は、主として「わたくし」の接する人物が、史料を通しての、過去の人物であり、その間に、史料を提供する人物が交わってくる点が違っていると渋川氏は主張する。渋川氏の述べていることは、鷗外のいう「思量のメカニズム」であり、また、「材料を観照的に看る」にも通じる「わたくし」の態度であろう。

渋川氏は別の論考（一九六八年二月、学燈社刊『森鷗外必携』所収）において、「…抽斎歿後が、詳しく述べられていることによって、史伝であって、同時に小説である、史伝小説の実を獲得することになったことは間違いがない」と述べられている。

山崎一頴氏は『森鷗外・史伝小説研究』（昭和五十七年五月発行）という題の本を出版された。この本は『森鷗外・歴史小説研究』（昭和五十六年十月発行）と対をなすものと思われるが、「歴史小説」に対して「史伝小説」という言葉が明瞭に使われている。その「序」において、山崎氏はピーター・ゲイの文章を引用した後、次のように述べられている。「…鷗外が『史伝』を構想することは、『歴史小説』よりももっと歴史に近づく営為であった。ピーター・ゲイ流に言えば、鷗外は『自分の対象とした歴史』を『自分好みの歴史的世界に仕立て』あげていったのである。その意味で、『史伝』を『史伝小説』と呼んでも支障はないと考える」。「自分好みの歴史的世界に仕立てる」ことは、すなわち小説に仕立てるということなのだろう。

山崎氏はその本の「『渋江抽斎』論攷」の章において、渋江保の提供した「原史料」と「作品」の比較対照を試みられている。「原史料が作品に形象化される過程において」「その理想化の方向が著しい」とは、山崎氏の見解である。「理想化」がすなわち鷗外の「自分好みの小説化」ということになるのであろう。

渋江保提供の資料と作品との比較については、稲垣達郎氏と小泉浩一郎氏の詳細な研究があるので、以下の考察で援用したいと考える。（註5）

（註1）プラトンの邦訳は、前著と同様、基本的には岩波書店発行の『プラトン全集』によった。『パイドン』は松永雄二訳。ここで、「ムーシケーの術」は松永訳では「ムゥサイの術《わざ》（文芸・音楽）」となっている。いわゆるミューズの女神たちが司る芸術といった意味であろうか。ムーシケー（musike）は英語・ミュージック（music・音楽）の語源となった言葉である。ここでは「文芸・詩作」の意味が強いと思われるが、本来、その意味するところは広い。松永氏の注釈によると、「広義には、〈たとえば肉体のためには体育術があるごとく、魂のためにはムゥサイの術がある。『国家』Ⅱ 376EE〉と語られるようにムーシケーとは、ひろく技芸・文芸のすべてをおおい、ほとんど、かのパイデイアー〈教養〉という言葉と、その意味のひろがりを同じくする語であった」ということである。

（註2）岩波書店発行『プラトン全集・8』藤沢令夫氏解説参照。

（註3）筑摩書房『世界古典文学全集・アリストテレス』昭和四十一年八月発行。藤沢令夫訳。『詩学』の原題名は「poietike について」、つまり「創作について」あるいは「文芸について」が訳語としては、ふさわしいだろう。「詩人」（poietes）は、つきつめて言えば、「物語（ミュートス）を作る人」なのである。

（註4）『鷗外全集』第三十七巻所収『日本藝術史資料』三一三頁。「仙台荒町法龍山仏眼寺に高雄の墓といふものあり。『妙法浄休院妙讃日晴大姉、享保元年丙申年（一七一六）十一月二十五日』と彫り、又正徳五年（一七一五）二月廿九日杉原義清これを営むと註せり。（古今史料高尾考）歿年と立石の年と齟齬せり。疑ふべし」とある。「古今史料高尾考」は明治二十八年太田百祥著。鷗外はこの本を見たはずである。明治四十年国書刊行会より刊行された『燕石十種』所載の「高尾考」も鷗外は見たであろう。『渋江抽斎』（その五十五）に抽斎自身の雑著として挙げられている「高尾考」も注意すべきだろう。

（註5）稲垣達郎著「抽斎歿後」（昭和四十六年一月発表）。小泉浩一郎著「『渋江抽斎』論―出典と作品―」（昭和四十一年七月発表）。『森鷗外Ⅱ』〈日本近代文学大系12〉（昭和四十九年四月　角川書店刊）所収の小泉浩一郎氏による注釈。

第4節　『渋江抽斎』の内容

『渋江抽斎』の内容について、作品の叙述の順序に従って述べてみたい。

（その一）の冒頭に、七言絶句の詩が挙げられている。「三十七年如一瞬。学医伝業薄才伸。栄枯窮達任天命。安楽換銭不患貧」。これを鷗外は「述志の詩」と呼んでいる。抽斎三十七歳の時の詩と考えられる。小泉浩一郎氏の補注の大意によると、次のようである。「三七年の半生をかえりみると、一瞬の如く過ぎ去ったかの観がある。この間、自分は医学を学び、家業を継承して努めてきたが、どうにか僅かの才能を生かすことができた。いまは世俗的な地位や名誉は、天の意思に任せて執着せず、安らかな境涯を金銭を得る労に換えて、貧乏を嘆くことはしない」。

抽斎は安政五年、五十四歳の時、流行病のコレラで急死した。五十四年の生涯から見れば三十七歳はまだ道半ばである。壮年期のこれからという時期でもあっただろう。志《こころざし》を述べる詩というわけだが、この詩は抽斎生涯の全体を言い表しているかのような詩である。あるいは抽斎の人格そのものでさえある。この詩を作品の冒頭においたのは、まさしく鷗外の巧みであろう。

（その二）から（その八）までは、抽斎との奇縁な出会いやその子孫の探索の叙述が続く。（その九）は抽斎の嗣子・渋江保との初めて会見の様子が描かれる。「…火の気《け》の無い官衙《が》の一室で、卓を隔て丶保さんとわたくしとは対座した。そして抽斎の事を語つて倦むことを知らなかつた」「わたくしは保さんに、父の事に関する記憶を、箇条書にして貰ふことを頼んだ。保さんは快諾して、同時にこれまで独立評論に追憶談を載せてゐるから、それを見せようと約した」。

かくして、保は鷗外に多量の資料を提供することになる。先にも挙げたが、それらは「抽斎年譜」「渋江家乗」「抽斎の親戚並びに門人」「抽斎歿後」などである。鷗外はそれを材料にして、「渋江抽斎伝」すなわち史伝作品『抽斎』を制作したのである。

まず、（その十）は、渋江氏の祖先の話である。このような系図的な叙述は必要ではあるが、読者にとっては煩わしい面もある。「渋江氏の祖先は下野の大田原家の臣であつた。抽斎六世の祖を小左衛門辰勝と云ふ」。正徳元年（一七一一）に没したとあるから、江戸中期の人となろうか。三男辰盛が抽斎五世の祖であり、医を学び、元禄十七年三月、津軽家に召し抱えられた。辰盛は享保十七年に七十一歳で没した。辰盛の跡を継いだのは甥（養子）の輔之である。この人は抽斎の高祖父に当たる。輔之は享保十四年に家を継いで三百石であった。元文五年（一七四〇）閏七月に四十七歳で没した。

輔之には娘一人しかなく、病革なるとき、養子をとって嗣となし、十歳の娘登勢に配した。「此女婿が為隣で、抽斎の曾祖父である」と『抽斎』には記されている。為隣は寛保元年正月に家を継いで、翌二年（一七四二）七月に没した。「跡には登勢が十二歳の未亡人として遺された」「寛保二年に十五歳で、此登勢に入贅したのは、武蔵国忍の人竹内作左衛門の子で、抽斎の祖父本皓が即ち此である」。この辺りの叙述、為隣が曾祖父で本皓が祖父なのは、家業の上での系図を述べているのであろう。

宝暦九年二十九歳の登勢が娘千代を生んだ。しかし、千代は安永六年の五月に十九歳で死去した。本皓が五十一歳、登勢が四十七歳の時である。「本皓には庶子があつて、名を令図と云つたが、渋江氏を継ぐには特に学芸に長じた人が欲しいといふので、本皓は令図を同藩の医小野道秀の許へ養子に遣つて、別に継嗣を求めた」。「渋江氏を継ぐには特に学芸に長じた人が欲しい」は、小泉浩一郎氏の注釈では、「出典にない叙述で鷗外の理想化の志向を示している」とある。

渋江氏の継嗣になったのが、抽斎の父・充成《みちしげ》である。充成の実家は根津の茗荷屋という旅店であり、実父は稲垣清蔵。もと鳥羽稲垣家の重臣であったが、君を諫めて旨に逆らい商人になった人である。そこの嫡男専之助が下野の渋江の宗家を仮親として津軽家医官渋江家の養子となった。

（その十一）は抽斎の父充成の事が述べられている。「充成は才子で美丈夫であつた」「平生着丈四尺の衣を着て、体重が二十貫目あつたと云ふから、その堂々たる相貌が思ひ遣られる」。充成の三度目の妻が岩田氏縫《ぬひ》で、抽斎の母となる人である。文化二年（一八〇五）十一月八日、抽斎出生。充成四十二歳、縫三十一歳の時の子である。充成は侍医のほか、経学と医学とを藩の子弟に授ける教官でもあった。三百石と二十五人扶持を受ける身となり、文化十一年に「一粒金丹」を調製することを許された。津軽家の秘方で、毎月百両以上の所得になったという。充成は天保八年、七十四歳で没した。妻縫は夫に先立つこと八年、文政十二年、五十五歳で亡くなった。

（その十二）から抽斎の生涯が述べられていく。「…志摩の稲垣氏の家世は今詳らかにすることが出来ない。しかし抽斎祖父清蔵も恐らくは相貌の立派な人で、それが父充成を経由して抽斎に遺伝したものであらう。

此身的遺伝と並行して、心的遺伝が存じてゐなくてはならない。わたくしはこゝに清蔵が主を諫めて去つた人だと云ふ事実に注目する。次に後《のち》充成になつた神童専之助を出《いだ》す清蔵の家庭が、尋常の家庭でないと云ふ推測を顧慮する。彼は意志の方面、此は智能の方面で、此両方面に於ける遺伝的系統を繹《たづ》ぬるに、抽斎の前途は有望であつたと云つても好からう」。

次に抽斎の師となり、又年上の友となる人物が列挙されていく。市野迷庵、狩谷棭斎、伊沢蘭軒、池田京《けい》水《すい》などである。そして彼らの事蹟が述べられていく。「抽斎伝」が横へ広がって行くわけである。その内でも、伊沢蘭軒は後に鷗外が「抽斎伝」よりはるかに長い史伝作品『伊沢蘭軒』を作成する人物となるのである。

（その十四）の中ほど、抽斎の痘科の師・池田京水を述べる段になって、鷗外の筆は立ち止まる。承応二年（一六五三）明より戴曼公《たいまんこう》が渡来して、痘瘡（天然痘）を治《なお》し始めたと鷗外は述べる。戴曼公は後に黄檗《おうばく》僧隠元国師に弟子入りして独立《どくりゅう》禅師となった人で書家としても知られている。曼公の治痘の法を代々受け継いできた池田氏の子孫に獨美《どくび》という人があった。寛政九年（一七九七）三月、池田獨美は江戸に出て躋壽《せいじゅ》館で痘科を講じることとなった。

（その十五）になると、池田獨美（瑞仙・錦橋）の家の事情が述べられていく。獨美の跡は門人村岡晋が養子となり、二世瑞仙を称した。「しかし、こゝに問題の人物がある。それは抽斎の痘科の師となるべき池田京水である」「京水は獨美の子であつたか、姪《おい》であつたか不明である」。ここに、鷗外の「池田京水探究」が始まる。そしてそれは『伊沢蘭軒』にまで引き継がれていくのである。

（その十六）の冒頭で鷗外は次のように述べる。「わたくしは抽斎の師となるべき人物を数へて京水に及ぶに当つて、こゝに京水の身上に関する疑《うたがひ》を記して、世の人の教《をしへ》を受けたい」「わたくしは今これを筆に上《のぼ》するに至るまでには、文書を捜《さぐ》り寺院を訪《と》ひ、又幾多の先輩知友を煩はして解決を求めた。しかしそれは概《おおむね》皆徒事《いたづらごと》であつた。就中憾みとすべきは京水の墓の失踪した事である」。

過去の人物探索において、その墓を訪ねることは、いわゆる郷土史家の常套手段である。各地の史談会において「掃苔会《そうたいかい》」なるグループがあり、また、「名家墓所一覧」などが刊行されているのはその表れである。鷗外も「京水探索」において、この手段を行使したのである。

渋江保や医学史家の富士川游の情報により、向嶋の常泉寺付近を訪ねる。池田氏の墓はない。事実文編の二世瑞仙の撰んだ「池田氏行状」に養父初代瑞仙の墓が向嶋嶺松寺にあることが記されていた。弘福寺の住職が常泉寺近辺にあった嶺松寺が廃寺になったこと、境内に池田氏の墓があったことを教えてくれた。「当時無縁の墓を遷した所は、染井共同墓地であつた」ということにより、染井共同墓地を訪ねる。鷗外日記によると、大正五年一月十一日のことであった。鷗外が池田京水の墓を捜し求めていることが新聞紙上に載ったこともあった。諸家が捜索に協力してくれた。

弘福寺住職が「池田氏過去帳」を見せてくれた。二世瑞仙晋の子直温筆の書である。それによると、獨美に玄俊という弟があってその息子が京水だという。京水は天保七年十一月十四日に没したと記されている。獨美は甥の京水を一旦養子として置きながら、それに家を継がせず、門人村岡晋を養子としてそれに業を継がせたという。富士川游が抄した「墓誌」には京水は獨美の子で、放縦多病を以て廃せられたとある。しかし、抽斎の痘科の師京水が凡庸な人でなかったことを知る鷗外は、この撰者不詳の墓誌の記述を疑う。（その二十）の中で、鷗外は次のように記す。「わたくしには初代瑞仙獨美、二世瑞仙晋、京水の三人の間に或るドラアムが蔵せられてゐるやうに思はれてならない。わたくしの世の人に教えを乞ひたいと云ふのは是である」。ここでいう「或るドラアム（劇）」は『蘭軒』へ持ち越されて、そこで解明されていくのである。

鷗外の筆は抽斎の年長の人々の略歴を述べていくが、（その二十一）の中ほどに至って、芸術批評家として「眞志屋五郎作」と「石塚重兵衛」の名前が挙げられる。この二人は、多方面な学芸の人であった抽斎の伝記である『抽斎』の中では、重要な人物と言えよう。医学者であり、蔵書家であり、考証学者であった渋江抽斎は芸術愛好者でもあったからである。

眞志屋五郎作は菓子商であり、剃髪して寿阿弥《じゅあみ》と呼ばれた。観劇に通じ劇神仙の号を持ち、後に渋江抽斎がこの号を継いだ。寿阿弥は奇行の人であったが、水戸家の用達や、幕府の連歌師の執筆《しゅひつ》を勤めた経歴を持っていた。寿阿弥が八百屋お七が縫った袱紗《ふくさ》を持っていたこと、菓子商眞志屋が水戸家の血縁であるという説など、寿阿弥をめぐっては大きな謎があった。

大正四年の大晦日、鷗外は寿阿弥の手紙を買った。文政十一年の二月十九日付のこの手紙を材料に、鷗外は『抽斎』連載が終わった直後、新聞紙上に『寿阿弥の手紙』と題する文章を発表することになる。当初は手紙の紹介程度のものだったが、「寿阿弥研究」の筆は伸びて、一種の謎解きのような文章になって行く。伊沢蘭軒の孫娘曾能子刀自《そのこと じ》は、生前、寿阿弥を見た人である。大正五年に八十二歳になる曾能子刀自から、鷗外は取材したのだった。

『寿阿弥の手紙』（十）には次のような記述がある。「刀自が四五歳の頃は寿阿弥が七十か七十一の頃で、それから刀自が十四歳の時に寿阿弥が八十歳で没するまで、此畸人《きじん》の言行は少女の目に映じてゐたのである」。寿阿弥は手水を使う料に常に一升徳利に水を入れて携えていたこと、伊沢の家に回向《えこう》にきて、饗饌《きょうぜん》に出された皿一杯盛られた唐辛子を余さずに食べたことなどが挙げられている。

寿阿弥には蒔絵師の姪《おい》（甥）があったことを刀自は記憶していた。寿阿弥と水戸家の関係はどうか。水戸侯の落胤という巷説については渋江保の母五百《いほ》も伊沢の刀自も知っていた。鷗外は寿阿弥の墓を訪ねる。雨の日で、小石川伝通院にある柵で囲ってある墓地にはあいにく入れなかったが、住持の僧より位牌を拝見させてもらい、寿阿弥の墓に命日ごとにお参りに来るお婆さんがあることを聞いた。『寿阿弥の手紙』（十四）の冒頭は次のように語られる。「命日毎《ごと》に寿阿弥の墓に詣でるお婆さんは何人《なんぴと》であらう。わたくしの胸中には寿阿弥研究上に活《い》きた第二の典拠を得る望《のぞみ》が萌《きざ》した」。牛込の小間物屋にお婆さんを訪ねた。お婆さんは弘化三年生まれで大正五年に七十一歳になる師岡《もろをか》久次郎の妻石《いし》（高野氏）で、寿阿弥は師岡の伯父ということだった。伯父に御家人の株を買って貰っていたのである。蒔絵師は久次郎の兄鈴木であろうというのが鷗外の推測であった。水戸侯の落胤問題について、師岡の未亡人石の語るところは、次のようであった。「寿阿弥の先祖の頃、水戸侯に奉公に出ていた女にお手が付いて妊娠し、お下げになった。男の子だったら申し出るようにということだった。五歳の時、屋敷に呼ばれて、侍になりたいか、町人になりたいか、お尋ねがあり、男の子は町人になりたいと答えた。眞志屋の屋号は大名よりは増屋《ましや》の意味である」とのこと。鷗外は山崎美成著の『好間堂海録』の記述などを参考に以下のような推測を述べる。眞志屋の許へ嫁入りした女は八百屋お七の幼馴染の島で、奉公に出る際、お七より袱紗を貰った。殿様のお手が付いて、眞志屋へ嫁入りして生まれた男子が寿阿弥の祖先であり、それが故に、眞志屋は水戸家から優遇されて来た。始めて眞志屋と号した祖先某は、水戸光圀公の胤ではないか。八百屋お七から袱紗の餞別を貰った島は、このことに関係があるのではないか。

外祖母に当たるお石さんから話を聞いて、牛込の小間物屋の主人浅井平八郎さんが尋ねて来た。平八郎さんは眞志屋の祖先の遺物や文書を持って来てくれたのである。墓地や人々を訪ねることによって探究の深みを増していくのが、鷗外の史伝文学の特長であろう。（十八）で鷗外は「水戸家から下《さが》つて眞志屋の祖先の許《もと》に嫁した疑問の女が此《この》島であつたことは、わたくしは知らなかった」と鷗外は述べているが、ある程度の推測は出来ていたと思われる。浅井平八郎が提供した「眞志屋文書」によってその詳しい事情が明らかになるのである。

島の実家は河内屋という水戸家の用達であった。八百屋お七の家は河内屋の地所を借りていた。お七も島も美しい娘であった。島が水戸家へ奉公に出る時、お七は餞別に手づから袱紗を縫って贈った。天和三年（一六八三）三月、十六歳のお七は放火の罪で刑せられた。お七の遺物の袱紗を島は大切に保持していたのである。光圀公の胤を宿した島は五代西村廓清の妻となった。落胤東清の表向きの父である。眞志屋の祖先の過去帳に六代西村東清信士は次のように記されている。「幼名五郎作自義《じぎ》公《こうより》拝領、十五歳初目見得、依《ねがひによつて》願西村家相続被仰付《おほせつけらる》、眞志屋号拝領、高《たか》三百石被下置、俳名春局」。東清は水戸光圀公の御落胤であり、東清の保持していた八百屋お七の袱紗は眞志屋に代々受け継がれ、寿阿弥は白羽二重の切れを縫い付けて縁起を記し、山崎美成に見せに行った。この袱紗は浅井氏の所蔵になっていて、鷗外はそれを見せてもらったのである。二百三十余年を経てその袱紗は淡い黄色に褪《さ》めていた。

八百屋お七も水戸光圀も著名な人物である。そこに秘められた奇談を探って行くところに、鷗外史伝の面白みもあるのだろう。その探究には人々の情報の協力があったことも見逃せない。鷗外は人々との交流を大切にする人であったのもその所以であろう。墓とその子孫を訪ね、口碑や文書の資料を得ていくわけである。『寿阿弥の手紙』のその後の叙述は眞志屋の衰退していく様や、寿阿弥の出自である江間氏や長島氏の墓地探索のことが述べられていくが、それは割愛して『抽斎』の本文のほうに戻ろう。

眞志屋五郎作の次に述べられるのは、「石塚重兵衛」である。抽斎より六歳年長の好劇家であった。「豊住《とよずみ》町の芥子《からし》屋と云ふ意《こころ》で、自ら豊芥子《ほうかいし》と署した」とある。石塚重兵衛は渋江家との交渉が多くて、作品の中では「豊芥子」の名でよく登場している。豊芥子は抽斎の蔵書を持ち出したり、奔放な性格の故に負の側面も持つ人物であったが、芸術批評の能力を高く見た抽斎は負の側面を許容していた。そのことは抽斎より二歳年下の森枳園についても言える。枳園も欠点のある人物だったかも知れないが、考証学者としてまた漢方医として立派な業績をあげた。作品『抽斎』の重要な登場人物となっていくのである。（その二十九）には枳園の夜逃げ中のエピソードが描かれている。森枳園は後に帰参がかない、維新後も生きながらえ、江戸考証学の成果を伝えた。

抽斎が家督を相続したのは文政五年八月朔であった。抽斎十八歳、隠居した充成五十九歳であった。翌年抽斎は初めて妻を娶った。新婦尾島氏定《さだ》は十七歳であった。文政九年十二月五日、長男恒善《つねよし》が生まれた。文政十二年六月、抽斎の母縫（寿松）が死去した。十一月十一日、妻定が離別させられ、二人目の妻威能《いの》を娶ることになる。定の離別の理由は詳らかでないが、「貧家の女《むすめ》なら、かう云ふ性質を具へてゐるだらうと予期してゐた性質を、定は不幸にして具へてゐなかつたかも知れない」と鷗外は述べる。二人目の妻威能は短命だったが、その実家比良野《ひらの》氏とは渋江家は長く親戚付合いをするのである。天保二年、八月六日に長女純《いと》がうまれたが、十月二日に妻威能が歿した。十二月四日、備後国福山藩の医官岡西栄玄の女徳《むすめとく》が抽斎に嫁した。抽斎が三人目の妻徳を娶ったのは、徳の兄岡西玄亭が抽斎と同じ伊沢蘭軒の門下だったからである。

天保四年（一八三三）四月、抽斎は藩主に随って江戸を発して、初めて弘前に往った。江戸に還ったのは、翌五年十一月である。抽斎が二十九歳から三十歳に至る間の事である。天保六年十一月五日に次男優善《やすよし》が生まれた。後に名を優《ゆたか》と改めた人である。天保八年七月、抽斎は藩主に随って弘前に往った。十月二十六日に、父允成が七十四歳で歿した。抽斎が弘前滞在中である。抽斎が江戸へ帰ったのは天保十年のことだった。二冬を弘前で過したのである。弘化元年（天保十五年）二月二十一日、妻徳が亡くなった。徳は三十五歳、抽斎は四十歳である。三月十二日に躋寿館講師任命され、四月二十九日に定期登城を命ぜられた。十一月六日には山内《やまのうち》氏五百《いほ》が四人目の妻となった。

五百は作品『抽斎』の副主人公ともいうべき女性で、いわば作品の中でのヒロインである。五百は資料提供者・渋江保の母で、保から提供された資料に基づいて、鷗外は「五百」の姿を精彩豊かに描いていると言えよう。

五百の実家は神田紺屋町の鉄物《かなもの》問屋（日野屋）山内家であったが、弘前藩目付役比良野家の養女として届けられた。五百の父山内忠兵衛は抽斎の父允成の友で、長男栄次郎の教育を抽斎に託していた。そして長女安《やす》、二女五百は小さい時から武家奉公に出していた。五百は十一二歳の頃、本丸に奉公し銀之助と呼ばれた若君の悪作劇を掴まえた武勇伝もあった。十五歳の時は藤堂家に奉公していた。藤堂家には十年間奉公して、天保十年二十四歳の時、父忠兵衛の病気のために暇を取った。藤堂家に勤めていた時は、武芸の嗜みがあるので男之助という綽名が付いたということである。

五百の帰った紺屋町の家には、父忠兵衛の外、当時五十歳の忠兵衛の妾牧、二十八歳の兄栄次郎がいた。五百たちの母くみは五百が二歳の時亡くなっていた。二十五歳の姉安は阿部家の奉公を四年前に辞して、横山町の塗物《ぬりもの》問屋長尾宗右衛門に嫁していた。

栄次郎は初め抽斎に学んでいたが、次いで昌平黌に通うことになった。安の夫になった宗右衛門は、同じ学校の諸生仲間であった。昌平黌は江戸幕府直轄学校であったが、享和二年以降、士農工商を問わず聴講を許す日講があったので、町人である栄次郎や宗右衛門が聴講出来たのである。五百が藤堂家に仕えている間に、栄次郎は学校生活がうまくいかず、吉原通いをはじめた。忠兵衛は勘当しようとしたが、救いのため五百が屋敷から来たので沙汰やみになった。しかし、五百が藤堂家を辞して帰った時、この問題は再燃した。五百は父忠兵衛をいたわり慰め、兄栄次郎を諌め励まして、風浪に弄ばされる日野屋という船の舵を取った。忠兵衛は天保十年十二月七日に歿した。日野屋の財産は一旦五百の名に書き改められたが、五百は直ちにこれを兄に返した。

五百は男子と同じ教育を受けていた。藤堂家では武芸のために男之助と呼ばれた反面、世間で文学のために新少納言と呼ばれていた。五百は藤堂家を下ってから五年目に渋江氏に嫁した。抽斎四十歳、五百二十九歳である。渋江の家と山内の家は以前から知り合いの間柄だった。五百にとって幼い時から親しい人を夫にすることになるのである。「五百婚姻時の逸事」は（その百六）「五百の死」の次に述べられる。

弘化元年、五百の兄栄次郎が吉原の娼妓浜照《はまてる》を娶ったが、その仲立ちをした人物は福山藩医石川貞白であった。或る日、五百は貞白を招いた。栄次郎の結婚について責められるのではないかと恐れていた貞白は、意外な五百の言葉を聞いた。「渋江さんの奥さんの亡くなつた跡へ、自分を世話をしてはくれまいか」ということだった。「わたくしは婿を取つて此世帯を譲つて貰ひたくはありません。それよりか渋江さんの所へ往つて、あの方に日野屋の後見をして戴きたいと思ひます」と五百は言った。貞白は五百の深謀遠慮に驚き、抽斎を説き動かした。五百の婚嫁は成就したのである。五百は自分の方から結婚相手を選ぶ、積極的な女性として描かれているわけである。

嘉永二年（一八四九）三月、抽斎は目見《めみえ》医師となり、武鑑にその名が載った。目見の盛宴の費用の遣り繰りのための五百の働きは（その三十八）や（その三十九）に描かれている通りである。「金銭の事位で御心配なさるのを、黙つて見てゐることは出来ませぬ。どうぞ費用の事はわたくしにお任せなすつて下さいまし」と五百は言う。そして質屋の手代を呼び、箪笥長持から二百数十枚の衣類寝具を出し、三百両の金を借りることが出来たのである。ここでも鷗外は度量の大きい女性の姿を鮮やかに描いているのである。

嘉永三年四月、五百の仮親比良野文蔵が歿した後、嗣子貞固《さだかた》が目付から留守居に進んだ。貞固は留守居に任ぜられた日に、手紙を書いて抽斎を招いた。『論語』子路篇の講釈をお願いしたのである。貞固は謹んで聴いた。抽斎が「子曰、噫斗筲之人、何足算也」に至ったとき、貞固の目は輝いた。講じ終わった後、「わたくしは今日から一命を賭して職務のために尽くします」と言い、目には涙が湛えられていた。抽斎は比良野の家から帰って、五百に「比良野は実に立派な侍だ」と言った。

　この場面は、小泉浩一郎氏の論考（註1）において、「比良野貞固」についての人物造型の志向の例として取り上げられているのである。小泉氏は作品と出典の比較検討をなされている。出典での「君国の為めに尽くします」という封建的倫理の表現から「職務のために尽くします」という近代的個人主義倫理を志向する表現に変えられていること。また、「忠義な男だ」から「立派な侍だ」に変えられていることなどを指摘し、貞固の理想主義的な行為をより普遍的な場において叙述していると小泉氏は論じている。鷗外による脚色ということだが、これも物語を作る場合の虚構（フィクション）の試みであろう。その場合、作者の普遍的な理想を見る眼に注目しておきたいところである。比良野の家は抽斎の二番目の妻威能の実家であり、比良野貞固は年下の五百を「姉《ね》えさん」と呼び、親しく長い付き合いをすることになる人物である。

　安政元年（一八五四）は十一月に改元になるので、それまでは嘉永七年である。二月十四日、五男専六（後の脩）が生まれた。三月十日、長男恒善が病死した。抽斎は嫡男を失ったわけである。十二月二十九日、抽斎は躋寿館医書彫刻手伝を仰せつかった。「医心方」の校刻を行うことになったのである。

　安政二年は十月二日に江戸を大地震が襲った。「しかし当時抽斎を揺り撼《うごか》して起《た》たしめたものは、独《ひとり》地震のみではなかつた」と鷗外は述べる。そして次に、鷗外の学問観が述べられていく。「学問はこれを身に体し、これを事に措いて、始て用をなすものである。否《しからざ》るものは死学問である。これは世間普通の見解である。しかし学芸を研鑽して造詣の深きを致さんとするものは、必ずしも直ちにこれを身に体せようとはしない。必ずしも径《たゞ》ちにこれを事に措かうとはしない。その矻々《こつこつ》として年を閲《けみ》する間には、心頭姑《しばら》く用と無用とを度外に置いてゐる。大いなる功績は此の如くにして始て贏《か》ち得らるゝものである」。

「世間普通の見解」とは、いわゆる功利主義的な学問論だろうか。それに対して「用と無用とを度外」に置いているのは、鷗外の学問論のみならず、史伝作品制作の場合も言えるのである。随筆『観潮楼閑話』に於いて、鷗外は次のように述べる。「わたくしは度々云つた如く、此等の伝記を書くことが有用であるか、無用であるかを論ずることを好まない。只書きたくて書いてゐる」。

『抽斎』（その四十五）の学問論の続きはこうである。「この用無用を問はざる期間は、啻《ただ》に年を閲するのみでは無い。或は生を終るに至るかも知れない。或は世を畳《かさ》ぬるに至るかも知れない。そして此期間に於いては、学問の生活と時務の要求とが截然《せつぜん》として二をなしてゐる。若し時務の要求が漸く増長し来たつて、強ひて学者の身に薄《せま》つたなら、学者が其学問生活を抛《なげう》つて起つこともあらう。しかし其背面には学問のための損失がある。研鑽はこゝに停止してしまふからである」「わたくしは安政二年に抽斎が喙《かい》を時事に容るゝに至つたのを見て、是の如き観をなすのである」。

「喙を容る」時事とはペリー来航のことである。津軽藩が抽斎の意を受けた進言のことに鷗外は言及するが、政治的発言は抽斎の本色ではないので、喙《くちばし》を容れる（さし出口をする）といったような表現になっていると、小泉氏はその注釈の中で述べておられる。(註２) 確かにここでは時局の問題よりは、抽斎の学問すなわち校勘学の立場に重点が置かれているのであろう。

次に抽斎の次男矢島優善《やすよし》のことが述べられる（その四十七）。優善は遊蕩児で友人塩田良三と共に、寄席や料理屋へ出入りし、吉原にも遊び、借財を親戚に償わせるような有様だった。そのため、抽斎は座敷牢まで用意していたが、安政の地震で座敷牢は壊れてしまった。優善は嘉永四年津軽藩医の矢島家の末期養子となっていたが、渋江一家に迷惑をかけていたのである。しかし、維新後は浦和県官吏となっていた友人塩田良三の世話で官吏となり、辞職後は劇評論家として活躍した。抽斎の三人目の妻岡西氏徳の生んだ子であったが、五百を中心とする渋江一家とは、終生親密な交際が続いていた。遊蕩児で波乱の多い人生であったが、作品の中では生彩溢れる形で描かれる人物である。劇評論家は父抽斎の血筋を受け継いでいたのであろう。

安政三年（一八五六）、抽斎は再び藩の政事に喙《くちばし》を容れた。抽斎は諸般の事情から「国勝手の議」を説いた。在府の藩士を弘前へ返す意見である。これに関しては在府の藩士からの根強い反対があった。渋江家とは親戚付き合いをしていた留守居比良野貞固はこれがため、一時抽斎と絶交するに至った。

優善の友人の塩田良三は、父の勘当を蒙って、抽斎の家の食客となった。良三は優善の悪友で欠点の多い人物だったが、抽斎は良三を安積艮斎《あさかごんさい》の塾に住みこませた。良三に幾分の才能を認めていたからである。しかし、良三は師の金百両を懐にして長崎に奔《はし》ったという事件を起こした。連れ戻されて東上する途中でも、「駅々で人に傲《おご》ること貴公子の如くであつた」と鷗外は記している。塩田良三も森枳園、矢島優善、豊芥子などと同様、欠点をさらけ出す人間ではあったが、物語の登場人物として面白い側面があり、物語の主人公渋江抽斎も彼らの特性を認めていたところがある。個々の人間はそれぞれ個性を持ち、その個性を鷗外は資料に基づいて描いたということであろう。

安政四年二月十四日、医家の名家・多紀氏では茝庭《さいてい》が六十三歳で歿した。多紀茝庭《さいてい》は幕府の奥医師を勤め、法印に昇りつめた人であり、抽斎の学問の友であった。安政五年は七月から九月に至るまでコレラが流行した。（その五十三）は抽斎の死の叙述である。安政五年八月二十二日、抽斎は常のように夕食の膳に向った。酒の肴の刺身に抽斎は箸を付けなかった。「なぜ上がらないのです」と妻の五百が尋ねると、「少し腹具合が悪いからよさう」と抽斎は言った。翌二十三日は病のため勤務を休んだ。壮健であった抽斎がコレラに罹ったのである。様態は険悪になるばかりであり、二十九日丑の刻（午前二時）遂に絶息した。年は五十四歳（数え年）であった。

「抽斎の歿した跡には、四十三歳の未亡人五百《いほ》を始めとして、岡西氏の出次男矢島優善《やすよし》二十四歳、四女陸《くが》十二歳、六女水木《みき》六歳、五男専六《せんろく》五歳、六男翠暫《すいざん》四歳、七男成善《しげよし》二歳の四子二女が残つた。優善を除く外は皆山内氏五百の出である」と作品には述べられているが、渋江保（成善）は自分の年齢を偽って報告しているので、実際は、五男成善八歳、六男専六五歳、七男翠暫四歳となるのであろう。優善は後の優《ゆたか》であり、専六は後の脩《おさむ》である。五百は明治十七年歿、優は明治十六年歿、陸（杵屋勝久《きねやかつひさ》）は後に長唄師匠となり、大正十年歿、水木は明治三十四年歿、脩は明治四十一年歿、翠暫は慶応元年十一歳歿、保は昭和五年歿である。

大正五年、『抽斎』新聞連載中、抽斎の子は杵屋勝久と渋江保が生存していた。保からは抽斎に関する多量の資料を提供して貰い、杵屋勝久や渋江脩の子終吉からも資料を得て、作品の中で利用している。作品『抽斎』は抽斎歿後の話も続けられ、明治十七年の五百の死（その百六）あたりが一つのクライマックスであろう。それ故、慶応元年十一歳で死去した翠暫以外の子女の動向も述べられていくわけである。

安政五年、コレラで江戸市中二万八千人が死去した。著名人では浮世絵師の安藤広重、渋江氏の姻戚では五百の姉安の夫長尾宗右衛門もコレラで死去した。安、五百の姉妹が同時に未亡人になったのである。津軽藩留守居比良野貞固は抽斎の遺族を自邸に迎えようと五百を説いたが、五百は受け入れなかった。「五百は己《おのれ》が人に倚《よ》らしめなくてはならなかつた。そして内に恃《たの》む所があつて、敢て自ら此衝《このしょう》に当らうとした。貞固の勧誘の功を奏せなかつた所以である」。五百の強靭な自我を表現している場面であろう。五百は何事にも屈しない強い女性として描かれているのである。(注3)

（その五十四）と（その五十五）は抽斎の著書についての叙述である。抽斎の著述は刊行されたものは少ない。写本のままのものが多い。また、失われたものも多い。致仕した後は、「これからが己の世の中だ。己は著述をする」と五百に話していた抽斎が流行病のために急死したのは残念である。「不幸にして疫癘《えきれい》のために命を隕《おと》し、曾《かつ》て内に蓄ふる所のものが、遂に外に顕《あらは》るゝに及ばずして已《や》んだのである」と述べられている。

（その五十六）から（その五十九）までは、斎藤茂吉によって作成された「略目」によると、「抽斎の修養」となっている。儒学者として、また考証学者としての抽斎の仕事を述べた章であろう。抽斎の著述の中の引用は次のように記されている。「凡《おほよ》そ学問の道は、六経《りくけい》を治め聖人の道を身に行ふを主とする事は勿論なり。扨《さて》其六経を読み明《あきら》めんとするには必ず其一言一句をも審《つまびらか》に研究せざるべからず。……」。鷗外の語釈は次のようである。「考証なしには六経に通ずることが出来ず、六経に通ずることが出来なくては、何に縁つて修養して好いか分らぬことになると云ふのである」。

（その六十）と（その六十一）の略目は「抽斎の勤皇」である。某貴人のため八百両の無尽講を催し、金を用意していた。その金を強盗に取られようとした際、妻五百の活躍で難を逃れたという話はここに出てくる。（その六十二）から（その六十四）の略目は「抽斎の嗜好」である。野菜は大根を好んだこと、魚類では方頭魚《あまだい》の味噌漬や鰻を嗜んだことなどが述べられている。抽斎は読書家であり、黄表紙などの小説本も読んだ。「自ら作つた呂后千夫《りよこうせんふ》は黄表紙の体に倣《なら》つたものであつただらう」と鷗外は述べている。「劇神仙」の号を継いだ抽斎は観劇を好んだ。武鑑、江戸図、古銭などの収集家であった。「抽斎は晩年に最も雷《かみなり》を嫌つた。これは二度まで落雷に遭つたからであらう」の記述もある。

（その六十五）に、次のような記述がある。「大抵伝記は其人の死を以て終るを例とする。しかし古人を景《けい》仰《かう》するものは、其苗裔《べうえい》がどうなつたかと云ふことを問はずにはゐられない。そこでわたくしは既に抽斎の生涯を記し畢《をは》つたが、猶《なほ》筆を投ずるに忍びない。わたくしは抽斎の子孫、親戚、師友などのなりゆきを、これより下に書き附けて置かうと思ふ」。

作品『抽斎』の終章は「その百十九」である。作品の半分をようやく越したに過ぎないのに、主人公が死亡し、主人公の歿後の有様が描かれるわけである。これは異例としか言いようがないのだが、「抽斎歿後」の叙述があるが故にこの作品の面白さが増しているというのは、つとに論者たちが指摘するところである。

永井荷風は『抽斎』の興味津々たるゆえんの一つを次のように述べる。「伝中の人物を中心として江戸時代より明治大正の今日に至る時運変動の迹を窺ひ知らしめ読後自づから整然として世味甚辛酸に、運命の転黯然たるを思はしむる処にあり」。伊藤整は次のように書いている。「…幕末、明治から大正にまで及んでゐて、そこにかへつて、渋江家の人々の運命の展開が、新しくうかがはれる。この作品の本体は、むしろ主人公抽斎の死後にあるかに思はれる」「明治維新の藩の崩壊から、抽斎の遺族たちの生活の変転を述べるところに来て、大きな波の轟くやうな大作品としての力を現はしはじめる」。

渋川驍氏は次のように述べる。「たしかに、鷗外が、ひそかに自負したように、『渋江抽斎』は、その主人公の歿後の子孫およびその周囲を説き進めていったので、この作品は非常な質的変化をとげるにいたった。もし抽斎一人だけの生涯でおわっていたら、史伝として成立していたかもしれないが、小説としての要素は、まだ充分備わっていなかったのではないかと危ぶまれるぐらいだ。しかし、抽斎歿後が、詳しく述べられていることによって、史伝であって、同時に小説である、史伝小説の実を獲得することになったことは間違いない」。

以上の諸氏の見解を紹介して、稲垣達郎氏は論を展開する。（註4）抽斎歿後、人間関係と生活が複雑化してくるのは、明治維新を挿んだ時世の複雑化と対応するもので、〈抽斎歿後〉を組み入れる以上、こうなるのは必然である。複雑ということで言えば、抽斎の生涯を描いた部分にも別様の複雑味が生じている。抽斎と関係のある人物の略伝が入り込んでいるからである。それは流露感にすきまを産むものである。しかし、〈抽斎歿後〉にはそういうすきまはない。「組織の全体を保存せんと欲し、叙事を断続して同世の状態に及ぶ」（『伊沢蘭軒』その三百七十）という、伝記文学作品におけるジェネアロジックのメカニズムが成功しているからだと稲垣氏は見ておられるようである。

鷗外にジェネアロジック（系図・系譜学）の方法をもたらしたのは、渋江家の嗣子・渋江保である。保の提供した資料「抽斎親戚並門人」「抽斎歿後」などは、まさにジェネアロジックの材料に満ちているのである。

鷗外は渋江抽斎が自分と学問や趣味の傾向が似ているのを知って、抽斎との間に暱《なじみ》が生じる、親愛の情が生じる。それと同様な意味で、抽斎の嗣子との出会いも感動的で記念すべき出来事であった。石川淳が評論『森鷗外』で次のように述べているように、親愛の情がこの作品を成功させているのであろう。「抽斎への『親愛』が氾濫したけしきで、鷗外は抽斎の周囲をことごとく、凡庸な学者も、市井の通人も、俗物も、蕩児も、婦女子も愛撫してきわまらなかった。…（中略）…おかげで書かれた人物が生動し、出来上がった世界が発光するという稀代の珍事を現出した。そして、このおなじ地盤のうえに、鷗外は文章を書く新方法を発明したはずである」。

「抽斎歿後」は未亡人五百と五人の遺児及びその周囲の状況が語られていくわけである。遺児の中では、矢島氏を継いだ二十四歳になる優善が差し当たり問題であった。優善は不行跡の故に表医者から降ろされていたが、復したばかりであった。五百はその挙動を監視しなくてはならなかった。五百の姉も未亡人になっていて、安の一家長尾氏を邸内に住まわせていたが、長尾家の面倒を見るのも、従来からの五百の役目であった。

「抽斎歿後の第二年は万延元年である。成善はまだ四歳であつたが、夙《はや》くも浜町中屋敷の津軽信順に近習として仕へることになつた」。（その六十七）の成善四歳は、実際は十歳であろう。その屋敷で中小姓を勤めていた矢川文一郎という者が親切に世話をしてくれた。この矢川文一郎は後に抽斎の娘陸と結婚し、離婚することになるが、一時期、保の姉婿になった人物である。

「抽斎歿後第三年は文久元年である」（その七十二）。この年、優善は成善の部屋に置いてあった「日本に僅か三部しか無い善い版の十三経註疏」を持ち出した。抽斎の蔵書は三万五千部あると言われていたが、矢島優善や豊芥子が持ち出したり、森枳園に貸した本の多くは戻ってこなかったりして、既に一万部に満たなかった。文久元年三月六日、優善は「身持不行跡不埒」の廉を以て隠居を命ぜられた。そして養子をとって家督だけは存続された。養父優善は二十七歳、養子伊達周禎は四十六歳である。優善が隠居の沙汰を蒙った時、比良野貞固は自宅の二階に優善と妻鉄を住ませた。そして優善を山田昌栄の塾で勉学させた。この年十二月、豊芥子こと石塚重兵衛が六十三歳で歿した。豊芥子は渋江家の扶助を受けたり、貴重な蔵書を持ち出したりした人物だが、市井の事や劇のことに通じていたことを抽斎は評価していた。

文久二年二月初午の夜、優善が無銭で吉原に行き、翌日から引手茶屋に潜伏するという不祥事を起こした。五百は金を償って優善を帰らせ、比良野貞固と小野富穀（親戚）を呼んでいかに処すべきかを議した。貞固は「わたくしの宅で詰腹を切らせます」と厳しい態度で言った。翌朝五百は貞固を訪問して懇談した。「自分も一死が其分《そのぶん》であるとは信じてゐる。しかし晴がましく死なせることは、家門のためにも、君侯のためにも望ましくない。それゆゑ切腹に代へて、金毘羅に起請文を納めさせたい」というのが五百の言であった。「命乞の仲裁なら決して聴くまいと決心してゐたが、晴れがましい死様《しにざま》をさせるには及ばぬと云ふお考えは道理至極である。然らば其起請文を書いて金毘羅に納めることは、姉上にお任せする」と貞固は答えた。五百は優善に起請文を書かせ、虎の門の金毘羅へ納めに行った。しかし、起請文は納めずに、優善が行末《ゆくすえ》の事を祈念して帰った。

抽斎歿後の第五年は文久三年である。伊沢柏軒と山崎美成が歿した。前者は伊沢蘭軒の三男で、後者は考証学者である。抽斎歿後の第六年は元治元年である。森枳園が躋寿館の講師で幕府の月俸を受けることになった。第七年は慶応元年である。渋江氏では六月二十日に翠暫が十一歳で夭折した。この年四月、比良野貞固は妻かなを喪った。親戚僚属は頻りに再び娶《めと》らんことを勧めたが、貞固は「五十を踰《こ》えた花婿にはなりたくない」と言って久しくこれに応ぜずにいた。

（その七十八）は比良野貞固の再婚の話である。媒人《なこうど》が表坊主大須という者の娘照《てる》を娶れと勧めた。貞固は留守居役所で使っている下役杉浦喜左衛門を遣って、照を見させた。杉浦は照の美を賞した。婚礼の当日、貞固と五百とが窓の下に対座してゐると、新婦の轎《かご》は門内に舁《か》き入れられた。「五百は轎を出る女を見て驚いた。身《み》の丈《たけ》極て小さく、色は黒く鼻は低い。その上口が尖《とが》つて歯が出てゐる。五百は貞固を顧みた。貞固は苦笑《にがわらひ》をして、〈お姉《あね》えさん、あれが花よめ御《ご》ですぜ〉と云つた」。

照を見に行った杉浦が見間違ったのである。大須の家で挨拶に立った女は美しい女であった。杉浦は急いで馬で駆けつけて大須家へ尋ねたところ、「挨拶をさせた女は照の引き合せをいたさせた倅《せがれ》のよめである」とのことだった。五百と貞固との前へ出て杉浦は、「全くわたくしの粗忽《そこつ》で」と、額の汗を拭うのだった。杉浦の話を聞いて五百は色を変じて貞固に「どうなさいますか」と問うた。杉浦は「御破談になさるより外ございますまい。……」という。それに対して、貞固は次のように言った。「お姉《あね》さん御心配をなさいますな。杉浦も悔《くや》まぬが好《よ》い。わたしは此婚礼をすることに決心しました。お坊主をおそれるのではないが、喧嘩を始めるのは面白くない。それにわたしはもう五十を越してゐる。器量好みをする年でもない」。

この比良野貞固の再婚の話は、出典（抽斎親戚並門人）とはやや違って、作品の中で、鷗外は貞固の人格の理想化を行っていることは、小泉氏の注釈で指摘されている通りであろう。(註5) 出典では「一見、人をして噴飯せしむる的の」花嫁の姿をみた貞固は「得も言はれぬ不快の様子であつた」とある。また、照との結婚の決意が出典では「天命説を述べ、みづから運命と諦めて」とあるのに、作品では「貞固の人格的円熟により齎《もたら》されたもの」にしている。

抽斎歿後十年は明治元年である。「伏見、鳥羽の戦ひを以て始まり、東北地方に押し詰められた佐幕の余力が春より秋に至る間に漸く衰滅に帰した年である」。慶応四年が九月八日改元され明治元年となった。渋江氏は江戸から弘前へ移住しなければならなかった（その八十）。「渋江氏では三千坪の亀沢町の地所と邸宅とを四十五両に売つた」とある。食客、奴婢は若党二人を除く外、暇をやった。四月十一日、渋江家一行は江戸を発した。「一行は戸主成善十二歳、母五百五十三歳、陸《くが》二十二歳、水木《みき》十六歳、専六十五歳、矢島優善三十四歳の六人と若党二人である」と述べられている。「戸主成善十二歳」は実際は六歳プラスして十八歳ということだろうが、作品では「十二歳」の少年ということになっている。

渋江一行に同行した者の中に、矢川文一郎がいた。文一郎は妻子があったが、江戸を離れることを欲せぬ妻は子を連れて里方へ帰った。文一郎は二十八歳で、後に渋江陸と結婚することになる。「渋江氏の一行は本所二つ目橋の畔から高瀬舟に乗つて、竪川を漕がせ、中川より利根川に出で、流山、柴又等を経て小山に著《つ》いた。江戸を距《さ》ること僅に二十一里の路に五日を費した」。旅の叙述は続き、新政府軍への敵対を表明する奥羽列藩同盟支配下の行路は困難を極めると予想される。「出羽の山形は江戸から九十里で、弘前に至る行程の半《なかば》である。常の旅には此に来ると祝ふ習《ならひ》であつたが、五百等はわざと旅店を避けて鰻屋に宿を求めた」（その八十一）。

「上山を発してからは人烟《じんえん》稀なる山谷の間を過ぎた。縄梯子に縋《すが》つて断崖を上下したこともある。夜の宿は旅人に餅を売つて茶を供する休息所の類《たぐひ》が多かつた。宿で物を盗まれることも数度に及んだ」「院内峠を踰《こ》えて秋田領に入った時、五百等は少しく心を安んずることを得た。領主佐竹右京大夫義堯は、弘前の津軽承昭と共に官軍方になつてゐたからである。秋田領は無事に過ぎた」「人が雲表に聳《そび》ゆる岩木山を指《ゆびさ》して、あれが津軽富士で、あの麓が弘前の城下だと教へた時、五百等は覚えず涙を翻《こぼ》して喜んださうである」（その八十二）。

弘前に入ってからは、土地の人々から珍しがられた。土地の人が江戸子《えどこ》々々と呼びながら跡を付いて来る。成善が蝙蝠傘を差して出ると、見る者が多数居並ぶ。冬になって渋江氏は富田新町に遷《うつ》り、知行は六分引きになり、宿料食料の外何の給与もなかった。この頃、五百は専六の就学問題で悩んでいた。専六は儒者には向かないということで、医者の修業のため弘前の城下での師を求めた。近習医者小野元秀がその人であった。

小野元秀は弘前藩士対馬幾次郎の次男で、幼名を常吉と云った。父幾次郎が急病の時、夜更け、常吉は医師某の許《もと》に駆けて往診を願った。医師某は家にいたのに往診してくれなかった。常吉は「心にこれを牢記してゐた」とある。「牢記」とは「心に記して、忘れないこと」の意味だが、こういった厳しい表現はいかにも鷗外らしい。「後に医となつてから、人の病あるを聞くごとに、家の貧富を問はず、地の遠近を論ぜず、食《くら》ふときには箸《はし》を投じ、臥《ふ》したるときには被《ひ》（注ふとん）を蹴《け》て起《た》ち、径《たゞ》ちに往《ゆ》いて診したのは、少時の苦き経験を忘れなかつたためださうである」と鷗外の叙述は続く。弘前にも立派な医者がいたのだということだろう。津軽の歴史に詳しく、鷗外に『抽斎』のために協力してくれた外崎覚の父・工藤他山は、小野元秀と親しく交わった。外崎覚も小野元秀のことを知っていて、「温潤良玉の如き人」（温かく潤いのある美しい石のような人）と評している。鷗外はここで、作品『抽斎』に相応しい人格を摘出しているわけである。

専六は小野元秀のような良師を得たが、医となることを欲せず、兵士と交わり、洋算簿記を学ぶこととなった。渋江陸が矢川文一郎と結婚したのは、明治二年九月十五日である。文一郎は二回の離婚歴があった。当時馬廻役で二十九歳、陸は二十三歳であった。「文一郎は頗る姿貌《しぼう》があつて、心自《みずか》らこれを恃《たの》んでゐた」（その六十七）と鷗外は記述している。義眼の遊女との逸話は読者をぞっとさせる話ではある。『抽斎』には時にこのような話も織り込まれているのである。

矢島優善は陸が文一郎の妻になった翌月、家を持ち、矢島氏を継いだ矢島周禎の許にいた妻の鉄《てつ》を迎え入れた。鉄は二十三歳になっていた。優善が矢島家の末期養子になったのは、嘉永四年十七歳の時だった。家付き娘の鉄は六歳であった。鉄は重い痘瘡を患い瘢痕満面、人の見るを厭う醜貌であった。優善と鉄の間には夫婦の愛情は生じなかった。鉄は「あなたがいくぢが無いばかりに、あの周禎のやうな男に矢島の家を取られたのです」と難じていた。夫婦間の争いは止まなかった。五百は矢島周禎に交渉して再び鉄を引き取って貰おうとしたが、うまくいかなかった。その最中に優善が失踪した。手分けをして料理屋と妓楼とを捜索させた。しかし優善のありかはどうしても知れなかった。

比良野貞固は江戸を引き上げる定府の最後の組であった。戊辰の年の五六月の交、新造帆船で出航したが、故障で進退の自由を失い某地より上陸して辛苦の末、明治二年五月東京に帰って来た。改めて米艦スルタン号に乗って青森に到着した。現金の給与を受けたことの無い渋江家では、刀剣を質に入れて金二十五両を借りて貞固を弘前に案内した。

抽斎歿後の第十二年は明治三年である。弘前藩士の秩禄は大削減を加えられ、更に医者の降等が発令された。儒を以て仕えている成善に医者降等が適用された。成善は不満であり、抗告を試みたが功を奏せなかった。失踪していた優善は吉原の引手茶屋湊屋に着き、山谷堀の箱屋になり、更に安田という骨董屋に入贅した。更に浦和県の官吏となった塩田良三の世話で、浦和県出仕を命ぜられ、典獄になった。時に優善三十六歳だった。

渋江専六は兵士との交わりが深くなり、軍務局の楽手修行をしているうち、山田源吾の養子となった。専六の養子の件が決したのは、十二月二十九日で、専六が船で青森を発したのが翌三十日である。この年、専六は十七歳。東京にいた養父源吾は、専六が乗船中に病没した。陸は矢川文一郎との間に長男万吉をもうけたが万吉は夭折した。抽斎の六女水木は馬役村田小吉の子広太郎に嫁したが、五百の許に戻って来た。

抽斎歿後の第十三年は明治四年である。成善は母を弘前に遺して、東京へ出て行くことを決心した。成善は家禄を割いて、其五人扶持を東京に送致して貰うことを、許された。この年三月二十一日、母五百と水杯《みずさかずき》を酌み交わして別れた。成善十五歳（実際は二十一歳であろう）、五百は五十六歳。「抽斎の歿した時は、成善はまだ少年であつたので、此時始て親子の別の悲しさを知つて、轎中《けうちゆう》で声を発して泣きたくなるのを、やうやう堪え忍んださうである」と鷗外は記しているが、「まだ少年であつた」どころか、作品によると、数え二歳、満一歳一カ月のはずである。記憶にないわけであろうが、実際のこととしては数え年八歳で、「まだ少年であつた」ことになろう。保の年齢の偽りによる齟齬がこの記述にも出ているのではなかろうか。

成善は四月七日に東京に着き、本所二つ目の藩邸に行李を卸した。成善は四月に海保竹逕《かいほちくけい》の門に入り、五月に共立学舎に入り、六月から更に大学南校にも籍を置き、放課後にはフルベックの許で教えを受けた。学資は弘前藩から送って来る五人扶持の中三人扶持を売って賄うことが出来た。専六も成善に紹介されて共立学舎などに通った。

浦和県の典獄になっていた矢島優善は、この年一月、唐津藩士大沢正の娘蝶を娶った。前妻鉄は幾多の葛藤を経た後に離別させられていた。優善は七月に庶務局詰に転じた。浦和県は廃止になり、優善は十二月四日を以て埼玉県十四等出仕を命ぜられた。県吏としての優善は権勢が盛んで羽振りが良かった。この年、成善が保《たもつ》と名を改め、矢島優善が優《ゆたか》と、山田専六が脩《をさむ》と名を改めた。

抽斎歿後の第十四年は明治五年である。五百はようやく東京へ帰ることが出来た。矢川文一郎、陸の夫妻と村田氏から帰った水木の三人は保の下宿先に行李を卸した。優、保、脩の中で最も生計に余裕があったのは優である。保も脩も諸生で、優だけが官吏であった。そこで、優は母に勧めて、浦和の家に迎えようとした。しかし五百は応じなかった。そこへ一粒金丹のやや大きい注文が来た。金丹を調製することは、始終五百が自らこれに任じていた。

保は九月、師範学校に入学した。矢島優は暇を得るごとに、浦和から母の安否を問いに出てきた。保の下宿先である鈴木の女主人は、優を立派な、気さくな檀那だと言って褒めた。比良野貞固も弘前から東京へ出て、しばらく保の世話になり、養子房之助が弘前から来ると、家を借りて移った。陸が夫矢川文一郎の名を以て、本所緑町に砂糖店を開いた。

抽斎歿後の第十五年は明治六年である。渋江氏は本所相生町の家を借りることが出来た。五百は五十八歳、家族は保、水木、それに喘息に悩んでいた山田脩が来て同居した。保が師範学校から月額十円の支給を受け、五百は芸者屋のために裁縫をして、多少の賃金を得ることになった。この年、陸は矢川文一郎と分離して、砂糖店を閉じた。生計意の如くならなかったせいである。陸は長唄の師匠をすることになった。矢島周禎の一族もこの年に東京に遷った。優の前妻鉄は本所相生町二つ目橋通に玩具屋を開いた。

抽斎歿後の第十六年は明治七年である。水木はこの年深川佐賀町の洋品商兵庫屋藤次郎に再嫁した。二十二歳の時である。渋江氏ではこの年八月二十九日、感応寺にて抽斎の為に命日法要を営んだ。

抽斎歿後の第十七年は明治八年である。保は師範学校を卒業して、二月六日に文部省の命を受けて浜松県に赴くことになり、母と共に東京を発した。保は師範学校の教頭に任じた。矢島優はこの年十月十八日に工部少属を罷《や》めて、新聞記者になり、主として演劇欄に筆を執《と》った。魁《さきがけ》新聞には山田脩が共に入社した。

抽斎歿後の十八年は明治九年である。この年四月に保は五百の還暦の賀筵を催して県令以下の祝を受けた。五百の姉長尾氏安《やす》はこの年新富座附の茶屋三河屋で歿した。年は六十二歳だった。比良野貞固もまたこの年六十五歳を以て歿した。

明治十一年九月、脩は喘息を気遣う母五百に招致せられて浜松に来た。明治十二年十月、保は職を辞した。

慶応義塾で英語を学ぶためである。十一月二日、五百と保と脩は東京芝区松本町で生活することとなった。矢島優は開拓使御用掛を拝命して北海道へ旅立っていた。陸は亀沢町の家で長唄の師匠をしていた。そこには兵庫屋から帰った水木が同居していた。

保は東京に着いた翌日、本科第三等に編入された。明治十三年四月に保は第二等に進み、七月に破格を以て第一等に進み、遂に十二月に全科の業を終えた。山田脩はこの年、電信学校に入った。この頃、水木は勝久の許を去って母の家に来た。森枳園は明治十二年十二月一日に大蔵省印刷局の編集になった。身分は准判任御用掛で、月給四十円であった。

抽斎歿後の第二十三年は明治十四年である。慶応義塾を卒業した渋江保は八月三日に母と水木とを伴って愛知中学校長に赴任した。保が住んだのは愛知県国府町の長泉寺隠居所だった。長泉寺の隠居所は寄寓を請う諸生を六人入れた。その中には後に海軍少将になった人や栃木県知事になった人がいた。保は一人の友を得た。武田準平である。武田は慶応義塾教授阿部泰蔵の兄である。医を業としていたが、政客であった。保と準平は進取社という政治結社を作った。明治十五年一月二日、保の友武田準平が刺客に殺されるという事件が起きた。札幌にいた優は九月十五日に渋江氏に復籍した。十月二十三日、妻蝶が歿した。山田脩はこの年一月、工部技手に任ぜられ、日本橋電信局、東京府庁電信局などに勤務した。

抽斎歿後の第二十五年は明治十六年である。保は愛知中学校長を辞任して、攻玉舎と慶応義塾の教師となった。そして芝烏森町に家を借りて、四月五日に愛知県国府から還った母と水木とを迎えた。勝久は長唄を教えていたが、山田脩はその家から府庁電信局に通勤していた。そこへ優が開拓使の職を辞して札幌から帰って来た。

八月中の事であった。保は京浜毎日新聞に寄せる文を草するため一週間ほど他家に起臥していた。五百は保が久しく帰らぬがために物を食べなくなったのである。保が家に帰ると五百は機嫌がよくなり、保と共に食事をするようになった。この年十二月二日に優が歿した。四十九歳であった。翌明治十七年二月十四日、五百が歿した。六十九歳であった。五百が食べなくなって保が駆けつける場面（その百四）、そして五百が脳卒中で倒れて死す場面（その百五、その百六）の描写は、小説的手法で五百と保の親子の情愛の表現を際立たせていると思われる。

明治十七年六月、保は京浜毎日新聞の編集員になった。八月には攻玉社の教員を罷《や》めた。脩は十二月に工部技手を罷《や》めた。水木はこの年五百の実家の山内氏を継いで、芝新銭座町に一戸を構えた。

抽斎歿後の第二十七年は明治十八年である。保は新聞社の用で十月十日に旅から帰って見ると、森枳園の手紙が机上に置いてあった。枳園は京浜毎日新聞の演劇欄を担当しようと思って、保に紹介を求めたのだった。保は枳園の求めに応じて、新聞社に紹介してまた旅に出た。旅から帰って来ると、枳園の訃音が届いていた。十二月六日に森枳園は歿した。七十九歳だった。枳園の死に先立って、狩谷棭斎の「倭名鈔箋註」が印刷局に於いて刻され、「経籍訪古志」が清国使館に於いて刻されていた。これらの事業に枳園は関わっていたのである。

抽斎歿後の第二十八年は明治十九年である。新聞記者を辞めた保は私立静岡英学校の教頭になった。当時の生徒に山路愛山がいた。十月十五日、保は佐野常三郎の娘松を娶った。松は十八歳であった。

抽斎歿後の第二十九年は明治二十年である。保は一月二十七日に静岡で発行している東海暁鐘新報の主筆になった。英学校の職は故《もと》のままである。抽斎歿後の第三十年は明治二十一年である。一月、中江兆民が東京を追われ、大阪東雲新聞社の聘に応じて西下する途中、静岡に来たのである。三月、保の長男三吉が生まれた。八月十日に私立渋江塾を設けることが認可された。脩は七月に東京から保の家に来て、静岡警察署内巡査講習所の英語教師を嘱託され、次いで保と共に渋江塾を創設した。これより先、脩は渋江氏に復籍していた。脩は渋江塾の設けられた時、福島氏さだを娶った。脩は三十五歳、さだは二十歳である。

抽斎歿後の第三十一年は明治二十二年である。保は次第に暁鐘新報社から遠ざかり、東京博文館に近づいた。脩の嫡男終吉がこの年、十二月一日、生まれた。抽斎歿後の第三十二年は明治二十三年である。保は三月三日に静岡から入京して、麹町有楽町二丁目二番地竹の舎に寄寓した。静岡を去るに臨んで、渋江塾を閉じ、英学校、英華学校、文武館三校の教職を辞した。入京後三月二十六日から博文館のためにする著作翻訳の稿を起こした。保の家には長女福が一月三十日に生れ、二月十七日に夭折した。また七月十一日に長男三吉が三歳にて歿した。

明治三十三年五月二日に保の三女乙女が生まれた。明治三十四年一月二十六日に山内水木が歿した。抽斎の六女である。脩は静岡で渋江塾を再興したが、明治三十九年には入京して博文館印刷所の校正係になった。抽斎歿後の第四十九年は明治四十一年である。四月十二日午後十時に気管支肺炎のため脩が歿した。四十五歳であった。脩は俳句をする人であった。鷗外は脩の嗣子渋江終吉より「渋江脩略伝・付句鈔」の提供を受けていた。鷗外は（その百十一）に脩の句十五首を紹介している。

明治四十四年八月、保の三男純吉《じゅんきち》が十七歳で歿した。大正二年、保は二回の転居の後、「三年には九月九日に今の牛込船河原町の家に移つた」と記されている。大正四年十月、保の次女冬《ふゆ》が二十三歳で歿した。（その百十二）の冒頭は次のように記されている。「抽斎の後裔《こうえい》にして今に存じてゐるものは、上記の如く、先ず指を牛込の渋江氏に屈せなくてはならない。主人の保さんは抽斎の第七子で、継嗣となつたものである」。「第七子」は「第五子」であろうが、継嗣に間違いない。経を学び、漢医方を学び、教員や新聞記者などの経歴がある。「しかし最も大いに精力を費やしたものは、書肆《しょし》博文館のためにする著作翻訳で、その刊行する所の書が、通計約百五十部の多きに至つてゐる」と鷗外は述べている。しかしそれらの著述は「時尚を追ふ書估《しょこ》の誅求に応じて筆を走らせたもので」「保さんの精力は徒費せられた」と批評する。「保さんの作らむと欲する書は、今猶計画として保さんの意中にある」と鷗外は述べ、その中でも「読書五十年」は「保さんの博渉の一面を窺ふに足るものである」とする。やはり保は広い学芸の人だった「渋江抽斎」の血筋を受け継いだ人だった。「大抵伝記は其人の死を以て終るを例とする。しかし古人を景仰するものは、其苗裔がどうなつたかを問はずにはゐられない」として、その子孫の世代まで叙述してきた鷗外の筆もある意味報われたのかも知れない。子の中に主人公の血筋をみたからである。

大正五年、『抽斎』連載の時に生存していたもう一人の抽斎の子は、保の姉渋江陸、すなわち長唄の師匠をしていた杵屋勝久である。当時七十歳であった。この人も、芸能方面に理解のあった父抽斎の血筋を引いたのかも知れない。（その百十二）の半ばから最終章（その百十九）まではほとんど「杵屋勝久」の評伝で占められていて、これは五カ月後に独立して雑誌『邦楽』に転載された文章でもある。そして最後に脩の子、すなわち抽斎の孫渋江終吉とその弟二人のことを述べて擱筆する。「渋江抽斎」を親愛した鷗外は、その子孫をも愛してやまないのである。


（註1）前節（註5）で挙げた論文参照。

（註2）日本近代文学大系12『森鷗外集Ⅱ』の注釈（四六六頁）の中で、小泉氏は「抽斎の政治的発言を抽斎本来のあり方から逸脱したものとする鷗外の捉え方を端的に示した表現」と述べておられる。

（註3）小泉氏は前掲書の補注四二〇（五七七頁）において、「『抽斎』の人物像が本質的にはまさに作者の解釈によって生命を付与された存在であり…」と述べられている。鷗外の解釈による五百理想化が行われているのである。

（註4）稲垣達郎著「抽斎歿後」（昭和四十六年一月発表）参照。

（註5）小泉氏注釈前掲書一九四頁・六〇九頁参照。

第5節　『渋江抽斎』の影響

『抽斎』は鷗外初めての長編史伝作品である。のみならず、鷗外の史伝作品のスタイル（体裁）を築いた作品と言えよう。『抽斎』以降の作品は全て、語り部「わたくし」が主人公や関係の人物像を探索して行く形を取る。それは文献を読んでの歴史考証であったり、主人公縁故の人やそれぞれの事柄に詳しい人からの取材に基づいた話であったり、あるいは墓地探訪であったりする。鷗外はそれらの方法を『抽斎』の叙述の途上で獲得したのである。よって、『抽斎』以降の史伝作品は、全て『抽斎』の影響を受けていると言わねばならない。

『寿阿弥の手紙』は『抽斎』の連載が終わると同時に新聞連載が始まった作品である。『寿阿弥の手紙』の内容は、『抽斎』でも取り上げられているし、寿阿弥は『抽斎』に登場する奇人の一人でもあるので、『寿阿弥の手紙』はいわば『抽斎』外伝とも言える作品かも知れない。

『蘭軒』は『寿阿弥の手紙』の終わった翌日（大正五年六月二十五日）から連載が始まり、翌年の九月十五日に完結した長編史伝作品である。その長さは『抽斎』の三倍以上である。その長さのゆえに読者を倦ましめた作品かも知れない。主人公伊沢蘭軒は渋江抽斎の医学の師に当り、抽斎より二十八歳年長であるからその伝記年代は約三十年遡るわけである。この人物やその息子たちは『抽斎』の登場人物であるので、この作品も『抽斎』外伝と呼べるかも知れない。抽斎の痘科の師である池田京水の探究は『抽斎』に引き続いて『蘭軒』でも行われているが、この「池田京水伝」は『渋江抽斎』外伝の一つと言えるのであろう。

『都甲太兵衛』は、まだ『蘭軒』の連載が終わっていない、大正六年一月一日から八日間、新聞に連載された作品である。『蘭軒』の長さに飽きてきた読者の声が聞こえて来たのか、鷗外は手慣れた題材を、比較的読みやすく興味を惹きつける形で、新春の新聞紙上に発表した印象を受ける作品である。主人公都甲太兵衛は熊本細川藩の武士で、宮本武蔵にその心構えを賞された人物である。細川藩の事蹟はかつて『阿部一族』などの歴史小説で扱ったこともある。また、小倉在任中に宮本武蔵の事蹟に触れたこともある。そういう意味では鷗外にとっては手慣れた題材であろう。儒医の伝記を連載してきた鷗外は、ここで気分転換の意味も込めて、儒医とは違った異能の武士とでもいうべき人物を取り上げたのだろうか。それでも、都甲太兵衛は『抽斎』や『蘭軒』に登場してくる奇人たちと同じような特長を持っていたと言えよう。「奇人」とはいわゆる変人というのではなく、ある意味優れた才能を持つ人という意味である。鷗外はそういう奇人に筆を走らせるのを好んでいたようだ。石川淳の作品『諸国畸人伝』（一九五七年刊行）は、鷗外の史伝作品の影響を受けているのであろう。

先に「比較的読みやすく」と述べたが、例によって鷗外の歴史作品には付き物の「歴史考証」が展開されているので、そこら辺は人によっては読み難く思われるかも知れない。宮本武蔵と都甲太兵衛の会見の時はいつか。鷗外は考証を巡らす。「曾て所謂歴史小説を書くに当つて慣用した思量のメカニスム」が展開される。「二つの床の間に寝る」という言葉を鷗外は使う。歴史家と小説家、どっちつかずの状態を意味しているのであろう。それでも「思量のメカニスム」を発揮して、「宮本武蔵に見出された時」「石盗人を行った時」「空家に逃げ込んだ下手人を捉えた時」を都甲太兵衛の生涯のそれぞれの時に割り当てて推定して行くのである。そのプロセスが一つの読物となっている作品であろう。

『鈴木藤吉郎』は、長編史伝『蘭軒』の新聞連載が完結した翌日の大正六年九月六日から新聞連載が始まった作品である。鈴木藤吉郎は松林伯円の講談『安政三組盃』で知られる人物であるが、この講談は、全くの虚構であり、また、鈴木藤吉郎の名誉を傷つけるものとなり兼ねない話である。鈴木藤吉郎の縁につながる越川文夫という人が、藤吉郎の冤を雪ぐために『安政三組杯弁妄』という書を著している。越川氏及び氏の末子の野沢嘉哉氏との出会いと越川著の本を贈られたことが、鷗外が史伝作品『鈴木藤吉郎』を書く機縁となったわけである。

明治 41 年　鷗外 46 歳（『新潮日本文学アルバム森鷗外』より）

『蘭軒』の連載を終えた鷗外には、「新聞紙に載するに適せざる考証」云々の声が聞こえていた。鷗外は不満ではあったが、出来るだけ考証に渉ることを避ける、と述べる。にもかかわらず、事実探究のためには考証が必要とされるのである。鷗外は越川著を基本としながら他の資料との比較考証を試みているのである。連載終了後も、「鈴木藤吉郎の墓」「鈴木伝考異」「鈴木伝考異二」「鈴木藤吉郎の産地」を付加している。前の三篇は鷗外の文章ではなく、他の人の調査、報告を載せているわけであるが、ことは全て考証に関わっていると見られるであろう。鷗外の史伝作品には考証が不可欠なのである。では、何のための考証なのか。「鈴木藤吉郎」という人物を明らかにせんがための考証である。鈴木藤吉郎は罪人として牢死したが、その業績を鷗外は認めているわけである。『鈴木藤吉郎』（十二）において、鷗外は次のように述べている。「鈴木藤吉郎はその僅《わづか》に知られてゐる限《かぎり》の零砕《れいさい》の事迹《じせき》より推《お》すに、有為の人材である。山林河沼の地は其開墾を待つて官民の用をなし、余沢《よたく》は後世に及んでゐる。…（中略）…我市のプウルス㊟取引所）の沿革を窮めむと欲するものは、此等の人物に泝《さかのぼ》り及ばなくてはならない」。鈴木藤吉郎は「有為の人材」、すなわち優れた意味での「奇人」と鷗外は捉えているのである。鈴木藤吉郎伝は奇人伝の類いと見なされるであろう。

『細木香以』は大正六年九月十九日から新聞連載された作品である。まず、語り手「わたくし」の個人的経験から語り始められる。少年の時、貸本屋の本を耽読していて、為永春水を好いていたという。春水の人情本には、「デウス・エクス・マキナア」（救いの神）として津藤さんという人物が出てくる。モデルは摂津国屋藤次郎という実在の人物だということである。この摂津国屋は「細木香以」の父親で、新橋山城町の豪商だった。作品の中では「龍池」と呼ばれているこの人物は、劇場や妓楼に足を運ぶ通人だった。取り巻きを引き連れて遊所で遊ぶ人だった。その取り巻きの中に、為永春水がいた。

文政五年に生まれた龍池の息子が二代目津藤こと「細木香以」である。細木香以は父親を凌ぐ通人だった。この細木香以についても、鷗外には個人的な関わりがあった。鷗外は団子坂に住居を求めるのであるが、そこには高木ぎんという媼《おうな》が住んでいた。この媼は小倉という者の身寄りであった。小倉は細木香以の取り巻きの一人だった。その家には反故張《ほごば》りの襖《ふすま》があり、反故は俳文の紀行で、細木香以の半身像が描かれていた。そういうこともあり、鷗外は「細木香以」の名を記憶していたのである。

香以の幼名は子之助《ねのすけ》と言った。「子之助は天保九年に十七歳になつた頃から、料理屋、船宿に出入し、芸者に馴染が出来、次いで内藤新宿、品川の妓楼に遊んだ」とある。子之助二十歳の時、継母の里方鳥羽屋に預けられるということがあり、父龍池の遊所通は罷《や》んだが、子之助は罷まなかった。丁稚兼吉を連れて鳥羽屋を出て、兼吉を先に帰らせ、自分は劇場妓楼に立ち寄った。この時の兼吉は後の仮名垣魯文《かながきろぶん》である。鷗外の作品は仮名垣魯文の『再来紀文《いまきぶん》 廓《くるわの》花街《はなまち》』（明治十三・十四年）を資料として使っているのである。

安政三年父龍池が死去し、父の後を継いだ二世藤次郎（細木香以）は、しばらく謹慎していたが、四十九日の配りものが済むと遊所通を始めた。また、俳諧師、狂歌師、狂言作者、書家、彫工、画工と交わり、彼らを、取り巻き、幇間《ほうかん》の如くとした。父龍池は狂歌を弄んだが、香以は主に俳諧に遊んだ。劇場では河原崎権十郎、後の九代目団十郎を贔屓にした。その他、香以の援助を受けた俳優は数多くいた。吉原での遊興は派手を極め、玉屋の濃紫を身請けし、元の妻を里へ還し、濃紫を女房くみとし、次いでふさと改名させた。香以は贔屓や取り巻きへの贈り物のため、尽くす限りの散財をした。豪遊は今紀文（紀伊国屋文左衛門）と呼ばれるほどだった。そのような遊蕩の様《さま》を鷗外は江戸末期の遊興文化として描いているのであろう。

文久二年、香以は店を継母に渡し、自らは隠居して店からの仕送りを受け、妻ふさ、倅慶次郎と浅草馬道の猿寺境内に移り住んだ。下総国千葉郡寒川に暮らしたこともあった。桁外れの遊蕩児も晩年は落ちぶれたのである。
鷗外は何故にこのような遊蕩の人を描いたのだろうか。明治四十四年発表の『百物語』では、香以のような大尽であった鹿嶋屋清兵衛のことを書いた。鹿嶋屋という人物に興味を持ったからである。やはり、鷗外は細木香以なる人物に興味を抱いたのであろう。細木香以のことは、『抽斎』の（その七十二）（その八十八）に僅かではあるが出てくる。香以のようなスケールの大きい遊蕩児ではないが、『抽斎』にも、渋江優善、塩田良三、森枳園といった遊蕩の人が登場したのである。細木香以は森枳園とほぼ同時代人であり、付き合いもあったかのようである。してみれば、『細木香以』は『抽斎』外伝の中の「奇人伝」の一つと見なされなくもない。

鷗外はまた、江戸時代の吉原サロン文化の一端を描きたかったのかも知れない。「人生の評価は千殊万別である」として、鷗外は面白い話を述べている。曾て吉原の大籬《おおまがき》に仕えていて、鷗外の父の家の婢となった女は、「おいらん」を以て人間の最も尊貴なものとしていた。「公侯伯子男の華族さんも、大臣次官の官員さんも婢がためには皆野暮なお客である。……」「婢の思量感慨は悉《ことごと》くおいらんを中心として発動してゐる。婢の目を以て視れば、吉原は文《ぶん》、吉原以外は野《や》、吉原は華、吉原以外は夷である。……」。細木香以という大尽が、役者や芸能人や文人と呼ばれる人々を取り巻きとして吉原で散財して遊んだ、それは何だったのかを鷗外は描いてみせたかったのであろう。学者（儒医）の伝記が続く中に、「鈴木藤吉郎」「細木香以」といった異能の人物にも興味を示す辺りは、鷗外史伝文学の懐の深さであろう。そのことは、鷗外史伝文学の端初である『抽斎』の中に含まれていたのだと思う。

『小嶋宝素』は『細木香以』終了直後の大正六年十月十四日より新聞連載された史伝作品である。小嶋宝素は伊沢蘭軒や渋江抽斎と同じ儒医で考証学者であった。鷗外は『抽斎』執筆中から小嶋宝素の事は頭の中にあった。『抽斎』（その五十四）に考証学の系統が述べられていて、その中に伊沢蘭軒などと並んで、小嶋宝素の名が挙げられている。宝素の息子で跡を継いだ小島抱沖、そしてその跡を継いだ抱沖の弟の小嶋春澳《しゅんいく》の事も述べられ、「春澳の息子さんが北海道室蘭にゐる杲一《かういち》さんである」と記されている。鷗外は子孫の小嶋杲一から「先祖書」などの史料提供を受けて、作品を制作しているのである。

抽斎伝や蘭軒伝のように、詳叙していけば、読者を倦ませる。読者の反応を考慮して、鷗外はなるべく簡略に述べていこうとする。小嶋宝素の家系を小嶋杲一提供の「先祖書」及び「親類書」により簡略に述べていく。「先祖書」は小嶋宝素が幕府に提出した「書上」であり、「親類書」は小嶋春澳が提出したそれである。鷗外はそれらを書写し、和綴本に製本（「小嶋文書」）していたのである。

明暦三年に歿した小嶋円斎は、宝素七世の祖である。明暦四年二月に家督相続した祐昌（二世円斎）は、延宝八年五月、五十五歳の時、奥医師になり、八月、法眼に叙された。祐昌は元禄四年、六十六歳で歿した。祐昌は宝素六世の祖である。祐昌の歿した後、一子春庵（三世円斎）が家督相続した。宝素が五世の祖である。初代円斎より三代までの墓石は、貞林寺中小嶋氏塋域の中に存在しない。日記によると、鷗外は大正五年五月十五日に小嶋氏の墓地探訪を行ってそれを確かめているのである。墓地探訪は鷗外史伝文学の重要な要素であるが、ここでもそれを試みているのである。

「先祖書」によって叙述してきた鷗外は、「数度之類焼」という語に注目して、小嶋氏が江戸の何れの街に住んでいたかという問題を挿入する。そこで頼りになるのは鷗外が収集してきた「武鑑」である。元禄九年の武鑑に「総御医師、七百石、するがだい、小嶋円斎」の文がある。これにより、春庵三世円斎は駿河台に住んでいたと鷗外は判断する。さらに後続の武鑑により、蠣殻町、浜町、深川と移り住んだことがわかる。収集してきた武鑑の検索が用をなしたのである。

　元文三年正月、小嶋春庵三世円斎（初代春庵）が七十一歳で歿した。四月、長男豊克《とよかつ》（二世春庵）が跡を継いだ。豊克は宝暦七年七月、五十五歳で歿した。貞林寺に葬られ、墓は現存している、と鷗外は記している。十一月、豊克の長男国親が跡を継いだが、宝暦九年五月、国親は歿した。跡を継いだのは、初代春庵の第三子春章《はるあき》であった。宝暦十二年八月、春章は奥医師村田長庵昌和《まさかず》の三男常次郎（十六歳）を養って嗣とした。安永二年三月、小島春章が歿した。六月、常次郎が跡式を賜わった。即ち三世春庵、名は根一《もとかず》である。時に二十七歳であった。天明七年九月、根一は番医師を拝し、番料百俵を給せられた。天明八年の武鑑に「表御番医師、百五十表三十人ふち、本所わり水、小嶋春庵」とあるのが、根一である。

　寛政九年、根一の家に三男喜之助が生まれた。これが史伝作品『小嶋宝素』の主人公宝素である。母は前野良沢《りょうたく》の娘である。小嶋宝素は蘭化先生の外孫ということになる。享和三年五月、根一は五十七歳にて歿する。根一歿後、九月、兄たちが早世しているので、三男喜之助が跡式を賜わった。通称春庵（小島氏四世春庵）、号は宝素である。

　外祖父前野良沢は晩年女婿小嶋氏の家に寄寓していて、享和三年十月十七日、その家で歿した。僅か七歳で家を継いだばかりの宝素が主人であった。前野良沢が歿した時、女婿小嶋根一は死去していたが、良沢の娘、すなわち宝素の母は健在で、生父の病床に侍し、また幼児を育てていた。宝素の母が死去したのは、宝素が二十三歳の時、文政二年七月であった。「七月二十九日に根一の未亡人前野氏が歿したらしい。わたくしは貞林寺の墓に刻してある『諦真院殿聴誉容顔栄寿大姉』を以て此の人となすのである」と鷗外は記している。過去帳の調査により、鷗外の推定は正しかったことが報告されている。[註1] 鷗外は史料の乏しさを所持する武鑑の検索や自ら行った墓地調査によって補い、この史伝作品を書き上げているのである。「先祖書」に記されていた没年月日を墓碑に刻されている文字によって訂正するなどは、厳格な歴史家の態度であろう。

文化十年十月宝素は十七歳で医学館薬調合役を命ぜられた。同十三年十一月二十九日、奥医師山本氏の娘を娶った。文政二年六月、宝素の妻山本氏が歿した。山本氏歿後、宝素は一色氏を娶った。婚姻の日は未詳である。文政四年四月、宝素は番医師を拝し、番料百俵を賜わった。文政十二年九月、宝素は三十三歳で、第三子篭三郎《ろくさぶろう》が生まれた。宝素の跡を継ぐ小嶋抱沖である。文政十一年十一月、宝素は仲間取締手伝を命ぜられた。仲間とは番医師仲間である。天保三年八月二十五日に宝素は日光准后宮に陪して日光山に登ることを命ぜられ、九月七日に江戸を発し、二十四日に還った。天保四年五月に宝素は仲間取締を命ぜられた。

天保六年八月十六日、宝素は奥詰医師を命ぜられた。八月二十二日、毎月一定の日に将軍家斉を診することを命ぜられ、二十五日に初度の診脈をした。天保七年、第十一代将軍家斉は大御所となり、家慶が将軍職を継いだ。十二月四日、大御所の病のため詰切の診療を命ぜられた。天保十年、宝素の第四子篭四郎《ろくしろう》が生まれた。後、春澳《しゅんいく》と称し、兄抱沖の跡を継ぐ人物である。天保十三年、宝素は四十五歳であった。閏正月二十九日に前将軍家斉が死去した。宝素は三月二十三日に右大将様奥御医師を拝し、十一月十一日に随って西丸に遷った。右大将は後の将軍家定である。

天保十三年、宝素は日光准后宮に陪して京都に行くことを命ぜられた。九月三日に江戸を発して、十二月十七日に還った。弘化二年十月、宝素の嫡男抱沖が十七歳で、医学館素読教授を命ぜられた。弘化三年五月、宝素は医学館世話役を命ぜられた。嘉永元年四月、抱沖は二十歳で医学館寄宿寮頭取を命ぜられた。ここに於いて、宝素抱沖の父子は共に学校のことに従事することになった。十二月七日、宝素は歿した。享年五十二であった。嘉永二年七月、二十一歳の小嶋抱沖が跡式を賜わった。十月二十八日、番医師、板料百俵となった。次年の武鑑にその名が載った。嘉永六年十一月、抱沖は医学館世話役手伝となった。安政二年九月、宝素の後妻、未亡人一色氏が歿した。これ以後安政四年までの事跡を、鷗外は宝素の第四子篦四郎（瞻淇・春澳）の手記（「日新録」）を材料に叙述していく。

抱沖は塙《はなわ》氏の娘猶《なほ》を妻とし、抱沖の弟の春澳は猶の妹定《さだ》を妻とした。猶と定は国学者塙保己一《はなわほきいち》の孫に当たる。小嶋氏は塙氏と姻戚関係になるわけである。安政四年閏五月八日、抱沖は二十九歳で歿した。抱沖の妻は二十八歳で未亡人になったが、久留米の有馬家に仕え、明治三十一年二月、六十九歳で歿した。墓地探訪を行った鷗外の記述によると、抱沖夫妻の二基の墓は墓石が大きく、刻む所の文字が美しいとのことである。鷗外の記述を抜書きすると、次のようである。「聞く所に従へば、抱沖未亡人塙氏が有馬家に仕へて維新後に至り、職に居つて歿した時、有馬家は塙氏の功労に酬いむと欲し、夫妻の石を其父宝素の墓の側に立てたのだといふ」。

安政五年三月、弟の瞻淇は兄抱沖の跡を継いだ。時に二十歳であった。文久二年二月、瞻淇は医学館寄宿寮頭取出役を命ぜられた。慶応三年二月、医学館世話役手伝介、試業頭取之二掛りを命ぜられた。明治十三年十二月五日、瞻淇は歿した。享年四十二。妻定は夫が歿した時、三十八歳であった。後二十年、明治三十三年に定は五十八歳で歿した。瞻淇の嗣子が小嶋杲一《こういち》である。小嶋杲一はこの史伝作品の資料提供者である。抱沖瞻淇は塙家の女婿である。鷗外は塙家の子孫からも情報を得たのである。

史伝『小嶋宝素』の終わりを鷗外は次のような文章で結んでいる。

「宝素は前野蘭化の外孫である。抱沖瞻淇は塙忠宝の女婿である。然るに世には前野氏と塙氏とを知つて小嶋父子を知らぬものが多い」「前野氏の洋学を首唱し、塙氏の叢書を刊行したのは、固《もと》より世を裨益すること大いなるものである。しかし宝素と其二子との古書を校讎した功も亦決して没すべからざるものである」。

前野蘭化や塙保己一は著名人である。それに対して小嶋父子はいわば無名の人である。小嶋父子の地味な業績も無視できないと鷗外は主張しているのである。渋江抽斎以下の考証家の人生を綴ってきた鷗外史伝作品の意義の一端はそういうところにもあったのであろう。

『抽斎』以降の史伝作品は、『抽斎』の体裁に倣《なら》って出来上がったとみてもよいものだった。その意味では、『抽斎』の影響と言ってよかろう。では、後世に対する影響はどうだろうか。

後世の作家として、永井荷風と石川淳を取り上げてみたい。共に鷗外の史伝作品を称揚した作家だからである。永井荷風、明治十二年（一八七九）の生まれで、鷗外より十七歳ほど年少で、昭和三十四年（一九五九）歿、満七十九歳だった。石川淳、明治三十二年（一八九九）の生まれで、鷗外より三十七歳年少で、昭和六十二年（一九八七）歿、満八十八歳だった。

永井荷風は鷗外にその文筆の才能を認められていた。慶応義塾文科教授に推薦したのもその故だった。一方、荷風も鷗外を敬愛して、終生、「先生」と呼んだ。荷風年譜の大正十二年五月十七日夜の条に「『鷗外全集』第七巻の『渋江抽斎』を読み深い感銘を受けた」とある。随筆「隠居のこゞと」が執筆されたのはその頃である。荷風は「…これを再読するに興味津々として巻を掩ふこと能はず」と述べてその所以を四つ挙げる。その一つとして次のような記述がある。「伝中の人物を中心として江戸時代より明治大正の今日に至る時運変動の迹を窺ひ知らしめ読後自づから愁然として世味の甚辛酸に、運命の転黠然たるを思はしめたる処にあり」。

私は鷗外史伝作品の面白みの一つは人物探索の経過を述べていく所にあると考えている。そういう意味では、荷風の代表作の一つである『濹東綺譚』と共通しているのではないか。『渋江抽斎』と『濹東綺譚』を比較するのも変だが、そこには共通した情調が感じられるのである。

『濹東綺譚』の主人公「わたくし」は、「大江匡《ただす》」という名の小説家としてあるが、荷風の分身であろう。「わたくし」は「失踪」という小説を書いている途中である。小説「失踪」の主人公種田順平は私立中学校の英語教師の職を五十一歳で罷《や》められた。退職手当の金を受け取って家に帰らず、かつて下女として働いていた「すみ子」と偶然出会い、すみ子のアパートに泊まった。すみ子はカフェーで働いている。種田の行末をどうすべきか。「わたくし」は場所の探索に出かける。電車で雷門まで行き、「寺島玉の井」行きの乗合自動車に乗る。六月末の或る夕方、時は昭和十一年頃の話である。乗合自動車を降りて、辺りを散策する。種田順平が家族を捨てて世を忍ぶ処をこの辺の裏町にして置いたら、玉の井の盛り場も程近いので、結末の趣向をつけるにも都合がよかろうと考え、一町ほど歩いて狭い横道へ曲がってみた。

突然の夕立がきて、広げた傘の下に、「檀那、そこまで入れてってよ」と結いたて潰島田《つぶしまだ》の女が入ってきた。お雪という名の娼妓であった。「わたくし」はお雪の家に上がり込み、世間話をしてお客となる。そして日々玉の井の窓の女のもとへ通う馴染みになり、互いに心惹かれる仲になる。「わたくし」は老齢の作家であり、身分を隠していることに不安を覚える。一方、小説「失踪」の種田順平はすみ子と同棲しておでん屋をやろうかというような話になってゆく。

『濹東奇譚』には、次のような叙述が見られる。「わたくしがふと心易くなつた溝際の家……お雪といふ女の住む家が、この土地では大正開拓期の盛事を想起させる一隅に在つたのも、わたくしの如き時運に取り残された身には、何やら深い因縁があつたやうに思はれる。…」「…いかにも場末の裏町らしい侘しさが感じられて来る。それも昭和現代の陋巷ではなくして、鶴屋南北の狂言などから感じられる過去の世の裏淋しい情味である」「いつも島田か丸髷にしか結つてゐないお雪の姿と、溝の汚さと、蚊の鳴声とはわたくしの感覚を著しく刺激し、三四十年むかしに消え去つた過去の幻影を再現させてくれるのである。…」「溝の蚊の唸る声は今日に在つても隅田川を更に渡つて行けば、どうやら三十年前のむかしと変はりなく、場末の町のわびしさを歌つてゐるのに、…」。

これらの叙述は一種の懐古趣味であろう。「わたくし」は昔懐かしさのゆえに、隅田川を渡って東の地域の迷宮のような路地をさまよい、奇妙に美しく優しい私娼と出会うのである。

荷風がこの小説の語りの主人公の一人称に「わたくし」を使っているのは、明らかに鷗外の史伝作品に倣った形であろう。「わたくし」は迷宮の街に何かを求めて探索していく。その内容に違いはあれ、『渋江抽斎』と同じ形で叙述は進行していくのである。

「若い時から遊び馴れた身でありながら、女を尋ねるのに、こんな気ぜわしい心持になつたのは三十年来絶えて久しく覚えた事がないと言つても、それは決して誇張ではない」と「わたくし」に言わせる女は何者か。

「言葉には少しも地方の訛りがないが、其顔立と全身の皮膚の綺麗なことは、東京もしくは東京近在の女でない事を證明してゐるので、わたくしは遠い地方から東京に移住した人達の間に生まれた娘と見てゐる。性質は快活で、現在の境涯をも深く悲しんではゐない。寧この境遇から得た経験を資本《もとで》にして、どうにか身の振方をつけやうと考へてゐるだけの元気もあれば才智もあるらしい。男に対する感情も、わたくしの口から出まかせに言ふ事すら、其まゝ疑はずに聴き取るところを見ても、まだ全く荒みきつてしまはない事は確かである。…」。

「然しこゝにわたくしの観察の決して誤らざる事を断言し得る事がある。それはお雪の性質の如何に係らず、窓の外の人通りと、窓の内のお雪との間には、互いに融和すべき一縷の糸の繋がれてゐることである。お雪が快活の女で、其境涯を左程悲しんでゐないやうに見えたのが、若しわたくしの誤りであつたなら、其誤はこの融和から生じたものだと、わたくしは弁解したい。窓の外は大衆である。即ち世間である。窓の内は一個人である。そしてこの両者の間には著しく相反目してゐる何物もない。これは何に因るのだらう。…」。

これらの叙述は「お雪という女」の人物探索の文章であろう。「お雪は倦みつかれたわたくしの心に、偶然過去の世のなつかしい幻影を彷彿たらしめたミューズである」と「わたくし」は述べる。一方でまた、「其結果から論じたら、わたくしは処世の経験に乏しい彼の女を欺き、其身体のみならず其の真情をも弄んだことになるであらう。わたくしは此の許され難い罪の詫びをしたいと心ではさう思ひながら、さうする事の出来ない事情を悲しんでゐる」とも述べる。

「風雨の中に彼岸は過ぎ、天気ががらりと晴れると、九月の月も残り少なく、やがてその月の十五夜になつた」「わたくしがお雪の病んで入院してゐることを知つたのは其夜である。雇婆から窓口で聞いただけなので、病の何であるかも知る由がなかつた」と小説の叙述は続き、やがて、「わたくし」の「墨東探索記」は終るのである。

荷風が「鷗外全集刊行会」発行の『鷗外全集』（全十八巻）の中の『渋江抽斎』を読み深い感銘を受け、鷗外史伝作品の評論でもある「隠居のこゞと」を執筆したのは、大正十二年であった。それから十四年後の昭和十一年十月『濹東綺譚』を脱稿した。岩波版第一次『鷗外全集』の配本が始まったのは、昭和十一年六月からである。荷風は岩波版『鷗外全集』の附録である「鷗外研究」に「鷗外先生」、「森先生の伊沢蘭軒を読む」などの随筆を書いている。これらの事情から考えると、『濹東綺譚』の叙述の形態が鷗外史伝作品の影響を受けたことは、充分に考えられることであろう。

渡辺喜一郎著『石川淳傳説』（右文書院、二〇一三年発行）の「年譜」によると、大正三年、石川淳十五歳の中学生の時、「森鷗外訳『即興詩人』を読み、所々を暗唱した」とのことである。また、翌年の夏休み、「森鷗外訳『諸国物語』を読み感銘を受ける」、この年十二月中旬、「通学途上の電車の中で鷗外を見かけ感動」とある。

通学の電車にあわてて飛び乗り、中のほうへ行こうとすると、向うの席に鷗外が腰かけていた。のちに石川が随筆のなかで次のように述べている。「…そのとき軍帽と、横顔と、耳の下の骨がとがつてゐるのと、口髭と、マントと、軍刀と、軍刀の柄の上に置いてゐる手と、その手が開いてゐる横文字の本とをちらつと見た刹那、すぐ鷗外先生だと思つた。この判断は一秒とかからなかつた。それよりはやく足のびくりとしたのがなにより証拠である。鷗外でなければ、さういふはずはなかつた」。

鷗外は西洋の戯曲小説翻訳の名手であった。それらの作品は『一幕物』『続一幕物』『十人十話』『諸国物語』などの単行本として出版され、大正期の青年層に多大な影響を与えた。石川淳もその影響をうけた一人であった。石川淳はまず、鷗外の翻訳物に熱中し、傾倒したようだ。石川淳は東京外国語学校仏語部を卒業して、小説家として登場する以前はフランス文学の翻訳家であった。少年期に鷗外の翻訳物を愛読した経験が、自らの翻訳者の仕事に役立ったであろう。また、フランス文学の翻訳が石川淳文学の出発点だったことも理解すべきであろう。

鷗外の史伝作品を称賛した評論『森鷗外』が三笠書房より刊行されたのは、昭和十六年十二月であり、太平洋戦争勃発の年である。鷗外の史伝作品の影響という観点からはその年の三月に三笠書房から発刊された『渡辺崋山』が挙げられるかも知れない。歴史考証的な探究がなされているからである。『渋江抽斎』以下の史伝作品の系列に属する石川の『諸国畸人傳』は、昭和三十年十二月から三十二年四月まで『別冊文藝春秋』に連載された作品である。昭和五十五年六月、新潮社から刊行された『江戸文學掌記』も鷗外の史伝作品の系列に属する作品かも知れない。晩年の大作『風狂記』も歴史考証の側面もあり、鷗外の史伝作品の影響とみられるであろう。

石川淳は終戦後、坂口安吾や太宰治などと共に、無頼派の流行作家と目される時期があった。しかし、太宰や安吾とは違って、石川淳は昭和六十三年十二月、八十八歳まで生きのび、老年になっても『風狂記』などの大作を執筆する活躍を見せた。安部公房が石川淳を師匠として尊敬したこともよく知られている。安部公房や大江健三郎などの新しい文学台頭の先駆けとなった老作家とみなされる場合もある。森鷗外―石川淳―安部公房の系譜を考えてみることも面白いかも知れない。

石川淳は昭和十年五月、「佳人」を発表する。石川淳の小説の処女作とされる作品である。続いて八月に「貧窮問答」が発表され、十月から十二月にかけて「葦手」が連載される。昭和十一年一月に「山桜」、四月に「秘仏」を発表。そして、六月から九月にかけて「普賢」を連載し、「普賢」は芥川賞を受賞する。これらの作品は文芸同人誌『作品』に掲載されたものである。石川淳三十六歳から三十七歳にかけてのことだった。これら初期作品に共通するのは、語り手であり、主人公である「わたし」である。その「わたし」は無論、私小説の「私」ではない。小説の語り手として、多彩な作中人物と交渉する虚構の人物であり、また、「わたし」の胸中の想いを語る人物なのである。その文章は止めどなく続き、時に飛翔し、また続くという、饒舌体の文章であるが、「わたし」が人物群や諸状況を探索しながら、綴られて行くという点で鷗外の史伝作品の「わたくし」と共通した点がありはしないか。

文芸評論家の佐々木基一は昭和三十八年十一月、新潮社発行の『日本文學全集53　石川淳集』の解説で次のように述べている。

「…人生がひとつの問題として作家の前におかれているとすれば、人生はもはや単なる描写や告白の対象とはなりえない。人生はたゆみない探求の対象として存在するのみである。今世紀の文学の目ざしている方向を一口で言えば、それは〈探究の文学〉という言葉に要約できるだろう」「…極度の不安と、当てどない彷徨が、知識人の魂に不安の種を植えつけたとき、石川淳氏は、この不安と混迷のなかを貫いて生きる一人の敢為な探究者として、文学の世界に登場した。処女作『佳人』が発表されたのは昭和十年であり、氏はそのとき齢《よわい》三十六であった。爾後今日にいたるまで、氏の方法と氏の生き方は一貫して変わらない。…」「…六十の坂を越えた今日、氏が現代の青年たちに師表とあおがれているのも、異例といえば異例であろう。その秘密を説く鍵はたしかに氏の方法のうちにある」。

「探究の文学」が石川淳の方法だとすれば、それは鷗外の史伝文学の方法でもあり、そこに鷗外の史伝作品の影響をみてとるのもあながち無理な解釈ではないだろう。

『渋江抽斎』など史伝作品の後世への影響という観点から、思いつくまま、挙げてみると、子母澤寛の『新撰組始末記』（一九二八年刊）、大佛次郎の『天皇の世紀』（一九六九～七三年連載、未完）などノンフィクション作品が挙げられるかもしれない。中村真一郎の『頼山陽とその時代』（一九七一年刊）『蠣崎波響の生涯』（一九八九年刊）『木村蒹葭堂のサロン』（二〇〇〇年刊、遺著）は鷗外の長編史伝三部作を思わせるような大作である。叙述は鷗外の作品に比べて読みやすく親しまれる良書だと思われる。その文学形式は鷗外の史伝作品に倣ったともみなされるであろう。

（註１）『鷗外歴史文學集』第四巻（岩波書店、二〇〇一年発行）三三一頁の注11参照。

第三章　『伊沢蘭軒』論

第1節　大河小説の如くに

森鷗外の長編史伝作品『伊沢蘭軒』は、第一作『渋江抽斎』を引き継ぐ第二作目の作品である。『抽斎』（略称）で独自の史伝叙述という方法（鷗外の言葉で言えば、「体例」）を確立した鷗外が、第二作目を試みたわけである。

『蘭軒』（略称）の主人公・伊沢蘭軒は第一作の主人公渋江抽斎の医学の師匠に当たる人物で、すでに第一作『抽斎』に紹介されている。抽斎との年齢差二十八歳。鷗外は一世代上の人物の伝記に取り掛かったということになる。

長編史伝第一作『抽斎』と第二作『蘭軒』の違いは何か。まず、その長さであろう。どちらも、新聞連載で、長編と呼ばれるほどの長さを持っているが、『蘭軒』の長さは『抽斎』の比ではない。鷗外は『蘭軒』の連載を終えるに当たって次のように述べる。

「そして此《ここ》にわたくしの自ら省みて認めざることを得ざる失錯が胚胎してゐる。即ち異例の長文が人を倦《う》ましめたことである」（その三百七十）。

新聞読者をして倦ましめたのは、言葉遣いの難解、歴史考証の退屈なども含まれるだろう。それらがこの

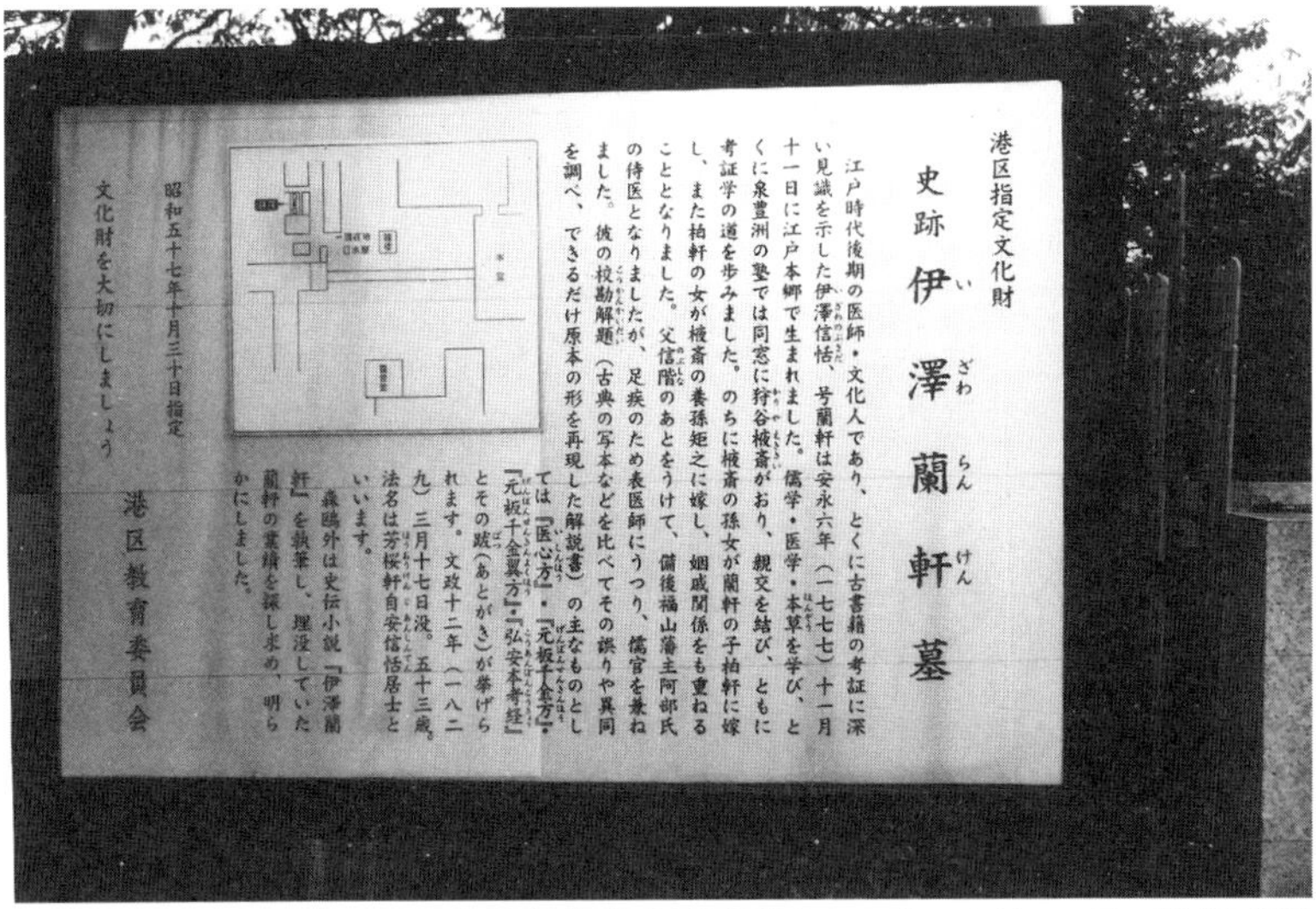

東京西麻布　長谷寺にて　史跡案内・伊沢蘭軒墓（2015年10月17日　著者撮影）

作品を殊更に長く感じさせた嫌いもないではない。『抽斎』の新聞連載は大正五年一月十三日から五月十七日までの百十九回に対して、『蘭軒』は大正五年六月二十五日から翌六年九月四日までの三百七十一回に及んだ。『蘭軒』は『抽斎』の三倍強の長さにもなるのである。

『抽斎』の連載が始まった時、鷗外はまだ陸軍省医務局長の職にあった。正式に医務局長を辞職し、予備役に編入されたのは、大正五年四月十三日である。そして、大正六年十二月二十五日、宮内省帝室博物館総長兼図書頭に就任する。その間、拘束される職務に就いていないので、文筆に専念する大いなる時間が鷗外にはあった。鷗外数え年、五十五歳から五十六歳にかけての、それはちょうど『蘭軒』執筆の時期であった。鷗外はそれまでの史料探索で得た薀蓄を傾けて、丁寧に叙述を進めていったと思われる。「ちくま文庫」版『森鷗外全集』８の解説の中で、田中美代子氏が「ライフ・ワーク」と規定されているように、大作『伊沢蘭軒』はそのような作品であったのだろう。

しかし、新聞読者の評判は悪かった。なぜ、このような文章を新聞紙上（東京日日新聞・大阪毎日新聞）に載せるのかといった非難の投書も多かったようだ。

『蘭軒』の連載を終えるに当たっての鷗外の弁明はある意味、悲痛な響きを帯びているが、若き日、あらゆる論争に負けなかった強弁の人の面影も漂っている。

「人はわたくしの文の長きに倦んだ。しかし是《これ》は人の蘭軒伝を厭悪した唯一の理由では無い。蘭軒伝は初《はじめ》未だ篇を累《かさ》ねざるに当つて、早く既に人の嘲罵に遭つた。無名の書牘《しょどく》（㊟手紙）はわたくしを詰責して已《や》まなかつたのである。／書牘はわたくしの常識なきを責めた。その常識なしとするには二因がある。無用の文を作るとなすものが其一、新聞紙に載すべかざるものを載すとなすものが其二である。此《この》二つのものは実は程度の差があるに過ぎない。新聞紙のために無用なりとするは、絶待に無用なりとするとの差である。／わたくしは今自家の文の有用無用を論ずることを忌避する。わたくしは敢て嘲《あざけり》を解かうとはしない。しかし此書牘を作つた人々の心理状態はわたくしの一顧の値《あたひ》ありとなす所のものである」（その三百七十）。

東京西麻布　長谷寺にて　伊沢蘭軒夫婦墓（2015 年 10 月 17 日　著者撮影）

「彼蘭軒伝を無用とするものの書牘を見るに、問題は全く別所に存するやうである。書牘は皆詬訾毒罵《こうしどくば》の語をなしてゐる。是《これ》は此篇を藐視《ばくし》（注軽視）する消極の言ではなくて、此篇を嫉視する積極の言である。／此嫉悪は果たして何れの処より来るか。わたくしは其情を推することの甚《はなはだ》難からざるべきを思ふ。凡《おほよ》そ更新を欲するものは因襲を悪《にく》む。因襲を悪むこと甚《はなはだ》しければ、歴史を観ることを厭ふこととなる。此《かく》の如き人は更新を以て歴史を顧慮して行ふべきものとはなさない。今の新聞紙には殆《ほとん》どのごとく記事の歴史に渉《わた》るものが無い。その偶々《たまたま》これあるは多く售《う》れざる新聞紙である。／蘭軒伝の世に容れられぬは、独り文がながくして人を倦ましめた故では無い。実はその往時を語るが故である。歴史なるが故である。人は或《あるひ》は此篇の考証を事としたのを、人に厭はれた所以《ゆえん》だと謂《い》つてゐる。しかし若し考証の煩を厭ふならば、其人はこれを藐視して已むべきで、これを嫉視するに至るべきでは無い」（その三百七十一）。

「わたくしの渋江抽斎、伊沢蘭軒等を伝《でん》したのが、常識なきの致す所だと云ふことは、必ずや彼《かの》書牘の言の如くであらう。そしてわたくしは常識なきがために、初《はじめ》より読者の心理状態を閑却したのであらう。しかしわたくしは学殖なきを憂ふる。常識なきを憂へない。天下は常識に富める人の多きに堪《た》へない」（その三百七十一）。

鷗外は新聞読者に理解されなかった無念を述べるとともに、最後は居直りとも思える強弁で締めくくるのである。『蘭軒』は当時の新聞読者に理解されなかったのみならず、後世の批評家からも敬遠されてきた作品というのが実情であろう。いわばそれは、敢えて「非常識」を貫いた鷗外の執筆態度にも一因があるのであろう。

長編史伝作品第一作『渋江抽斎』は、石川淳の評論『森鷗外』（昭和十六年刊行）の中の、〈古今一流の大文章であった〉というような評言によって、評価が定まったとも言えるであろう。冒頭の叙述からして度胆をぬくような言い方である。「『抽斎』と『霞亭』といずれを取るかといえば、どうでもよい質問のごとくであろう。だが、わたしは無意味なことはいわないつもりである。この二篇を措いて鷗外にはもっと傑作があると思っているようなひとびとを、わたしは信用しない」「……では、おまえはどうだときかれるであろう。ただちに答える、『抽斎』第一だと。そして附け加える、それはかならずしも『霞亭』を次位に貶すことではないと」。

鷗外の長編史伝は『渋江抽斎』『伊沢蘭軒』『北条霞亭』と発表順に並べて、三部作と呼ばれている。石川淳の評論で『蘭軒』が飛ばされているのはなぜだろう。『蘭軒』論が述べられていないわけではない。それは『抽斎』と『霞亭』の間にくる作品といった程度の叙述のように思える。高く評価されている『抽斎』との比較のために、『蘭軒』が引き合いに出されているような印象も受ける。石川淳の文章には以下のような箇所がある。

「出来上がった作品としては『蘭軒』はついに『抽斎』に及ばない。うっとりした部分、遣瀬ない部分、眼が見えなくなった部分、心さびしい部分をもって、しかも『抽斎』はその弱いところから崩れ出しては行かない世界像を築いている。いわば、作者のうつくしい逆上がこの世界を成就したのであろう。そういううつくしい逆上の代りに今『蘭軒』には沈静がある。世界像は築かれるに至らないとしても、蘭軒という人間像をめぐって整理された素材の粛粛たる行列がある」。

作品の評価は批評する人の基準や好みで違うこともあろう。「『蘭軒』はついに『抽斎』に及ばない」というのは、石川淳の基準や好みによる評価である。『蘭軒』は『抽斎』や『霞亭』に比べて作品の纏《まと》まりに欠けている、話題が拡散し過ぎているという指摘もある。しかし、そのスケールの大きさは認めなければならないだろう。

『抽斎』は渋江抽斎の嫡子・渋江保から得た資料を基に、抽斎の家族や師友を中心に述べられていて、その範囲は『蘭軒』に比べて狭い。その点、『蘭軒』はその祖先の系譜から子孫までたどり、これは『抽斎』で確立した鷗外史伝の方法なのだが、『蘭軒』の場合はそれがより一層綿密に進展していき、取材源も現存者である複数の孫、曽孫を始め、蘭軒の子息の門人たちに及ぶ。さらに、有識者や新聞連載を通じて知り合った人々からの協力も豊富である。

『蘭軒』の終章近くで、鷗外は次のように述べる。

「わたくしは此試験（㊟体例すなわち史伝叙述の試み）を行ふに当つて、前《さき》に渋江抽斎より始め、今又次《つ》ぐに伊沢蘭軒を以てした。抽斎はわたくしの偶々《たまたま》邂逅した人物である。此人物は学界の等閑視する所でありながら、わたくしに感動を与ふることが頗る大であつた。蘭軒は抽斎の師である。抽斎よりして蘭軒に及んだのは、流《ながれ》に遡つて源を訪ねたのである。わたくしは学会の等閑視する所の人物を以て、幾多価値の判断に浸蝕せられざる好《よ》き対象となした。わたくしは自家の感動を受くること大なる人物を以て、著作上の耐忍を培《つちか》ふに宜《よろ》しき好《よ》き資料となした。／以上はわたくしが此《かく》の如き著作を敢てした理由の一面である」（その三百六十九）。

鷗外は歴史作品を書くために江戸時代に刊行されていた「武鑑」（武家年鑑）を収集していた。その折、同じように武鑑を収集していた人物がいたことを知る。弘前藩の儒医・渋江抽斎がその人である。鷗外は渋江抽斎が自分に似た経歴の人物であることを知り、親しみを覚え、感動する。抽斎の嫡子・渋江保に出会い、抽斎の人柄を知るにつれ、感動はさらに高まる。この感動こそが鷗外史伝作品の出発点であった。「わたくしに感動を与ふることが頗る大であった」と鷗外が述べる通りである。石川淳が言う「うつくしい逆上」が『抽斎』の世界を形作る。それ故、『抽斎』は評価される。それはその通りであろう。

「抽斎よりして蘭軒に及んだのは、流に遡つて源を訪ねたのである」も鷗外の言う通りであろう。しかし、それは単に「流に遡つて源を訪ねた」ばかりではない、と私は思う。『抽斎』で築いた基盤の上に、さらに大きな世界を展開したのであると思う。

作品『蘭軒』の輪郭を、まず、見ておきたい。伊沢家の先祖は旗本伊沢氏である。それが伊沢家の総宗家であり、総宗家四世の伊沢正久の庶子・有信が分かれて伊沢宗家となる。有信は貨殖を志し、質店を深川に開いた。宗家二世信政は町医者となった。「伊沢氏が医家であり、又読書人を出《いだ》すことは此人から始まった」と鷗外は述べる（その七）。宗家三世信栄《のぶなが》が没した時、遺児の信美《のぶよし》は幼かったので、隠居の祖父信政は信栄の妹曾能《その》に婿を取り、中継ぎとした。この女婿が宗家四世信階《のぶしな》、すなわち、伊沢蘭軒の父である。

蘭軒の父・伊沢信階は、武蔵国埼玉郡越谷住の井出権蔵の子・門次郎であった。宗家三世信栄が没したので、門次郎は信栄の妹曾能の婿となって宗家伊沢の家を継いだのである。この時、信階は二十五歳、妻曾能は十九歳であった。

先代信栄の遺児信美が長ずるに及んで、信階は信美に宗家の家を譲って、分家した。信階は伊沢分家の始祖となったのである。

伊沢宗家では、五世の信美は歯医者となり、信階の娘であり蘭軒の姉・幾勢《きせ》の仕えていた縁で黒田家に召し抱えられ、宗家は代々黒田家の歯医者であった。鷗外が『蘭軒』執筆時（大正五年・六年）、宗家の当主は蘭軒の第三子・柏軒《はくけん》の子息「信平さん」が養子に入り家を継いだ。『蘭軒』執筆当時の現存者について、鷗外は「……さん」と記すことが多く、信平さんは蘭軒の孫にあたり、資料提供者の一人でもあった。大正六年当時、五十七歳の歯科医であると鷗外は記す。

分家伊沢初世信階の家には、安永六年（一七七七）十一月十一日、男子が生まれる。これが『蘭軒』の主人公・伊沢蘭軒である。蘭軒には六歳年長の姉幾勢がおり、長く黒田家に仕え、蘭軒よりはるかに長命で、『蘭軒』の中には、幾勢の談話が数多く取り入れられている。

鷗外は『蘭軒』の連載に当たって、「わたくしが今蘭軒を伝ふることの難《かた》きは、前《さき》に渋江抽斎を伝ふることとの難かりし比では無い」（その二）と述べる。そしてその理由として材料の乏しさを挙げている。しかし、これは少し誇張した言い方である。蘭軒の嫡男榛軒《しんけん》も第三子柏軒も儒医であり、榛軒柏軒についての資料は数多い。榛軒の家系は伊沢分家で、福山藩儒医を務め、息女曽能子刀自は大正六年八十三歳で健在、杉田氏から迎えた婿棠軒《とうけん》との間の息子徳《めぐむ》さんは五十九歳。徳さんの姉良子刀自は六十二歳で、分家から分かれて又分家を起こした柏軒の子息磐《いはほ》の嫁となり、その息子が信治さん二十一歳である。連載を進めるうちに、子孫筋からの資料や情報が豊富に出てくるのである。

蘭軒の父・伊沢信階は寛政六年（一七九四）五十一歳の時、備後福山藩主阿部家の侍医となる。蘭軒は十八歳であった。蘭軒は父の跡を継いで福山藩の儒医となる。儒医とは漢方医であり、儒学者であるという意味である。漢方医は漢籍に詳しい学者でもあった。しかも蘭軒は福山藩所属の漢詩人・菅茶山と親しく、漢詩も作る、文献学、考証学にも通じる教養人である。江戸在住で、交際範囲も広い。『蘭軒』は蘭軒―榛軒・柏軒―棠軒・磐と続く縦の系譜に、その師友とも呼ぶべき文化人との交際の横の繋がりへと広がる一大パノラマが描かれているのである。そこに登場する江戸後期の人物は、例えば、菅茶山、大田南畝、狩谷棭斎、頼山陽、田能村竹田などであり、その他、多数の人物が紹介され、登場する。このことは、この作品の特長ともなっている。

『蘭軒』の終わった直後に書かれた随筆「観潮楼閑話」（大正六年十月『帝国文学』所載）において、鷗外は次のように述べる。

「わたくしは目下何事をも為してゐない。只新聞紙に人の伝記を書いてゐるだけである。『黒潮』の評論家は塚原蓼洲君の二の舞だと云つたさうである。併し蓼洲君は小説を作つた。わたくしの書くものは、如何に小説の概念を押し広めても、小説だとは云はれまい。…（後略）」。

鷗外は自らの史伝作品を「如何に小説の概念を押し広めても、小説だとは云はれまい」という見解をとる。

しかし、後世の批評家の中には、それを「小説」と規定する人もいる。この件に関しては、第二章第3節でも論じたことで、繰り返すことになるかもしれないが、再度、考察してみよう。

石川淳の場合は、史伝作品を小説と規定しているわけではないが、微妙な言い方になっている。前掲書の中から次の箇所を引用する。それは『蘭軒』の（その三）で述べている「無態度の態度」に関してである。「ここに『無態度の態度』と呼ばれているものを、鷗外はその繁華な文学的経歴中、五十五歳以前の当世ふうの物語に於いてではなく、晩年晦《かく》れたる校勘家の伝を作るに及んでさとりえたかのようである。そして、このはなはだ小説作法的な仕方で混沌を切り開いて行った文章を、鷗外自身は前期のいわゆる小説作品よりもはるかに小説に近似したものだとは考えていなかったようである。たしかに従来の文学的な努力とは性質のちがった努力がはじめられていたにも係らず、そういう自分の努力と小説との不可分な関係をなにげなく通り越して行ったらしい点に於て、鷗外の小説観の一端がうかがわれるであろう」。

ここに於いて「自分の努力と小説との不可分な関係」の指摘は注意される。この引用の後に続く「出来上がった作品の小説的価値はかならずしも作者の小説観に依って左右されるものではない」は、石川が鷗外の史伝作品に「小説的価値」を認めたことを意味するであろう。

高橋義孝著『森鷗外』（雄山閣、昭和二十三年再版発行）は、「歴史と文学」の章において次のようなことを述べる。「私が『渋江抽斎』を真の小説だと考へるのは、この作品が小説といふジャンルの本質的諸規定を剰《あま》すところなく満たしてゐるからである。一つの方向におけるに小説の最も純粋な形態だからである。…」「発生史的に観るならば、小説はもと所謂歴史（歴史記述）と分かち難い一体を形成してゐた。小説とは即ち歴史であつて、これは洋の東西を問はずに妥当する事実である。…」「さてさういふ風に一つの全体をなしてゐた歴史＝小説が、近世においてなぜ分離したかは自然科学の勃興、それによつて近代的人間の世界観に著しい変革が起つたことから説明出来る。自然科学に基礎付けられた近代的世界観は、古典的な由緒の正しい伝統的文学諸形式によつては満足に把握表現され難いものを含んでゐる。即ち近世の歴史的意識は、それ自身の芸術的表現形式として従来になかつたものを要求し、こゝに小説といふ品類が勝義の近代的文学品類として登場してきたわけである」「一方科学的史学は、あらゆる真の歴史記述の欠き得ぬところの創造的・芸術的な生命性を失つて単なる習作的準備的手仕事に堕した感がある。しかし優れた歴史家、たとへばランケなどには、歴史記述が本来芸術的なるものと本質的に同一でなければならぬといふやうな事情は明らかに了解されてゐた。…」「我々は抽斎や蘭軒の死しての後の記述をも、抽斎や蘭軒の生涯を記す部分と全く同様の興味と関心とを以て読み進める我々自身の姿を発見する。我々はそこに何等の奇異の感をも起さない。これは、生き動くものを終はらせたくないといふ我々の情として当然であり、又、小説に描かれるものそのものが内面的に未完結性を志向してゐるからなのである。鷗外の呼んで『稍人に殊なるもの』となした方法は、実に小説の本質的な方法なのであつた」「『渋江抽斎』は以上述べてきたやうな意味から恐らく日本散文史上初めて現れた正統的な小説なのである。嘗てランケにあつて一つの希望としてとゞまつてゐた歴史と文学との統一は、こゝに実現されたと云つてよい。…」。

以上、高橋の叙述を抜き書きの形で引用してきた。高橋が挙げているのは『抽斎』だが、これは鷗外史伝作品一般についても言えると思うので、『蘭軒』の場合もそうであろう。歴史家ランケが希望していた歴史と小説の一致がそこに実現されていると主張されているわけである。

渋川驍著『森鷗外』（昭和三十九年初版　筑摩叢書）は、作品論の中で、「史伝小説」の章を設ける。「史伝小説」の語が明瞭に使われている。渋川は「史伝小説」が「山椒大夫」や「高瀬舟」などの「歴史小説」と違う所を述べ、敢えて「史伝小説」の語を使い、その章を設けているのである。鷗外史伝作品の目標は、渋川の用いている語で言えば、「人間の生涯のなかに現実的な重さを眺める」ということであろうか。それは「歴史小説」の次に来る鷗外の探究課題であった。

渋川著は作品『蘭軒』に比較的多くの筆をさいている。『抽斎』は多くの研究者や批評家の筆にのぼるが、『蘭軒』はその長さと広さの故か、また、纏まりがない作品と思われたのか、扱われることが少ない。その点、渋川著は肯定と否定の両面を的確に述べていると思われる。肯定面では、「『渋江抽斎』で創始した、史伝小説の独特の方法を、鷗外はつぎの『伊沢蘭軒』において、さらに大胆に、積極的に利用している」ということであろうか。『蘭軒』では史料探索の方式が全篇を通じて貫かれて、場面によっては推理小説的な期待感を掻きたててくれると渋川は述べる。否定面では、蘭軒から榛軒、柏軒、棠軒への系譜の主軸が弱く、周辺人物に流れてその面が強くなっているということであろうか。「周辺人物によって飾られ、いよいよその世界を複雑に、幅広いものとしているが、惜しいことには、その方法論の利用は、少し奔放になり過ぎた傾きがある」と渋川は述べる。

「史伝小説」という言い方は、渋川驍の評論で定着したのか、鷗外歴史文学の研究者・山崎一穎氏は、鷗外史伝作品論集の表題を『森鷗外・史伝小説研究』（桜楓社、昭和五十七年発行）としている。

昭和二十三年発表の評論「世界観芸術の屈折」と題した評論で、勝本清一郎は次のようなことを述べている。ゲーテに代表される十九世紀の西欧文学の本流は、ありとあらゆる問題をとらえて、人間世界を全体性において把握する見方が基礎になっている。十九世紀の大型小説は当時の世界観芸術としての性格を完成していた。人は小説の中で宇宙や世界や国家や人間の身を如何に観じ、人生は如何に生くべきかに関して感動させられた。医学・哲学・史学・文芸の分野にわたる広汎な学芸を踏まえた日本には珍しいタイプの作家であり、ゲーテの『ファウスト』の翻訳者である森鷗外には世界観芸術への可能性があったと勝本は見ていたようだ。しかし、鷗外は史伝作品で「小説」を、また「文学」を捨てた。「鷗外の史伝物こそは鷗外の世界観芸術の屈折した似て非なる代用品なのであった」と勝本は述べる。はたして、そうなのか。

鷗外の史伝作品を「小説」としてとらえる渋川驍は、前掲書の「伊沢蘭軒」論を次のような言葉でまとめる。「約四百年間にわたる時間、北は北海道から九州にいたる、大きな空間のなかに営まれた、大きな群像の絵巻物という、野心的な意図を持っていたが、その整理力の弱さのため、凝集力の緩められたことは、否むことのできないところであろう」。

否定的な言辞が含まれてはいるが、私は「大きな群像の絵巻物」「野心的な意図」という言葉に注目したい。長大な史伝作品『蘭軒』は一種、大河小説の如き様相を呈していたのだと、考えてみたい。

『蘭軒』は全体に漢文調であり、菅茶山、頼山陽、その他の人の漢詩や漢文が白文のまま出てくる。殊更に難しい漢語がしきりと使われている。出てくる人物ごとに系譜や考証の叙述がなされる。大正時代の新聞読者にとって馴染めない読みがたい作品であった。それ以上に、現代の私たちにとっては難解な作品であろう。その読みがたさに耐え、読み進めていくうちに、その大河小説の如き世界が見えてくるのではないかと私は考えている。

第2節　菅茶山との文通と交遊

前節で、私は『蘭軒』を史伝小説という形で受け、「大河小説の如くに」として述べた。しかし、史伝小説とか考証小説という規定には抵抗される向きもあるようだ。例えば、小堀桂一郎氏は『蘭軒』を「歴史書」であるという立場をとられる。小堀氏は著書『森鷗外　批評と研究』（岩波書店、一九九八年発行）所収「『伊沢蘭軒』の方法」の章では、次のように述べられている。

「史伝とは畢竟歴史書でなくてはならぬ」「あのかなり長い、量的のみならず質的にもこれを言へばやはり『長大な』といふ形容がふさはしい、『伊沢蘭軒』の全篇を読み了つて巻を措いた時、我々の胸裡に残像として揺漾してゐるこの作品の印象はいつたいどういふものであらうか」「…読了して巻を措いた時の、この長い年月の経過と変遷への感慨もまた一入深いことであらう。そしてこの感慨、一身にして二生、いや三生を経た、といつた様なその時間の流れの経験こそが、歴史書の与へる経験の最も本質的なものなのではあるまいか。我々が『伊沢蘭軒』一巻から受けとる最も本質的なものとは、一言にして言へば、徳川時代後期百年の歴史の流れそのものであるとは言へないであらうか」。

さらに小堀氏は「三大史伝・評価の試み」の章において、石川淳の「直ちに答える、『抽斎』第一だと。そして附け加える。それは必ずしも『霞亭』を次位に貶すことではない」の評言に対して、次のように述べる。「私の評価によれば『伊沢蘭軒』第一、次に『北条霞亭』、三に『渋江抽斎』である。石川さんほどの人がどうして『蘭軒』に言及することをかくも吝しんだのか、と申すわけであります」。

小堀氏の著書から引用すると、次のようになる。「『蘭軒』を最高の傑作として推す理由は、簡単に言へばこの作品の規模の大きさにあります。規模といふのは、歴史的時間と社会的空間との二つの次元に於ける長さと広がり、そして深さとも言へばよいでせうか」「…つまり『蘭軒』の世界には『抽斎』の場合に比べて、明らかにより濃密な、密度の高い歴史的時間が流れてをります。それはこの作品が関はる世間の広さと密接に関係してをりまして、我々読者はそこで、抽斎といふ個人の周囲に形成されたその親戚・知友達の慎ましい境遇に比べると明らかにより広く深い、江戸後期の最高級の知識人達の精神世界の鳥瞰図を眺める思ひが致すわけであります」。

菅茶山肖像画（広島県立歴史博物館蔵）

小堀氏は『蘭軒』を鷗外作品の中で、最高の傑作としているわけである。蘭軒一族と周辺の人々が生きた時代を描く歴史の書であり、「史は即ち詩なり」の命題を真に実証する、文学的古典と呼ぶに値する歴史の書としているのである。そしてそれは、ヨーハン・ホイジンガの名作『中世の秋』にも比すべき業績としているようだ。

小堀氏の著書の中に、「江戸後期の最高級の知識人達の精神世界の鳥瞰図」という記述があった。それは『蘭軒』という作品の魅力の一つでもある。私たちはまず、備後国神辺《かんなべ》の儒学者・漢詩人「菅茶山《かんちゃざん》」のことを取り上げてみたい。

『蘭軒』の中には、菅茶山から伊沢蘭軒へ宛てた手紙が二十数通紹介されているが、冒頭からその書簡の一つが取り上げられている。それは文化八年（一八一一）、頼山陽が菅茶山主宰の廉塾都講の職を捨て、京都へ去った頃のものと推測されている。そこには頼山陽への悪口が書かれていた。宛名の伊沢澹父《たんふ》とは何人《なにひと》か。その名は一時埋没していたが、その人こそ伊沢蘭軒であると、鷗外は紹介する（その一）。

茶山は寛延元年（一七四八）生まれ、蘭軒は安永六年（一七七七）生まれ、その年齢差は二十九歳である。親子ほどの年齢の違いがあるが、繁《しげ》く文通し、親しく交遊したのは何故だろうか。茶山は備後福山藩領の宿場町神辺で「黄葉夕陽村舎《こうようせきようそんじゃ》」という私塾を営む儒学者であった。その私塾はのちに福山藩の郷校として認められ「廉塾」と称するようになり、茶山も福山藩の扶持を受ける。蘭軒は福山藩定府（江戸詰め）の儒医である。両人とも福山藩阿部家に仕える身であるという繋がりがまず、考えられるであろう。

茶山は儒学者・漢詩人として知られた人である。蘭軒は藩医であり、文献学者・考証学者であり、漢詩を作る人であった。共に高度の教養を備えた人であるとみなされるであろう。同じ藩に身を置く教養人の交わりが二人を親しくさせたのかもしれない。

『蘭軒』（その十七）に「茶山と交通した最も古いダアト（注）日付）は、文化元年の春茶山が小川町の阿部邸に病臥してゐた時、蘭軒が菜の花を贈つた事である。わたくしは今これより古い事実を捜してゐる。…」の記述がある。文化元年（一八〇四）、茶山五十七歳、蘭軒二十八歳である。文化元年正月、藩主は茶山を江戸に召した。江戸に着いて、茶山は軽い病のため福山藩の上屋敷に臥せていた。その時の茶山の詩に、病床にあってまだ花を尋ねないの句があった。それに応えて、蘭軒は菜の花を贈って作詩した。ここで、茶山と蘭軒の間に詩の応酬があったわけである。三月になって、茶山の病が癒えて、茶山は蘭軒ら三名と共に、墨田川に花見舟を浮かべて遊んだ。

以下、茶山江戸滞在中の蘭軒との交遊の状況が記述されるのである。それに先立ち、鷗外は医学史家・富士川游より蘭軒詩集（「薮斎《かんさい》詩集」）と「蘭軒雑記」を借り受けている。特に蘭軒詩集は蘭軒の自筆本で、半紙一〇三頁一巻、享和元年（一八〇一）より年次ごとに編集されているので、編年体で『蘭軒』を試みている鷗外の助けとなった。「此詩集が偶々《たまたま》存してゐて、わたくしに暗中燈《ともしび》を得た念をなさしむるのである」（その二十）と鷗外に述べさせるようなものであった。このように、『蘭軒』連載中には、多数の有識者より資料や情報が寄せられ、大作『蘭軒』が作成されたのである。

文化元年三月、茶山を伴って墨田川に遊んだ人物は、蘭軒のほか、犬塚印南、今川槐庵であった。七月九日には、茶山蘭軒等は墨田川に舟を浮かべて花火を観た。「同行には、源波響、木村文河、釧《くし》雲《ろ》泉、今川槐庵があつた」（その二十五）と鷗外は書く。源波響は蠣崎《かきざき》氏であり、当時三十五歳。釧雲泉は肥前国島原出身の画人で、当時四十六歳。蠣崎波響と釧雲泉は比較的著名な人物であろう。江戸在住の伊沢蘭軒は多くの文化人との交流を楽しんだ。それら文化人ごとに、鷗外はコメントしたり、系譜や考証を試みたりしている。それは鷗外流の史伝制作の方法であり、文化人の鳥瞰図を作っているが、読者に煩わしい思いをさせたことも確かである。

『蘭軒』の(その二十六)には次のような記述がある。「蘭軒が茶山を連れて不忍池へ往つて馳走をしたのも、此頃であらう。茶山の集に『都梁觴余蓮池』として一絶がある。『庭梅未落正辞家。半歳東都天一涯。此日秋風故人酒。小西湖上看荷花』。わたくしは転句に注目する。蓮は今少し早くも看られやうが、秋風の字を下したのを見れば、七月であつただらう。又故人といふのを見れば、文化元年が茶山蘭軒の始《はじめ》て交つた年ではないことが明らかである」。

故人は古くからの友人の意味で、ここでは蘭軒のことをさす。「都梁(蘭軒の号)が我を不忍池の酒宴に誘った」という題で、七言絶句が読まれている。鷗外は文化元年以前から茶山と蘭軒は交際していたと推測しているのである。そのことは、後の（その六十六）に記載されているように、文化元年の前年すなわち、享和三年（一八〇三）に蘭軒は茶山に巾着を送った事実を一つの発見としている。このように、鷗外は連載途中で新たな事実も書き加えたりしているのである。

文化元年八月十六日、茶山は蘭軒の家を訪れた。蘭軒の家では蘭軒の父信階が健在で、蘭軒の妻・益は二十二歳、臨月であった。その九日後に蘭軒の嫡男榛軒が生まれた。八月十六日、蘭軒は茶山を伴って家を出て、お茶の水に行って月を看た。そこへ臼田才佐が来かかったので、三人で茶店に入って酒を飲んだ。夜半まで月見をしていたが、雨が降り出したので、各々《おのおの》別れて家に帰った。鷗外は以上の叙述を蘭軒の詩集から引き出しているのである。蘭軒と茶山は詩人の交わりでもあった。蘭軒は作詩の上の師匠として茶山を遇していたのだろうと、鷗外は推測している。

茶山は文化元年十月十三日、藩主に従って江戸を発し、故郷へ向かった。十一月五日に故郷・備中国の境に入った。茶山の詩に「入境」の作がある。文化二年には蘭軒の詩集に「乙丑元日」の七律がある。結二句には二十九歳になった蘭軒が自己の齢を点出して「歓笑優遊期百歳、先過二十九年身」と詠んでいる。

文化三年は蘭軒の長崎旅行の年である。蘭軒は長崎奉行・曲淵和泉守に随行したのだった。五月十九日、江戸を発して、長崎に着いたのは七月六日であった。四十六日間の旅である。鷗外は富士川遊より借用した蘭軒自筆の「長崎紀行」を、ほとんどそのまま載せながら叙述を進めて行く。連載は（その二十九）から（その五十）に及ぶ。渋川驍の評言にあった「コラージュの手法」すなわち、「貼り付け」という大胆な手法であろう。

江戸幕府時代、長崎は異国への窓という特異な場所であった。文人墨客、学者、役人などの長崎紀行の記録は少なくない。例えば、長久保赤水、三浦梅園、橘南谿、大田南畝、司馬江漢などの旅行記がよく知られている。伊沢蘭軒は前記の人のような著名人でないだけに、その旅行の記録は紹介しておく必要があると鷗外は考えたのであろう。

蘭軒の紀行は中仙道、山陽道、長崎街道のコースをたどる。京都に着いたのは、旅行十七日目（六月六日）であった。奉行は朝廷に挨拶に行き、蘭軒は寺町の古書店を訪問する。文献学者・考証家として見て置くべきものがあったのである。暮れ方、伏見街道を下り、夜、伏見の宿に泊まる。翌七日、淀川を下り、大坂に着く。大坂には三泊。福山藩邸を訪れ、帰路、心斎橋街の書肆を見て歩く。「凡そ三四町書肆櫛比す。塩屋平助、秋田屋太右衛門の店にて購数種書」と蘭軒の紀行には記されている。

六月十日、大坂を発す。山陽道に入り、十一日の条に、「楠公碑を拝し湊川を過ぐ」の記述がある。旅行の第二十七日目、六月十六日、蘭軒は七日市の宿に泊まった。その宿に菅茶山が訪ねて来て、夜を徹して語った。七日市は備中国後月郡の宿場町で、備後国深安郡神辺とは隣接していた。茶山が国境《くにさかい》を越えて七日市に訪れたのは、蘭軒を神辺の家に立ち寄らせようとして、案内のため来たのだという。茶山がいかに蘭軒に会うのを楽しみにしていたかが察せられるところである。茶山は夜更けまで語って、翌日、神辺の自宅に同行した。

翌六月十七日、蘭軒は茶山の家を訪問することになる。そこは黄葉夕陽村舎であった。学生十数人が机に向かって書物を読んでいた。茶山とその家族があたかも親族を迎えるかのように歓待してくれた。蘭軒は朝から正午頃まで滞在して、奉行の一行に遅れたが、尾道駅に至った。「此駅海に濱して商賈富有諸州の船舸来て輻輳する地。人物家俗浪華の小なるもの也」の記述がある。港町として栄えていた尾道の様子が描かれている。

尾道の宿にも神辺から茶山がやってきて、門人油屋元助の家に招き、歓飲することになった。主人油屋は「家居頗大一豪富賈」「好学雅致」の人であり、「品座劇談暁にいたりて二人に別る」とある。蘭軒と茶山は二晩続けて語り明かしたわけである。その間、お互いの詩集に記録されているように漢詩の応酬があった。二人の親しさは詩の理解を仲立ちにしていたのであろう。菅茶山は漢詩人として著名であるが、伊沢蘭軒も儒医・考証家としてだけでなく、漢詩人としての側面も見直さなければならないのかもしれない。

『蘭軒』には、絶句や律詩や古詩などの漢詩が白文で記されている。訓読を施した鷗外全集本もあるが、岩波版の全集は白文のままである。漢詩・漢文の学力が乏しくなっている現代人には、読み解くのに難儀ではあるが、白文のままの漢詩・漢文の中からその意味や詩情を思い描くことも必要かもしれない。

蘭軒紀行の第三十一日（六月二十日）は、蘭軒が広島の頼春水家を訪ねた日である。頼春水は安芸広島藩の儒者で、蘭軒が面会した時は百五十石の側詰《そばづめ》であった。会見の日、春水六十一歳、蘭軒三十歳。二十七歳の山陽すなわち春水の子息・久太郎が同席した。春水は江戸勤務の時もあったが、蘭軒とは初対面であった。頼山陽と伊沢蘭軒が初対面であったか、否かは問題である。頼山陽の江戸遊学の折（山陽十八歳、十九歳）、伊沢家に寄宿していたというのが鷗外の説であった。ともあれ、蘭軒は旅の途中、広島の頼家で、春水、山陽の親子と会見したのである。

蘭軒紀行の第三十七日は、赤間関（下関）泊である。第三十八日（六月二十七日）は午後、奉行の船に陪乗して豊前小倉に着船する。九州上陸である。第三十九日以降、長崎街道を下り、第四十五日、諫早を経て矢上駅に宿泊する。矢上は長崎郊外の地で、長崎奉行が長崎に入る前日、諸準備のため矢上駅に宿泊するのが習いであった。そして、第四十六日、すなわち、文化三年（一八〇六）七月六日、日見峠を越えて、曲淵和泉守一行は長崎に着いた。筆者（私）は長崎在住で、少しく長崎のことを勉強したので、伊沢蘭軒の長崎でのこと、交遊した長崎人のことなどについては、後述する（第４節〜第６節参照）。

文化四年、蘭軒は長崎から江戸に帰ったのであるが、それが何月何日のことだったかは不明である。帰路にも山陽道で菅茶山や頼山陽と面会したかも知れない。しかし、そのことの記録はない。蘭軒は八月十九日に江戸に帰っていなかった。その日、永代橋が墜ちた事件があったが、その時、蘭軒は不在だったからである。

さらに蘭軒にとって悲しむべき出来事は、足掛け二年の旅の間に、父母が死去していたことだった。文化三年十一月二十二日、蘭軒の母曾能が死去し、翌四年五月二十八日、父信階が死去した。

『蘭軒』（その五十八）には、文化七年八月二十八日付けの蘭軒宛て茶山書簡が紹介されている。伊沢宗家を継いだ伊沢信平さんが貸してくれたのである。その中には、種々のことが記されているが、頼山陽に関する件だけを取り上げてみよう。それは次のような文面であった。

「私方へ頼久太郎《ひさたろう》と申すを、寺の後住と申やうなるもの、養子にてもなしに引《ひき》うけ候。文章は無双也。為人《ひととなり》は千蔵よく存ゐ申候。年すでに三十一、すこし流行におくれたをのこ、廿前後の人の様に候。はやく年よれかしと奉存候事に候」。

頼山陽が廉塾の後継者として招かれたということを述べているのである。山陽が廉塾の都講に就任したのは、文化六年十二月二十九日であった。それから半年余が経過しているのだが、既に山陽はこの職に満足していなかった。文化七年七月二十六日、広島の師築山棒盈に宛てた書簡の一節にはつぎのような文面があった。「…何分年少気壮の内に一度大処へ出当世才俊と被呼候者と勝負を決申度奉存候」。山陽は田舎の塾頭の地位よりは都会に出て、学業や文名を轟かしてみたいという野心があった。それは後に、京都に出て自らの塾を開くという事業になっていくのだが、この時はまだ、茶山の塾にいた。茶山は山陽を評して「文章は無双也」と認めるが、その為人には認めがたいところがあったようだ。

『蘭軒』（その六十二）の記述は、次のようになっている。「頼氏では此年文化八年の春、山陽が三十二歳で神辺の塾を逃げ、上方へ奔《はし》つた。閏二月十五日に大坂篠崎小竹の家に着き、其紹介状を貰つて小石元瑞を京都に訪《と》うた。次いで山陽は帷《ゐ》を新町に下して、京都に土著《どちゃく》した」。茶山は山陽に裏切られたのである。山陽は自分で京都に塾を開いたわけである。『蘭軒』の冒頭（その一）で紹介されていた蘭軒宛茶山書簡はこの頃のもので、茶山の山陽への怒りと悪口が述べられていた。

『蘭軒』（その六十五）には、文化十年七月二十二日付けの蘭軒宛茶山書簡が引用されている。そこでは、茶山が手紙を出すのに、蘭軒は返事もくれない不満が述べられている。茶山は江戸の情報を蘭軒から聞きたがっていたのである。蘭軒には足疾があり、状態が悪かったのかもしれない。

文化十一年（一八一四）五月、六十七歳の菅茶山は藩命によって江戸に赴いた。二度目の江戸行きである。江戸到着は六月五日であった。その頃、蘭軒は病のため引込保養をしていたが、茶山が江戸に到着する頃はやや回復していて、庭の百日紅を阿部邸の茶山の許に送った。七月、茶山は鵜川子醇等を伴って、不忍池へ蓮を見に行き、帰途に蘭軒の病床を見舞った。

七月十七日、茶山は蘭軒の招きを受け、蘭軒の家を訪れた。茶山は方々から宴の招きを受け、多忙だったが、親しい蘭軒の招きは喜んで受けた。茶山は江戸滞在中、蘭軒の家からの野菜の調達、衣服の繕いなどの世話になった。文化十二年一月九日、伊沢家に於いて例としていた客を会する豆日草堂集に蘭軒は招かれた。蘭軒の家では詩会などの集会がよく行われ、文化人たちが集っていたのである。

二月六日、茶山は又招かれて蘭軒の家に来た。蘭軒詩集に記されている客の中には、菅茶山のほか、大田南畝、狩谷棭斎などの名が記されている。大田南畝は狂歌師・蜀山人として知られている人物で、寛延二年生まれ、茶山より一歳年下である。南畝は文化元年から二年にかけて勘定所の役人として長崎に勤務していた。蘭軒の長崎滞在は文化三年から四年にかけてだったので、南畝と蘭軒は入れ替わりに長崎に滞在したわけである。文化三年八月十四日、江戸お茶の水の料理店で南畝は月を看て詩を作り、長崎の蘭軒に送った。南畝五十八歳、蘭軒三十歳の時だった。『蘭軒』（その五十）には、「書中には定めて前年の所見を説いて、少《わか》い友人のために便宜を謀つたことであらう」と記されている。狩谷棭斎は蘭軒より二歳年上の文献学者である。のちに棭斎の娘俊《しゅん》が蘭軒の息子柏軒の嫁になり、狩谷家と伊沢家は親戚となった。

文化十二年二月二十六日、茶山は帰国の旅に出た。友人等は送って品川の料理店で別れを告げた。茶山は東海道を行き、京都では嵐山の花を看て、雨中に高瀬川を下った。大坂では篠崎小竹、中井履軒などの儒者を訪問した。茶山は若い頃から上方方面へ遊学の経験があった。大坂から蘭軒に書簡を送った。神辺に帰ったのは、三月二十九日であった。

『蘭軒』（その七十八）には、文化十二年秋の半ば蘭軒宛茶山書簡が紹介されている。その中で注目されるのは、北条霞亭についての記述である。その文面は次の通りである。

「扨《さて》私宅に志摩人北条譲四郎と申《まうす》もの留守をたのみおき候。此人よくよみ候故、私女姪二六七になり候寡婦御座候にめあはせ、菅三と申姪孫生長迄の中継《なかつぎ》にいたし候積《つもり》、姑《しばらく》思案仕候」。

北条譲四郎は鷗外の長編史伝作品の第三作となる『北条霞亭』の主人公である。文化十二年三十六歳。茶山が江戸への旅の間の留守を頼んだ儒学者である。茶山は子供がなく、血縁は甥や姪であった。甥万年の未亡人井上氏敬《きよう》の子供菅三を塾の後継者にしようと、茶山は考えていた。その中継ぎとして北条霞亭を見込んで、敬と結婚させたのである。

文化八年、頼山陽に逃げられた後、養子にしていた甥の万年が、同年七月二十九日、死去する。茶山は塾の後継者のことで悩んでいた。そこに現れたのが、学識を備えた儒者・北条霞亭である。年齢は頼山陽と同年。文化九年六月、霞亭の漢詩集『嵯峨樵歌』の序を茶山が書いたことが機縁となり、翌十年八月、北条霞亭は廉塾の都講となったのである。

文化十三年二月十九日、広島で頼春水が死去した。七十一歳であった。茶山より二歳年長である。頼春水とは、茶山二十六歳の時、大坂で初対面以来、儒者として親しい交際を続けてきた。息子の頼山陽を廉塾に引き取ったのも、その交際あるが故だった。頼山陽には裏切られたが、この頃は山陽とも仲直りしていた。

文化十四年(一八一七)、菅茶山は数え年七十歳になった。阿部家から祝いの金を賜り、白河楽翁(松平定信)から寿歌、寿杯を貰い、谷文晁から絵画を贈られた。「茶山の家では夏に入つてから後《のち》も、祝賀の余波が未だ絶えなかつた」「祝賀は麦秋の頃にさへ及んだのである」と『蘭軒』(その九十三)に記されている。

七月に蘭軒は茶山に手紙を出し、これに茶山が返事を書いた。次いで蘭軒の再度の書が来て、八月七日、茶山は書簡を蘭軒宛に作った。この書簡が(その九十三)(その九十四)に引用され、(その九十五)以降、その解説が展開される。このように作品中に、茶山の書簡や詩がしばしば引用されるのだが、これも一種のコラージュ(貼り付け)の手法なのであろう。茶山の手紙の文章は候文《そうろうぶん》の古文なのだが、それなりに味わいがある。鷗外は茶山を「天成の文人」(その七十九)と評していた。

文化十四年八月七日付の茶山の書簡は長文である。その中で、私が注目するのは、長崎唐通事・游龍《ゆりゅう》梅泉についての叙述である。その箇所は次のように述べられている。

「長崎游龍見え候時、不快に而《て》其宿へ得参不申候。門人か傔《けん》か見え候故、しばらく話し候。寝てゐる程の事にもあらず候。這《この》漢学問もあり画もよく候。逢不申残念に御座候。…」。

長崎游龍とは何者か。鷗外は諸方に探索の手を延べた。その中の一人に長崎の古銭研究家・郷土史家津田繁二さんがあった。私はこの件については、昭和六十三年五月、「長崎県地方史研究会」で「森鷗外と津田繁二」の題で発表したことがある。また、長崎史談会発行の『長崎談叢』第九十二輯（平成十五年五月）に「唐通事・游龍梅泉」と題する論考を載せた。それについては、第6節で述べる。


『蘭軒』（その百十八）以降、北条霞亭のことが述べられている。霞亭はいつ娶《めと》ったか。いつ阿部家に仕えることになったか。鷗外は霞亭の詩集などより、「霞亭は文化十二年の後半若しくは十三年の前半に娶つたのである」と記述するが、これは富士川英郎著所載の菅茶山年譜と齟齬する（東洋文庫、昭和四十六年発行参照）。鷗外の断案は間違っていたのであろう。では、いつ阿部家に仕官したのか。『蘭軒』（その百二十一）では、次のように記述されている。

「約《つづ》めて言へば下の如くになる。霞亭は文化十年三十四歳で備後に往《い》つた。十一年三十五歳で廉塾を監した。十二年三十六歳若しくは十三年三十七歳で妻を娶つた。文政四年四十二歳で福山に仕え、直ちに召されて江戸に至つた。…」。

文化十二年四月十五日娶ったが正確であろう。文政四年（一八二一）五月、北条霞亭は阿部侯に召されて、江戸へ出立した。しかし、霞亭は文政六年八月十七日、江戸で病死する。夫人敬と娘虎は十一月江戸より帰着する。七十六歳の茶山にとって悲しい出来事であった。

茶山の蘭軒宛書簡は絶え間なく続いていたが、文政六年十一月付の蘭軒宛書簡は、北条霞亭の歿後の事が記されている。それは（その百三十六）に紹介されている。そこには北条妻が明日にも帰宅するだろうことが記され、次のような文面もみられる。「北条妻は私が姪女なり。ことさらの鈍物、御世話奉察候。初め東行仕候時、(去々年也)心に落着《らくちゃく》いたさずつらき事、何ごとも必ず辞安先生に申上よと申遣候。いかが候や覧」。

霞亭の妻・井上氏敬は茶山の妹の娘で、姪にあたる。茶山の甥万年とはいとこ同士の結婚だった。敬は自分の子供のいない茶山にとってかけがえのない姪であった。「敬が霞亭に随つて江戸に向ふとき、茶山は何事をも蘭軒（㊟辞安先生）に相談せよと言ひ含めた」と鷗外は書く。霞亭が江戸滞在中、蘭軒の家と交際したが、敬が蘭軒に相談した形跡はない。

文政七年（一八二四）の仲秋、江戸では月を看れなかったが、神辺は良夜であった。だが、茶山は歓びはしなかった。半月前、姪孫女を失ったからである。「姪孫女」とは誰か。鷗外は系図などを閲覧して考証を試みる。「姪孫女」とは霞亭と敬の間の娘おとらであった。

文政八年十二月十一日付蘭軒宛茶山書簡が（その百七十）に紹介されている。七十八歳になる茶山は「とかく老耄にこまり申候て詩歌等も出来不申、咄《はなし》かけし事を中途にわすれ申候程の事に候」と自らの老いを嘆いている。一方、狩谷棭斎に長崎への旅を勧めるよう蘭軒に頼んでいる。そこには来舶唐人の名前が数人記され、東都に学者の通事が一人召されて在番していること、その通事にお会い為《な》されたかと尋ねている。鷗外はこの件にコメントして、次のように述べる。「茶山の言は長崎にある新旧の清客に及び、また舌人(注通事)に及んだ。…(中略)…その名字等は津田繁二さんを煩はして、後に補入しようとおもふ。当時江戸にめされてゐた訳詞中の学者はその何人なるを知らない。…」。

文政十年(一八二七)一月二十五日付蘭軒宛茶山書簡は、本文は代筆で、首尾両端と行間とに自筆の書入がある。この年二月二日は茶山の八十の誕辰であった。饗庭篁村さん所蔵の月日を欠いた書簡を鷗外は引用している。そこには、「八十之賀には御垢附御羽折雑魚数品拝領、其外近比八丈島二反御肴とも被下置候。殊遇特恩身にあまり難有奉存候。…」と、福山藩主阿部侯への感謝が述べられている。宛名はないが、蘭軒宛のものであろうと鷗外は断定する。

文政十年三月二十二日、蘭軒は茶山に書簡を出した。それは現存しないが、それに答えた茶山の書簡の断片が存在している。「私は児なし。養子もとかく相応せず。才子過ぎて傲慢、こまり申候」の文言がある。この養子とは誰か。門田朴斎ではなかろうかと鷗外は推測する。門田朴斎は妻宣《のぶ》の甥に当たる人物で、茶山の晩年に養子となったが、茶山の死の一カ月前に離縁されている。朴斎は後に頼山陽の門人になった。

「その百七十九」に菅茶山の死が述べられる。八月十三日、茶山は神辺にて死去した。八十歳であった。妻宣も前年に七十歳で死去していた。廉塾は姪孫菅三惟縄が継いだ。富士川英郎氏著『菅茶山』(筑摩書房、昭和五十六年二月発行)の記述によると、菅三は万延元年(一八六〇)まで生きていたが、彼にもまた子がなく、門田朴斎の四男晋賢がそのあとを継ぎ、明治初年まで廉塾を経営していたという。

第3節　頼山陽についての叙述

頼山陽のことは、『蘭軒』冒頭（その一）から話題となっている。頼山陽は二十一歳から二十六歳にかけての時期、父春水の屋敷で幽閉されていた。この事件は山陽の伝記を作る人々を苦しめた。明治時代、文豪といえば頼山陽、という具合に山陽の文筆の評価は高かったからである。山陽は文化六年（一八〇九）の年末、三十歳の時、菅茶山の廉塾の都講となった。しかし、文化八年閏二月、廉塾を去って、京都に行き、自らの塾を開く。その頃の茶山の蘭軒宛書簡が『蘭軒』の冒頭に紹介されていたわけである。そこには、山陽の悪行が述べられていた。山陽は若き頃より、精神の病により、奔放な行動を起こすことがあった。幽閉事件もそのためであった。『蘭軒』冒頭の書簡についての叙述は次のようになっている。「それは菅茶山が伊沢澹父と云ふものに与へたものであつて、其中の一通は山陽幽屛問題に解決を与ふるに足る程有力なものであつた」。

『蘭軒』の冒頭の章は、聞人（著名人）である菅茶山、頼山陽のことを述べながら、隠れた存在である「伊沢澹父」すなわち「伊沢蘭軒」を浮かび上がらせる効果を鷗外は意図したものと思われる。伊沢蘭軒という人物は、菅茶山から多数の書簡を貰い、しかも打ち明け話を茶山が書いてよこすほど親しい間柄だったのである。

頼山陽画像（頼山陽旧跡保存会蔵）

『蘭軒』（その十三）には、江戸の伊沢の家に頼山陽が寄寓したことが述べられている。それは伊沢家に伝わる「口碑《こうひ》」（言い伝え）であった。山陽は寛政九年（一七九七）十八歳の年に、叔父頼杏坪に伴われて、江戸遊学に出かけた。昌平黌の尾藤二洲のもとで学んだということである。尾藤の妻は山陽の叔母（母の妹）であった。伊沢家の口碑に基づく鷗外の説によると、山陽は尾藤の塾で風波を起こして、尾藤のもとを去り、伊沢の家に身を寄せ、さらに狩谷の家に遇したということである。この説を手紙文の考証を交えて鷗外は論じているが、現在、一般には資料的裏付けがないとして、認められていない。(註1)

伊沢家は頼家と交わりがあった。山陽の父頼春水とは文化三年、蘭軒が長崎紀行中に広島で会っている。その席に山陽が同席していた。頼春水の次弟頼春風とは文化四年、長崎で会った。末弟頼杏坪とは江戸での知り合いであった。文化三年五月十九日、長崎へ向けて蘭軒が江戸を出立した折、板橋までも送った人物に、頼子善（通称千蔵）という人物がいた。この人は頼一族の人間で山陽とは親戚になる。頼千蔵は江戸の伊沢家に出入りしていた。

以上の頼一族と伊沢家との交際が、誤り伝えられて、後世著名な頼山陽の伊沢家寄寓の口碑になったのか

も知れない。(註2)

鷗外は「口碑などと云ふものは、固《もと》より軽《かろがろ》しく信ずべきでは無いが、さればとて又妄《みだり》に疑ふべきでも無い」と述べる。また更に、「山陽が江戸にゐた時二十七八歳であつた蘭軒の姉幾勢《きせ》は、お曽能《その》さんが十七歳になつた嘉永四年に至るまで生存してゐた。此家庭に於て、曽て山陽が寄寓せぬのに、強て山陽が寄寓したと云ふ無根の説を捏造したとは信ぜられない。且伊沢氏は又何を苦しんでか此《かく》の如き説を憑空構成しようぞ」と述べる。

鷗外の伊沢家口碑を信ずる気持は強いようだ。口碑の史実の当否は別にしても、口碑を基に鷗外はある種の物語を提示してみせているのかも知れない。鷗外の叙述は次のように続く。「山陽は伊沢に来て、病原候論を写す手伝をさせられたさうである」「山陽が寓してゐた時の伊沢氏の雰囲気は、病原候論を写してゐたと云ふを見て想像することが出来る。五十四歳の隆升軒信階が膝下で、二十一歳の蘭軒は他年の考証家の気風を養はれてゐたであらう」「少《わか》い彼蘭軒が少《わか》い此山陽をして、首《かうべ》を俯して筆耕を事とせしめたとすると、わたくしは運命のイロニイに詫異《たい》せざることを得ない」。後に「文名身後に伝はり、天下其名を識らざるなきに至つた」山陽が、その時は地味な筆耕の仕事をさせられていたのだという、山陽に対する鷗外の皮肉が表現されているように思える。一方、蘭軒の面目は「平生不喜苟著述、二巻随筆身後伝」であった。山陽と蘭軒の対照が描かれているのである。

『蘭軒』は編年体で叙述が進められていく。その折に、頼家の出来事も挿入される。例えば、（その五十四）文化四年の項では「頼家では此年春水が禄三十石を増されて百二十石取になつた」という具合に。（その五十七）文化六年の項では、「頼菅二家に於て、山陽に神辺の塾を襲がせようとする計画が、漸く萌し漸く熟したのは、此年の秋以来の事である。頼氏の願書が浅野家に呈せられたのが十二月八日、浅野家がこれを許可したのが二十一日、山陽が広島を立つたのが二十七日である」。茶山が蘭軒に宛てた文化七年八月二十八日付の書簡の頼久太郎（山陽）を引き受けた件のことは前節で述べた。（その六十二）の冒頭の文は、「頼氏では此年文化八年の春、山陽が三十二歳で神辺の塾を逃げ、上方へ奔つた」である。この件についても前節で述べた。頼山陽は結局、一年余、神辺の塾にいただけで、京都に出ていったのである。

（その六十八）文化十年（一八一三）の項には、次のような記述が見られる。「頼氏では此年春水が陞等《しようとう》加禄の喜びに遭つたが、冬より水飲病を得て、終身全癒するに至らなかつた。山陽は一たび父を京都の家に舎《やど》すことを得て、此に亡命事件の落著《らくちやく》を見た。春水は山陽を訪ふとき、養嗣子聿庵《いつあん》を伴つて往つた。即ち山陽の実子御園氏の出《しゆつ》元協である」。

　頼春水が聿庵を同伴して有馬温泉へ向かうため、広島を立ったのは文化十年三月一日だった。病気治療のためだったが、京都の山陽に会うためでもあった。聿庵は山陽が先妻御園氏淳に生ませた子で、この時、十三歳になっていた。それまで祖父母のもとで育てられていたのである。道すがら春水は神辺の茶山宅を訪れ、三月十一日から五日間滞在した。茶山は遠来の旧友を喜んで迎え、山陽の過去の所業も許す気持ちになっていた。また、春水と山陽の親子の対面も取り計らっていた。三月二十六日、春水は大坂の篠崎邸で、五年ぶりに山陽と対面した。山陽はひとまず帰京し、京都の自宅で春水と聿庵を迎え入れた。数日、京都を案内した後、四月十二日有馬へ赴く春水一行を伏見まで見送った。有馬から帰って来た時も、帰藩の途につく一行を西宮まで見送った。山陽は父春水と子韋庵との面会を無事果たした。『蘭軒』（その六十八）に記されているのは以上のようなことだったのである。

『蘭軒』（その七十三）には、山陽が後妻里恵《りえ》（梨影）を娶ったことが書かれている。そして鷗外は文化十一年のこととして考証を試みているが、富士川氏作成の年譜では文化十二年となっている。山陽は文化十一年五月、江戸へ向かう茶山を京阪の地で迎え、また、翌十二年三月、江戸から帰途の茶山と京都で面会している。四月、山陽は父病気見舞いのため広島に帰省している。それらの事は『蘭軒』には記されていない。

『蘭軒』（その八十四）には、文化十三年二月十九日に広島で頼春水が歿したと記されている。七十一歳であった。山陽は三十七歳である。「富士川氏作成年譜」には、次のように記されている。「二月十九日、父春水死す。山陽はこの日京都を立って西下し、二十二日の夜神辺に着き、茶山の駕籠を借りて、急ぎ出立する。広島着は二十四日であった。／三月二十二日、広島を立ち、二十四日、神辺に茶山を訪ね、二十六日まで滞在する。四月三日、帰京」。

山陽は父の臨終に間に合わなかった。その後、茶山の神辺の塾で茶山と父の想い出などを語り合った。春水の死を契機として、山陽に対する茶山の気持はいっそう和らいだと言われている。以後、二人の間では詩稿の親密なやり取りが行われるようになった。

文政元年（一八一八）、頼山陽三十九歳である。二月十七日に営まれる父春水の三回忌法要に出席するためであった。途中、神辺の廉塾に立ち寄り、法要を済ませた後、九州漫遊の旅に出るのであった。五月二十三日、長崎に着き、八月二十三日まで滞在。その後、熊本、天草、鹿児島などをめぐり、豊後竹田では田能村竹田に会い、日田では広瀬淡窓と面会し、耶馬渓に遊んだ。下関で越年し、広島に帰ったのは文政二年二月四日だった。『蘭軒』（その百四）には、「頼氏では此年（注文政元年）西遊稿を留めた」と記されているだけである。

『蘭軒』（百五）では、文政二年、「頼氏では山陽が四十歳になつた。『平頭四十驚吾老、何況明朝又一年』は其除夜の詩句である。田能村竹田が此秋江戸にきた」と記されている。「平頭」は「ちょうど」の意である。ちょうど四十歳、明日の朝は一歳加えるという意味であろう。田能村竹田は頼山陽と親しい間柄であった。山陽はこの年、二回、神辺の茶山を訪れている。文通や詩稿の交流も盛んであったと考えられる。

文政三年（一八二〇）、『蘭軒』（その百十）の頼氏の記述は次のようになっている。「頼氏では此年山陽の次男辰蔵が生まれた。…（中略）…宗家を嗣いだ聿庵は此年戸田氏を娶つた」。『蘭軒』では、このように年次ごとに頼氏の出来事も記されていくのである。文政四年、『蘭軒』（その二十六）には、「頼氏では山陽が此年木屋町の居を営んだ」と記されている。文政五年、『蘭軒』（その百三十一）には、「頼氏では此年山陽が三本木の水西荘に遷《うつ》つた。聿庵元協が寺川氏を娶つた」と記されている。水西荘は山陽の最終的な住居になったところである。山陽の長子聿庵は再婚であろう。

『蘭軒』（その百三十七）文政六年（一八二三）の項には、北条霞亭の病死のこと（八月十七日歿）が述べられている。霞亭が阿部侯に召されて江戸へ出立して、二年目のことだった。霞亭は福山藩の儒者となり、妻子を引き連れての、江戸住まいであった。霞亭の死因は何か。

霞亭の死因などの問題は、第三作目の長編史伝作品『北条霞亭』に引き継がれていくわけである。そこには、もちろん霞亭の生涯が述べられている。茶山の世話で霞亭の跡を継いだのは河村新助であった。跡式が決まった文政七年（一八二四）、十七歳であった。河村新助は北条霞亭の養子という形になり、悔堂《かいどう》と号した。北条悔堂は天保三年（一八三二）春、頼山陽に養父霞亭の墓碣銘の撰文をお願いした。山陽は喜んで諾した。そして出来上がったのが、「北条子讓墓碣銘」である。頼山陽は名文家であった。霞亭が死して九年後に出来上がった文章である。『霞亭生涯の末一年』（その十七）において、鷗外は「文は好く出来てゐる」と評す。そして、他の人が書いたら「これ程の文が出来なかつたことは勿論である。死してこの文を獲たのは霞亭の幸であつた」と述べる。

さらに鷗外は次のように述べる。「わたくしは山陽がいかなる時においてこの文を作つたかを言つて置きたい。行実に拠るに、山陽は壬辰（注天保三年）の六月に喀血した。柬（注手紙）を朴斎悔堂に寄せたのはその翌月である。踰《こ》ゆること二月、九月二十三日に山陽は歿した。これに由つて観れば、山陽がこの文を艸したのは初て血を喀いた前後で、今墓碣に残つてゐる隷の大字、楷の細字は皆病を力《つと》めて書したものである」。柬とは、天保三年七月付の門田朴斎と北条悔堂に宛てた手紙で、そこに書かれている碑文は七百五十字ほどであった。実際に石に刻まれている文字は六百八十一字であり、山陽は死の間際まで推敲を行っていたものと思われる。死期の迫っているにもかかわらず、山陽は友人のために精魂こめた文章を書いたということを鷗外は言いたかったのであろう。『蘭軒』の初めの辺りでは、山陽に否定的とみられる叙述もあった鷗外であったが、結局、山陽の業績を肯定的に認めているわけである。

『蘭軒』（その百五十四）の文政六年の項には、「頼氏では此年三子又二郎が生まれた。復、字は士剛、号は支峰である。里恵の生んだ所の男子で、始て人となることを得たのは此人である」と記されている。『蘭軒』（その百六十五）の文政七年（一八二四）には、次のような記述がある。「菅氏では茶山が此年七十七歳になつた。頼山陽が母梅颸《ばいし》を奉じて来たり宿したのが十月十五日で、中の亥の日に当つてゐた」。山陽の母梅颸は『梅颸日記』で知られている女性である。文政七年二月二十日、広島を船出し、三月十三日に大坂に着いた梅颸は迎えた山陽とともに、京都に入る。それ以後、十月初旬まで京都に滞在して、山陽とともに諸所を見物した。広島への帰途についたのは十月七日であった。山陽は母に同伴して広島まで行くが、途中、神辺の廉塾に立ち寄ったのが十月十五日であった。梅颸と山陽は北条霞亭の旧宅に二泊して、茶山と親しく話した。

『蘭軒』（その百七十二）の文政八年の項、頼氏の記述では山陽の次男辰蔵が六歳で夭折したこと、四男三木八、後の三樹三郎が生まれたこと、竹原在の春風が死去したことなどが記されている。文政九年の頼氏の記述（その百七十四）では、田能村竹田が頼杏坪老いて益々壮なる状を記したとある。杏坪は七十二歳、芸藩四郡の郡奉行の傍ら芸州志を編述し、詩や歌を作るなどの活動をしていた。

『蘭軒』（その百八十）では、文政十年八月十三日の菅茶山の死去が記される。「頼山陽は茶山の病革なるを聞いて、京都より馳《は》せ至つた。しかし葬儀にだに会ふことを得なかつた」と述べられている。（その百八十六）文政十一年の項には、「頼氏では山陽が此春水西荘に山紫水明処を造つた」とある。

文政十二年（一八二九）は、『蘭軒』の主人公伊沢蘭軒死去の年である。この年二月二日、蘭軒の次男常三郎が父に先立つこと四十五日にして没した。幼くして盲目となった人である。二十五歳であった。その三日後、今度は蘭軒の妻益《ます》が死去した。四十七歳であった。蘭軒の死は三月十七日であった。五十三歳であった。曽孫の徳《めぐむ》さんの言によると、蘭軒夫妻と常三郎は同一の熱病に罹ったと鷗外は述べている。急激な流行り病のため蘭軒は歿したと推測される。「此年文政十二年に、頼氏では山陽が五十になり、其母梅颸が七十になつた」と『蘭軒』（その百九十四）には記されている。

『蘭軒』（その百九十五）は、冒頭、「文政十三年は天保と改元せられた年で、蘭軒歿後第一年である」と記されている。伊沢家では長子榛軒が跡を継いだ。榛軒二十七歳、柏軒二十一歳、蘭軒の娘長十七歳、蘭軒の姉正宗院（幾勢）は六十歳、榛軒の妻勇の年齢は不詳と鷗外は記す。頼家のことは、「頼氏では此春杏坪が邑宰《いふさい》を辞して三次《みよし》を去つた。年は七十五歳である」と記されている。山陽の叔父杏坪は郡奉行の職を七十五歳で辞めたわけである。

『蘭軒』（その百九十九）は天保二年（一八三一）蘭軒歿後第二年である。「頼氏では、山陽の長子で春水の後を襲《つ》いだ聿庵協が江戸霞関の藩邸に来てゐた。梅颸は広島にあつて将に七十三の春を迎へんとし、山陽は京都、聿庵は江戸と、三人『三処』に分かれてゐたのである」と記されている。天保三年、蘭軒歿後第三年ということになるが、九月二十三日に頼山陽が五十三歳で歿した。鷗外は「山陽の事蹟は近時諸家の討窮して余蘊なき所である。惟其臨終の事に至つては、わたくしの敢て言はむと欲する所のもの一二がある」と記し、（その二百四）以下、その臨終の事の考証の叙述が展開される。

鷗外は江木鰐水撰の頼山陽行状（注）生涯記）よりは、臨終の場に居た妻里恵の書簡を証拠として、関五郎なる人物がその傍らにいて、山陽の最期の言葉は「背後にゐるのは五郎か」であったと述べる。「関五郎」とは誰か。関五郎は後の関藤藤陰である。石川成章を名乗っていたこともある。鷗外の問題は、「関五郎」とは関氏にして通称五郎であるか、それとも関五郎という三字の通称であるかであった。後者ではないというのが鷗外の結論のようだが、ここでは未定の部分も残されている。

（その二百四十七）以後になって、その問題は再度考察される。「頼氏では此年（㊟天保十四年）山陽の母梅颸が八十四歳で歿した。山陽に遅るること十一年であつた。関藤藤陰の石川文兵衛が福山藩に仕へたのも、亦此年十一月五日である」の叙述おいて、石川氏が問題となる。藤陰の孫関藤國助さんが資料を提供してくれたのだった。「文化の初より明治の初に至るまで、石川氏を称してゐた藤陰成章と、頼山陽の易簀《えきさく》（㊟学徳のある人の死）前後に水西荘に寓してゐた関五郎とが、同一人であると云ふことには、初めより大いなるプロバビリテエ（㊟蓋然性）がある」と鷗外は述べるが、孫の國助さんの資料提供によりそのプロバビリテエは増加したのである。また、関が氏で五郎が通称ということもはっきりした。

妻里恵の書簡とは、山陽歿後第九十一日、すなわち、天保三年閏十一月二十五日、下関の広江夫妻に宛てたもので、田能村竹田の『屠赤瑣々録』に収められているものである。その書簡は、山陽の最期の様子やその後の事が詳しく書かれているのだった。

『蘭軒』（その二百十二）には、次のように記されている。「頼山陽歿後の里恵の操持は久しきを経て渝《かは》らなかつた。後藤松陰撰の墓誌に、『君既寡、子皆幼、而持操持屹然、凡事皆遵奉遺名命、夙夜勧苦、教育二孤、終致其成立』と云つてある。弘化三年五月二十七日に京都町奉行伊奈遠江守忠告が里恵の『貞操奇特』を賞したことは、世の知る所である。是は里恵五十歳、復二十四歳、醇二十二歳の時であつた」。弘化三年は西暦一八四六年であり、里恵の没年は安政二年（一八五五）五十九歳だった。復は支峰、京都頼家二世である。明治二十二年、六十五歳で歿した。醇は美樹三郎で、安政六年、安政の大獄で刑死した。三十五歳だった。

（註１）木崎好尚著『頼山陽全集全伝上』（昭和六年発行）参照。

（註２）富士川英郎著『菅茶山と頼山陽』（東洋文庫、昭和四十六年発行）では、「伊沢家と深い関係を持ち、しばしば出入りしたらしい頼千蔵（春水の従弟）のことが、いつしか誤り伝えられたものではないだろうか」と述べられている。

第4節　長崎紀行

大正五年七月三十一日付賀古鶴所宛鷗外書簡の中に次のような記述がある。「蘭軒長崎紀行アルタメ此処十日バカリ大イニ力ヲ省ク事ヲ得仕合セ候」。

鷗外は『蘭軒』執筆のため、難渋していた。各方面に問い合わせの手紙を出しながら資料を集めていたのである。医学史家・富士川游から蘭軒自筆の「長崎紀行」を借用したのは、鷗外にとってまさに「仕合せ」であった。鷗外は蘭軒筆の「長崎紀行」を貼り付けのような形で載せながら叙述を試みる。これも鷗外が『蘭軒』を始めるに当たって述べた「無態度の態度」の方法であろう。鷗外は『蘭軒』（その三）で次のように述べている。

「無態度の態度は、傍《かたはら》より看れば其道が険悪でもあり危殆でもあらう。しかし素人歴史家は楽天家である。意に任せて縦に行き横に走る間に、いつか豁然《かつぜん》として道が開けて、予期せざる広大なるペルスペクチイウ（注見取図）が得られようかと、わたくしは想像する。…」。

江戸幕府時代、長崎は異国文化の窓口であった。江戸時代の文化人にとって、長崎への旅は特別な意味を持っていた。伊沢蘭軒が長崎奉行の一行に随行したのも、何かの目的を持っていたのだと理解される。漢方医であり、考証学者だった蘭軒は、舶来の医術や清朝考証学を学ぶ目的があったのではないか。長崎滞在中の唐人や唐通事との交際の形跡から予測されるが、このことは後述したい。

長崎遊学は一種、異国留学のようなものだった。江戸時代、多くの著名人がそれぞれの目的をもって長崎へ旅している。豊後の儒学者三浦梅園は西洋の学問に触れる目的で二回、長崎を訪れた。二回目の長崎への旅（安永七年、一七七八）の記録は『帰山録草稿』（西遊日記）として残されている。三浦梅園はオランダ通詞の吉雄耕牛や松村元綱と面会している。梅園は彼らから西洋の事情を聴き、自らの天文学や哲学的思索の糧とした。水戸藩の地理学者・長久保赤水は、明和四年（一七六七）、水戸藩内の漂流民を長崎に受け取りに行った。その時の紀行文が『長崎行役日記』である。赤水は長崎滞在中、奉行所の案内で阿蘭陀屋敷や唐人屋敷を見物する。桜町組頭の宅を訪れ、大明分野図の誤りを指摘したり、唐船来の書籍を読んでみせたりして、水戸学の知識の深さ披露する。

備中の薬種業者・古川古松軒の天明三年（一七八三）の時の紀行文は『西遊雑記』である。古松軒は薬草を得るため全国を遊行していた旅行家でもあった。九州を一巡した古松軒の叙述は、長崎に入ると一種独特で、異国情緒の土地柄が語られていると言えよう。紅毛大通辞（オランダ通詞）・吉雄耕牛の紅毛座敷の奇品のことなどが語られている。吉雄家ではオランダ渡りの品を座敷に陳列して旅人に公開していたようだ。三浦梅園も司馬江漢もそこを訪れ、西洋の物品や情報を得ている。『西遊旅譚』『江漢西游日記』は画人・司馬江漢の天明八年（一七八八）の旅の記録である。長崎には南蛮画・紅毛画の土壌があった。江戸の画人・司馬江漢は銅版画を制作したり、油絵を描いたりで、西洋画風の傾向を帯びていた。また、蘭学にも興味を示していた。司馬江漢と長崎の結び付きはそういう所にあったと考えられる。

『蘭軒』の登場人物の長崎旅行としては、頼山陽の文政元年（一八一八）の九州旅行のことを挙げねばならない。文政元年、三十九歳の頼山陽は、広島での父春水の三回忌法要を済ませ、三月六日、九州への旅（「西遊稿」）に出る。長崎に着いたのは、五月二十三日であった。漢詩人の山陽は来航唐人と漢詩の応酬をするのを楽しみにしていた。長崎で交遊した人物は『蘭軒』にも登場する唐通事、劉大基や游龍梅泉などであった。長崎はオランダ船や唐船が入港する港であった。山陽はオランダ船の見物を行い、長詩「荷蘭船行」（オランダ船の詩）を作った。また、ナポレオンの事を伝聞し、「仏郎王歌」（フランス王の歌）も作ったりした。頼山陽の長崎滞在は三カ月に及んだ。その間、唐通事や唐人との交際が続いた。山陽が最も会いたかった唐人は、江芸閣《こううんかく》という人物だった。唐船の船主で文人であった。芸閣の船が来なかったので、芸閣の狎妓《こうぎ》（馴染みの遊女）袖笑《そでさき》を呼んで送別会を開いた。頼山陽の長崎出立は八月二十三日だった。

その他、『蘭軒』の登場人物としては、（その五十三）で、頼春風（山陽の叔父）が、文化四年、長崎滞在中の蘭軒を立山の寓舎に訪れたとあるので、頼春風は長崎遊学中であったのだろう。兄の春水や菅茶山が訪れてみたいと願いながらも果たさなかった長崎に頼春風は滞在していたのである。儒学者市河寛斎は文化十年七月江戸を立ち、九月に長崎に到着。一年間の長崎遊学を経験し、唐人屋敷の沈綺泉、張秋琴、江芸閣らと交流している。(註1) 寛斎の長子が米庵であり、文化元年、米庵は長崎にいた（その八十一参照）。次子は画家の鏑木雲潭であり、（その四十九）に長崎紀行途上の蘭軒が大村城下で歓談したことが書かれている。「市河三陽さん」は、鷗外の『蘭軒』制作の資料提供者で、市河米庵の孫に当たる。

鷗外が蘭軒自筆の「長崎紀行」を利用しながら叙述を進めたのは、そこから何らかの展望を得たいためであり、そこには、長崎をめぐる豊富な材料が出てくることを予期してのことだった。実際、蘭軒の時代の文化人は何らかの形で、長崎と関わりを持っていた。

ほとんど「貼り付け」の形で伊沢蘭軒筆の「長崎紀行」が引用されているとはいえ、その全てが引用されているわけではない。省略されたり、欠けている箇所もあり、また別人（菅茶山、狩谷棭斎、森枳園）の欄外注が引用されたりしている。蘭軒の紀行から十五年後の文政四年、狩谷棭斎が木曽路を経て京都に旅した時、蘭軒の「長崎紀行」を携えていた事実など（その百十五）を考えると、蘭軒の「長崎紀行」は余人の参考書にもなっていたのである。

蘭軒の「長崎紀行」は、日本の紀行文学の伝統を踏まえたものであると思える。日本の紀行文は、「土佐日記」「十六夜日記」「奥の細道」など、いずれも吟詠を伴うものだった。「歌枕」という言葉があるように、人々は旅をしながらその土地の光景を歌に詠んだ。日本文学の伝統では、「旅日記」はすなわち「歌日記」だったのである。それに対して、別種の紀行文が現われた。その土地のことを紹介したり、旅行の道筋を案内する文章、すなわち、地誌的記述を旨とする紀行文である。民俗学者・柳田國男の説によると、その代表格は、松尾芭蕉と同時代の人、貝原益軒であったという。

蘭軒の漢詩集の中の長崎紀行往路の作六十三首は紀行文と併せて詠まれたものである。

蘭軒の「長崎紀行」は、その土地の風光や由来などを漢詩に読み込みながらの紀行であったという観点からは、吟詠をともなう歌日記的な色彩を帯びている。蘭軒「長崎紀行」が引用する紀行文は、今川了俊（一三二四～一四二〇）「道ゆきぶり」、細川幽斎（一五三四～一六一〇）「九州道の記」、豊臣勝俊（一五六九

〜一六四九）「九州道の記」など、歌人の紀行であったことからも、蘭軒の紀行が歌日記的なものに属すると理解されるかもしれない。しかしまた、地理学者長久保赤水（一七一七〜一八〇一）「長崎行役日記」からの引用がみられることや「図」（『蘭軒』では欠落しているが）の提示があることなどからすると、地誌的な記述の傾向も窺える。

蘭軒の長崎紀行とその滞在は、文化三年五月から翌年の九月頃までである。蘭軒と親密な交際があった大田南畝の長崎紀行とその滞在は文化元年七月から翌年十一月までである。蘭軒と南畝は入れ替わりに長崎に行き帰って来たのであり、蘭軒は長崎行きに際して、南畝から知識や情報を得ていたことも推測される。大田南畝には、大坂や長崎への紀行文や長崎滞在中の記録がある。蘭軒の長崎紀行や長崎滞在を考察する場合、参考書として南畝の資料を用いることは一つの便宜と考えられる。

文化三年（一八〇六）五月十九日、伊沢蘭軒は長崎奉行曲淵和泉守に随行して、江戸を発った。前任の長崎奉行は肥田豊後守と成瀬因幡守であったが、肥田豊後守は一月晦日、小普請奉行に転出した。四月七日、成瀬因幡守は長崎で病没し、長崎本蓮寺に葬られた。肥田豊後守の後任として曲淵和泉守が京都町奉行から長崎奉行に発令されたのは、三月四日だった。当時、長崎奉行は二人制で、一人は江戸在府、一人は長崎在勤であった。四月七日、成瀬因幡守が病没し、五月十九日、曲淵奉行が江戸を出立する時は、長崎には奉行が不在だった。曲淵奉行はこの年が初在勤で、文化九年二月、勘定奉行に転出するまで、三回、江戸と長崎を行き来した。文化四年正月晦日、長崎奉行に任命されたのは松平図書頭である。松平図書頭は文化四年九月五日、長崎に着任し、曲淵和泉守は九月二十一日、江戸へ向けて出立した。文化五年（一八〇八）、八月十五日、イギリス船フェートン号が長崎港に侵入するという事件が起きた（フェートン号事件）。八月十七日、松平図書頭は責任をとって自殺した。松平図書頭は長崎大音寺に葬られた。曲淵和泉守が二回目の長崎在勤のため着任したのは九月三日だった。

曲淵奉行の長崎在勤についての時代背景は以上のごとくである。ついでに述べておくと、文化元年から二年にかけて大田南畝が長崎の岩原目付屋敷の役人として在勤しているが、その時に起きた事件がロシア使節レザノフ来航である。レザノフは日本との通商を求めて、文化元年九月に来航して翌年の三月まで長崎に滞在した。交渉にあたったのが、成瀬、肥田の両奉行と幕府から派遣された目付の遠山景晋であった。交渉の場に、大田南畝も同席して関連の記録を残している。

通常の場合、長崎奉行は九月に着任して、在勤の奉行と交代するのだが、文化三年の曲淵奉行の江戸出立が五月で着任が七月になったのは、成瀬奉行が長崎で病死したことと関係があるのだろう。文化元年（一八〇四）、大田南畝は肥田奉行に付き添って長崎に旅立っているが、その時は七月二十五日江戸出立で九月十日長崎着である。南畝が長崎で写させた寛政九年（一七九七）の長崎奉行松平石見守の紀行文は、七月二十三日江戸を出立し、九月六日長崎着任である。松平石見守の紀行文は「崎陽紀行」と題された歌日記形式のものである。(註2)

江戸から京都への旅程は、東海道コースと中山道コースがあるが、寛政九年の松平石見守も文化元年の肥田豊後守も東海道コースであったのに対して、曲淵和泉守は中山道コースであった。その理由は何であろうか。通常の長崎奉行の江戸出立は七月なのに対して、曲渕奉行の出立は五月だったということが影響しているのだろうか。旧暦の五月半ば過ぎは夏の暑い盛りに向かうので、いくらか涼しい中山道（木曽路）が選ばれたのかもしれない。

大田南畝は享和元年（一八〇一）二月二十七日、大坂銅座に赴任するため、江戸を出立し、東海道コースを行く。その時の紀行が「改元紀行」（岩波書店発行、『大田南畝全集』第八巻所収）である。一年間の大坂銅座の勤務の後、享和二年三月二十一日、大坂を出立し江戸へ帰る時の紀行は「壬戌紀行」（前掲書所収）である。これは一名「木曽の麻衣」と題されているように、中山道の旅であった。往路と復路が別のコースになった理由はわからないが、幅広い文筆家であった南畝にとって違う道筋での旅は経験として有意義だっただろう。文化三年の蘭軒の旅の中山道の旅とは、上り下りが逆にはなるが、情景や宿場などは同じなので比較参照の材料となるだろう。

南畝「壬戌紀行」享和二年（一八〇二）三月二十三日の条に「…草津の追分也。右東海道いせ道、左中山道北国きそたが道といへる石表たてり。すなはち左の方中山道のかたに入るに、にはかにひなびたるさまして、東海道の賑ひには似もつかず」とある。中山道は東海道に比べてひなびていたのだろう。文献学者であった南畝は過去の紀行録などを参照しているが、中山道の叙述で参照されているのは、江戸時代初期の旗本・飯塚正重の木曽路紀行である「藤波記」である。貝原益軒の紀行録が参照されている箇所もある。

文化三年五月十九日、長崎奉行曲淵和泉守に随行して江戸を出発した蘭軒は巳時《みのとき》（午前十時頃）、板橋に到り休憩する。父信階が来ていて面会した。頼子善（千蔵）はここまで同行して見送った。旅行第一日目の大宮駅亀松屋弥太郎の家に宿す、行程八里許、と記されている。以下、記述はその日の宿の家と行程が記されていくのである。

旅行第二日目は、卯時《うのとき》（午前六時頃）に発す。上尾駅、桶川駅、鴻の巣駅を通過して熊谷駅、絹屋新平の家に宿す。中山道は六十九次という。東海道五十三次より多い宿場を数える。蘭軒の紀行では宿場町は…駅と記述されている。宿屋は屋号と名前が記されているのは南畝の紀行文も同じである。宿場町を駅と記すのも同じである。第三日、本荘駅で釧雲泉を訪ねたが不在で会わなかった。第五日、碓井《うすい》峠を越え山中の植物を観察する。軽沢駅では蕎麦店に立ち寄る。塩灘駅、大黒屋義左衛門の家に宿す。大黒屋の主人は学を好み、儒者佐藤氏の教授を受けたことがあり、漢詩人大窪詩仏も訪れたことがあるという。「碓井峠の天産植物に言及してゐるのは、蘭軒の本色である」と鷗外はコメントを記す。漢方医の蘭軒は本草学にも詳しかった。第七日、下諏訪駅では、温泉の叙述がある。「諏訪湖水面漾々たり。塩尻峠を越え、三里塩尻駅。堺屋彦兵衛の家に投宿す」と蘭軒の紀行には記されている。第八日、五月二十六日、「これより木曽路にかかる。此辺に喬木おほし。ゆく先も同じ」「御嶽山近く見ゆ。白雪巓《いただき》を覆ふ。輴夫いふ。御嶽山上に塩ありと。所謂崖塩なるべし」などの記述がある。「輴夫」とは駕籠かき人足である。蘭軒も駕籠に乗っての旅だったのだろう。輴夫は宿場や立場で雇っていたのであろう。

第十日、五月二十八日、馬籠駅、扇屋兵次郎家に宿す。第十五日、六月四日、午後磨針麗望湖堂に小休す。数日の木曽山道に飽き、琵琶湖を遠望する地点に達したのである。第十六日、草津駅の乳母餅茶店で小休。ここで中山道と東海道が合流するわけである。大津駅、牧野屋熊吉の家に宿す。第十七日、六月六日、京都に入る。辰時（午前八時頃）、嶋本三郎九郎の家（長崎宿）に至る。撫院（長崎奉行）は朝廷に参内し、蘭軒は銭屋総四郎の所で古物古書を閲覧する。その日は夜更けて伏見の宿に泊まった。大田南畝の旅の場合もそうであるが、当時は京都市中には泊まらず、伏見の宿に泊まっているようだ。

伏見から大坂まで、十里、淀川で行き来するのが当時の旅であった。旅行第十八日、六月七日、大坂に到着。「撫院は為川辰吉の家（注）長崎宿）に入る。余は伏見屋庄兵衛の楼に寓す」と記されている。第十九二十の両日は、蘭軒は大坂に留まった。第二十一日、六月十日、大坂を発し、五里、西宮駅、上田屋兵兵衛の家に宿す。これからは山陽道（中国街道）を行くことになる。第二十二日、大蔵谷駅に宿す。蘭軒は夜、丘に登り月明の海浜を眺める。海面に築山のような淡路島が見える。第二十七日、六月十六日、七日市、藤本作次郎の家に宿す。「初更菅茶山来訪歓晤徹暁して去る」と記されている。初更は午後十時頃で、暁の頃まで歓談したということであろうか。蘭軒の漢詩の「訪」は茶山が「迎か要か」と註していることから、鷗外は茶山が蘭軒を神辺に立ち寄らせるためだったと理解する。翌十七日、蘭軒は神辺の茶山の塾を訪問した。それから奉行の一行に追いついて、尾道の宿に泊まる。尾道では茶山の門人油屋元助の家に招待され、茶山と歓談する。二晩続けての歓談であった。

『蘭軒』（その百八十八）には、文化三年六月十九日付の茶山の蘭軒の父信階に宛てた書簡が紹介されている。文化三年六月十六日、蘭軒は七日市に泊まり、茶山がその宿で歓談し、翌十七日、神辺の塾に案内し、宿泊先の尾道でも歓待したのであった。そのことを蘭軒の父信階に報告したのがこの書簡である。先に蘭軒の長崎紀行を新聞に引用している時（その三十九、その四十）には、鷗外はこの書簡の存在を知らなかったので、後になって紹介しているわけである。そこには蘭軒が旅の疲れもなく珍しい山川を巡り楽しんでいることなどが記されている。文面の一節に、「御奉行様御おぼえもめでたく、あまりにしたしくなし下され、同行のてまへすこしきのどくなるくらゐに御座候よし」とある。蘭軒が曲淵奉行に優遇されている様子が書かれている。広島でも蘭軒は頼家を訪ねているが、その便宜も曲淵奉行は配慮したのであろう。茶山は七日市まで迎えに行って、翌朝、奉行の一行に同行して神辺の塾に案内したわけである。そして、尾道で歓待したその翌朝、尾道を出立する蘭軒を見送ったのである。

蘭軒「長崎紀行」の第二十九日は文化三年六月十八日。瀬戸内海の島々を眺めての旅である。今川了俊や豊臣勝俊の紀行にも「地形を賞したる文見ゆ」とある。鷗外は了俊や勝俊の紀行は、「いづれも原文が引いてあるが、詞多きを以て此に載せない」と述べている。第三十一日、六月二十日は蘭軒が広島の頼春水を訪れた日である。その日、蘭軒は広島城下藤屋一郎兵衛の家に泊まった。頼春水の松雨山房では春水とその息子山陽に面会したことは先述した。第三十二日は巳時、五人づれ（姓名が記されているが、一行の者たちだろうか）で宮島に渡った。「海上二里間風なく波面席のごとし」と記されている。酒肴を喫し、勝景を眺め、未時後、海上一里九波駅、沢本屋吉兵衛の家に泊まった。第三十五日、六月二十四日、福川駅を卯時（午前六時頃）、発し、一里矢地駅、一里半富海駅、「駅尽山路にかかる。浮野峠といふ。すべる所、望む所、貞世紀行尽せり。山陽道中第一の勝景と覚ゆ」と記されている。瀬戸内海沿いの道中は今川了俊（貞世）の紀行の言及が多い。この日は小郡駅、麻屋弥右衛門の家に宿る。第三十七日、六月二十六日、「豊浦を経、海辺の松原をすぎ一里卯月駅なり」という。この日、下関の川崎屋久助の家に宿る。ここまでが山陽道の道行きである。

大田南畝の文化元年の紀行（革令紀行）では、室津までは陸路であるが、それから先（八月二十一日以後）は船路であった。しかしこの船路は暴風のため難渋した。八月二十六日、天候不順のため加室に停泊。八月三十日、風強く、室積に上陸。翌九月一日、天気晴れて室積を出港し、九月三日、小倉に着いたが、南畝は身体の具合が悪くなり、九州路（長崎街道）の記述は欠けている。南畝は船旅はこりごりだと述懐している。九月十日長崎に着いても一カ月ほど官舎に病臥している状態であった。翌文化二年十月十日、帰任のため長崎を発し、長崎街道と山陽道の陸路の叙述は「小春紀行」で叙述されるわけである。伊沢蘭軒の「長崎紀行」とは上り下り逆のコースになるが、比較参照の資料となるであろう。

文化元年と二年の大田南畝の紀行は、長崎奉行肥田豊後守と同行の旅であったが、南畝は長崎奉行所の役人として同行したわけではない。この辺の事情は誤解されるのだが、南畝は長崎奉行所に勤務したわけではない。正徳新令発布（正徳五年、一七一五年）に伴い設置された岩原目付屋敷の役人というのが正確であろう。岩原目付屋敷は長崎貿易などを監視する役所だったのである。幕府勘定所の下役（支配勘定）であった南畝は長崎岩原御目付屋敷に派遣されたのである。（註3）長崎港警備を担当した黒田藩の「黒田家文書・長崎記」（福岡県立図書館蔵）には、長崎奉行に関する記録が豊富にあるが、その中で、支配勘定や御普請役の同行の場合には、「付き添い」と書かれている。支配勘定という厳めしい役職名ではあるが、幕府勘定所の中では下役であり、長官は勘定奉行である。大坂銅座出役の場合でも、長崎目付屋敷出役の場合でも、南畝は江戸に帰任した際は、長官の勘定奉行の許に赴いて出役報告をしているのである。

大田南畝は幕府の御家人であり、勘定所の下役であったが、幅広い学識の持ち主で、紀行文のための資料も多く所持していた。船旅になった瀬戸内海航行中は近藤重蔵著「浪華船路記」や古川古松軒著「九州景地略記」などを閲覧している。

蘭軒「長崎紀行」第三十八日は六月二十七日、午後になって、風が収まり晴れたので奉行の船に陪乗する。下関から小倉に向かうのであるが、途中、奉行は内裏（大里）の岸につき、公事を済ませる。門司の大里には壇ノ浦に入水した安徳天皇の御所があったからである。その日は小倉、伊賀屋平兵衛の家に宿す。第三十九日は、長崎街道を行く。黒崎駅で休憩し、木屋の瀬、三輪屋久兵衛の家に宿す。第四十日は六月二十九日、飯塚駅で休憩し、内野駅に宿す。第四十一日は七月朔日である。冷水峠を越える。山家駅で休憩。法満山、筑前第一の高山。大宰府に入る。この辺りの叙述は細川幽斎の「九州道の記」の言及が目立つ。この日は田代駅、難波屋喜平次の家に宿す。

第四十二日は佐賀城下、古河新内の家に宿す。「晩餐の肴にあげまきといふ貝を供す」「味はひ烏賊《いか》に似たり」とある。第四十三日，七月三日、嬉野駅、茶屋正兵衛の家に宿す。「此駅毎戸茶商なり。温泉あり」の記述がある。第四十四日、「三里蘭木駅（一に彼杵と書）なり。駅に出でんとする路甚だ勝景なり。図巻末に附」とある。鷗外は「蘭木駅の図も例の如く闕《か》けてゐる」と述べている。この日、大村城下、荒物屋三郎兵衛の家に宿す。鏑木雲潭が来訪したのはこの夜である。鏑木雲潭は市河寛斎の次子で、画家鏑木梅渓の養子となり、当時、大村藩主に召し抱えられていた。

　第四十五日、七月五日は「三里諫早、四里矢上駅、一商家に宿す」と記されている。行程が短いのは奉行が長崎入りする前に矢上駅で準備するためである。長崎入りする前の矢上泊は恒例のことだった。ここで特記すべきは、「この辺より婦人老《おい》にいたるまで眉あり」の文である。当時の風習として、二十歳以上の女性は眉を剃るのが普通だった。しかし、長崎及びその周辺ではそうでなかった。この場面の欄外追記として次のような面白い記述があるので、それをそのまま、書き抜いておこう。

「二十年前長崎の徳見某の妻京にゆくとて神辺駅に宿す。四十許の婦人眉あるを見んとて、四五人其宿にゆき窓に穴して見たるに、眉はなくして他国の人にことならず。後にきけば上方にゆくものはしばらく剃《そり》おとすと云《いふ》」。

　四十ばかりの長崎婦人に眉があるのが珍しかったのであろう。好奇心に駆られて数人の者が障子窓に穴をあけてのぞいて見たところ、期待に反して眉を剃り落としていたので、がっかりしたという話である。神辺の宿での話なので、「蘭軒が菅茶山などの話を思ひ出でて枳園に命じて記せしめたものか」と鷗外は述べている。

　大田南畝が長崎に着任して官舎に病臥している時の書留（メモ随筆）「百舌の草茎」の中に、次のような一節がある。「此地の女、老にいたるまで眉を剃らず。且みな前に傴《くぐま》り歩行く。ゆえに臀大なり。これは石地にして躓《つまづか》ん事を恐れ、幼より地をみてありくならはし故なりと。加藤氏（俊丈）の話　九月廿一日」。長崎の女性の風貌を伝え聞いたメモである。後の条はともかくとして、前の条「此地の女、老にいたるまで眉を剃らず」は、当時、著名な事であったと思われる。

天明八年（一七八八）、画業の旅に出た司馬江漢は、十月十日、時津から長崎に入る。「婦人ハ生涯眉をそらず夫《それ》故わかく亦《また》きりうも能《よ》く見ユ」とその旅日記（「江漢西游日記」）に書き記している。特上の美意識を持った画人の目に、器量も良く若く見えたのであればたいしたものである。

蘭軒「長崎紀行」第四十六日は、文化三年七月六日、長崎に到着した日である。九州の箱根と名付けられる日見峠を越え、長崎に入る。迎える者百余人なり、と記される。午後寓舎に入る。行程三里許。以上、「長崎紀行」は終わる。

蘭軒の文化三年の長崎紀行は、中山道、山陽道、長崎街道を通って、四十六日間の旅である。途中、大坂で三泊しているので、実質四十四日間の時間が経過していることになる。これを大田南畝の文化元年の行程と比較してみるとどうだろうか。南畝は東海道、山陽道は途中から船旅、長崎街道を通過して、七月二十五日江戸出立、九月十日長崎着で四十五日間の旅になるが、途中、大坂の三泊、瀬戸内海の港で暴風雨のため足止めにあったことなどを考えると、東海道、瀬戸内海の船路のほうが若干、行程としては短いのかもしれない。文化二年の南畝の旅（「小春紀行」）は、十月十日長崎発、長崎街道、山陽道、東海道を経て十一月十九日江戸帰着、四十日の旅で、途中、大坂に三泊しているので、実質三十八日間の時間で着いていることになる。この行程はかなり短い。大田南畝は享和元年・二年（一八〇一・二）、大坂銅座に出役しているが、その時、行きは東海道コース（「改元紀行」）で江戸京都間十三日間、帰りは中山道コース（「壬戌紀行」）で京都江戸間十五日間である。中山道のコースは若干時間がかかるように思えるが、その時の事情でははっきりしない。

大田南畝の紀行文は「目についたものがじつに丹念に次々と記されてゆくが」が、「まことに退屈で、うんざりする」という評もある（杉浦明平評）。しかし、それは約百九十年の昔の記録として貴重なものと言わねばならないだろう。それに対して、蘭軒の「長崎紀行」は鷗外の引用（貼り付け）が全部ではないので、比べようもない点もあるが、南畝のよりは簡潔であるのかもしれない。漢詩で旅行の感興が述べられていることは、蘭軒「長崎紀行」の特長であろう。南畝と蘭軒の紀行に共通しているのは、宿場の旅館の屋号と名前が記述されることと、行程の距離が記されていることだろうか。それはこの種の紀行文学の決まりのようなものだったのかもしれない。

現代では、長崎東京間は飛行機で日帰りもできて、味も素っ気もないが、江戸時代の昔は四十数日をかけての旅であった。そこにはそれなりの旅情もあり、紀行文学が成立する所以でもあった。

（註1）富士川英郎著『菅茶山と頼山陽』一三六頁参照。
（註2）松平石見守著「崎陽紀行」写本は無窮会神習文庫蔵本で、平成十四年八月、長崎近世文書研究会発行の「長崎史料叢書・第八集」に翻刻して掲載。なお、松平石見守も寛政十一年十一月、長崎在勤中に死去して長崎晧台寺墓所に葬られている。
（註3）拙稿「大田南畝の長崎（二）」（平成八年十月発行『長崎談叢』第八十五輯所収）参照。

第5節　長崎遊学

江戸幕府時代、学問に志《こころざし》ある人々は、長崎への遊学を望んだ。「遊学。游学」は国語辞典を引くと、「故郷を出て、他の土地・国へ行って学問すること」とある。「留学」と同じ意味と理解して良いだろう。「遊・游」の文字が「あそぶ」の意味を持つことから漫然と旅する感じを持たれるかもしれないが、「まなぶ」ための旅だったのである。

私は以前、長崎在住の医学史家だった中西啓先生に、「富士川游」についてお尋ねしたことがある。その時、私は「ふじかわ・ゆう」と言ったが、中西先生は「ふじかわ・まなぶ先生」と言い直された。私はそれ以上お尋ねしなかったが、「游」は「まなぶ」とも読むのかと思ったのだった。人の名前の読みは複雑である。富士川游の父、「富士川雪」は幕末期の長崎遊学者の一人だが、「ふじかわ・すすぐ」と読むようだ。

平成二年（一九九〇）、長崎市で「長崎旅博覧会」（通称・旅博）が催された。その時、「旅博」出島会場に「長崎游学の標《しるべ》」が建立された。そこには、江戸幕府時代から明治初期にかけて、全国各地から長崎に遊学した数百名の名が掲げられていた。旅博に先立って、長崎県が全国の各図書館などに依頼して長崎遊学者の事績調査を行ったところ、その人数は七六六名にのぼったという。一説には、長崎遊学者の数は二千名以上になるという。それは、江戸幕府時代、長崎が海外への唯一の窓であったからであろう。当時の長崎には他の日本の都市には見られないある種の学問的雰囲気（南蛮唐紅毛の文化的影響に拠る）があったと考えられる。遊学者たちはそれぞれにそれを求めて長崎へ旅してきたのだった。

文化三年（一八〇六）、伊沢蘭軒が長崎奉行曲淵和泉守に随行してきたのも、長崎遊学のためだったと理解される。平成二年八月、長崎文献社から発行された『長崎游學の標』には、「七七二名に及ぶ游学生について、その人となりを収録して、ここにこの一冊を編纂した」とある。その七十六頁に「伊澤蘭軒」が記載されている。（名信）とあるが、（名信恬）が正確。長崎を訪れた年は「一八〇四～」と記されているが、「一八〇六～七」が正確。その事績の項に、「父信階は筑前黒田藩士から出て備後福山藩の侍医であった。…（後略）」と記されている。「父信階は筑前黒田藩士から出て…」は鷗外著『蘭軒』には記されていないことである。信階の娘幾勢、すなわち蘭軒の姉が黒田藩の奥に長く仕えていたことは『蘭軒』にも記されていて、伊沢家が黒田藩と深い関係があったことはわかるが、「父信階が筑前黒田藩士から出て…」はどこに出典があるのだろうか。この本の奥付の所に「長崎県・長崎県立長崎図書館及び各都道府県立図書館にご協力いただきました」とあるので、どこかの図書館にその件の資料があるのだろうか。

平成十一年十月、渓水社より『長崎遊学者事典』（著者・平松勘治氏）が発行された。「はじめに」の所に、「昭和五十九年、長崎県経済部観光課に『長崎ゆかりの先人たち調査会』が設置され、当時、長崎県立長崎図書館長であった著者は、調査会の一員として、都道府県立図書館に協力をお願いすることを提案し、了承を得た」と書かれている。この本は各図書館からの回答が基になって出来ていると思われる。一〇五二名の長崎遊学者が挙げられて、各都道府県別に類別され、人名索引もついているので便宜である。この点は『長崎游學の標』も同じである。「伊沢蘭軒」の項目は比較的多くの記述がある。「一八〇六年（文化三）三〇歳のとき長崎奉行曲淵景露に随行して長崎に赴いた。滞留中に清国人医家の程赤城・胡兆新らと交わり、翌文化四年江戸に帰った」「一八二〇年（文政三）わが国に現存する最古の医書『医心方』を書写して跋を記した。一方、頼山陽、菅茶山、大田南畝、亀田鵬斎らの文人・学者と広く交わった。特に豊州塾の同門の狩谷棭斎とは終生、親交を重ね、ともに考証学や書誌学に意を注ぐ傍ら、集書に努めた。森鷗外が歴史小説に新境地を開いた作品とされる『伊沢蘭軒』で広く世に知られた」などの記述が見られる。

『長崎遊学者事典』の「凡例」の「対象者」の欄には「江戸時代に長崎へ留学したものを対象とした。また島原・大村・平戸の各城下へ遊学したものも取り上げた。しかし幕府・諸藩の命を受けて出張し、公用みに携わったものや、長崎で商業活動に従事したもの、などは除外した」とあるので、単に長崎だけではなく、長崎県下の城下に遊学した人も含まれるので、その範囲はやや広くなるかもしれない。しかしそれにしても、鷗外著『蘭軒』の登場人物である頼山陽や大田南畝が除外されているのは、残念である。南畝の場合、「幕府の命を受けての出張」という点から除外されたにしても、頼山陽の場合はどうして欠落しているのだろうか。ちなみに『長崎游學の標』のほうは、大田南畝、頼山陽、ともに取り上げられている。

『長崎遊学者事典』の「はじめに」の所でも述べられているように、長崎遊学者の実数となると、取り上げられている遊学者よりはるかに多くなると思われる。現在では無名になった数多くの長崎遊学者がいたと考えられるからである。大田南畝の書簡や書留によると、文化元年九月着の長崎奉行肥田豊後守の一行に、官医三人が同行していた。小川文庵、吉田仲禎、千賀伯寧と南畝はそれぞれの名前を記録している。長崎に到着した当初、病床に臥していた南畝は、特に小川文庵には世話になった。彼ら三人の官医の長崎行きは奉行に同行しているが、帰りはそれぞれ別個であった。ちょうどその頃、唐医・胡兆新が来崎していて、二・七の日は唐寺の崇福寺へ出て日本人の治療にあたっていた。南畝の江戸留守宅宛書簡によると、小川文庵らは崇福寺での治療の日は出掛けているようだ。また、医療上の問答も交わしているようである。小川文庵らの来崎の目的は明らかに医学修業にあったと察せられる。唐医・胡兆新との交際もその一環であったのだろう。

蘭軒の「長崎紀行」でも、蘭軒のほかに遊学目的のために、奉行一行に同行した人がいるのではないかと思われる。例えば、（その四十四）旅行第三十二日、六月二十一日、巳の時に宮島に渡った五人づれ、蘭軒の他に四人の名前（上村源太夫、鈴木順平、藤林藤吉、石川五郎治）が記されている。奉行の家来とも土地の者とも思われない。長崎への遊学生たちだったかも知れない。

蘭軒が長崎に来た時の印象を詠んだ七言絶句が紹介されている。書き下し文で記すと以下のようなものだった。「歳《とし》を隔て分かち知る両鎮台。郷に満つる人戸には余財有り。繁華は三都会より減《すく》なからず。都《すべ》て頼む年々舶商の来たるを」。「鎮台」とは長崎奉行のことであり、当時、二人の奉行が交互に治めていた。長崎は貿易で経済的に潤い、三都（京・大坂・江戸）に劣らない繁華な都市であった。町の人々は全て、年々の貿易船が来るのを頼みとしていた。以上が「長崎」と題された七絶の意味であろう。

蘭軒は備後福山藩の儒医であったが、江戸住まいで江戸以外の土地を知らなかった。「長崎紀行」は西国見物の旅でもあった。京都は禁裏があるせいか慌ただしく過ぎ、伏見の宿に泊まる。伏見から大坂へは淀川を下る。文化元年の南畝の旅も文化三年の蘭軒の旅もそうであった。大坂が繁華な都市であることは両者が共に述べるところである。蘭軒「長崎紀行」の広島城下の所でも「繁喧三都に次ぐ」の記述もある。下関の所では「大坂より已来尾の道大輻湊の地なれども赤馬関は勝ること万々ならん」の記述が見られる。長崎を詠む詩に「繁華不滅三都会」の句があるのも同様の記述であろう。江戸住まいの蘭軒にとって異郷の地の繁栄は意外の感もあったのかも知れない。現代のように中央と地方の格差がなかった時代だったと言えるのかも知れない。とは言え、やはり当時の長崎は特別であった。唐紅毛の文物が直接入る繁華な都市であったことは言うまでもない。

漢方医であり漢詩人であった蘭軒にとって、長崎に来航する唐人との交渉は興味のあることであったに違いない。『蘭軒』（その五十）に、「清商館」と題する七絶が引用されている。「入門如到一殊郷。比屋通衢居舶商。西土休誇文物美。逸書多在我当方」がそれである。第一句・第二句は唐人屋敷に入った時の印象が読まれている。そこに入ると異国に到ったようで、唐商人の館が立ち並んでいる。第三句は西土（清国）の人たちが文物の美（学問や芸術の優れていること）を誇るのを止めなさい、の意である。なぜなら、第四句（結句）で述べられているように、唐本土では失われた書物が東方日本は数多くあるからである。集書家（文献学者）であった蘭軒の手に成って殊に妙を覚えるとは鷗外の言である。

蘭軒長崎滞在中のことは、『蘭軒』（その五十）から（その五十三）にかけて述べられている。鷗外の叙述は、富士川游より借用の「客崎詩稿」三十六首より拾っていく形をとる。八月十四日、江戸のお茶の水の料理店で、大田南畝が月を看て詩を作り、蘭軒に寄せ示した。蘭軒はそれに和して「風露清涼秋半天」と題する七絶を送った。岩波書店発行の『大田南畝全集・第八巻』所収の南畝の漢詩集の文化三年八月十四日の作に、「十四日夜草堂小集」と題された七言律詩が載せられている。初句は「碧天雲散月幾望」、青き空は雲が散じ、月はほとんど満月に近い十四日月（幾望）である。第五句と第六句を書き下し文で示すと次のようになる。「去年瓊浦（長崎の美称）に華客（来航唐人）に逢ひ、今夕金杉の草堂に会する」。中秋の名月の前夜、江戸の金杉草堂で月見の会をしたのであろう。この詩が蘭軒に送られたものかどうか定かでない。南畝には月見の詩や歌が多い。長崎では彦山《ひこさん》に昇る月を詠んだ歌が名高い。「わりたちもみんな出てみろ今夜こそ、彦さんやまの月はよかばい」「彦山の上から出《いづ》る月はよか、こんげん月はえっとなかばい」と大田南畝（蜀山人）は詠んだと伝えられている。[註1] 南畝と蘭軒は入れ替わりに長崎に来た。南畝からのアドバイスを蘭軒は受けたであろう。

『蘭軒』（その五十一）の冒頭の記述は次の通りである。「蘭軒が長崎に来た文化三年の九月十三日は後《のち》の月が好かった」。所謂十三夜の長崎の情景と望郷の思いが詠まれた七律である。その後は、石崎鳳嶺（融思）に次韻した蘭軒の詩が引用される。石崎融思はこの時代、長崎では著名な画家（御用絵師兼唐絵目利）であった。融思の紹介のため、田能村竹田の著述が引用される。竹田は長崎に画業留学したこともあり、長崎画人の情報に詳しかった。渡辺鶴洲、小原慶山の名も挙げられている。九月中のこととして、長川正長の菊の詩に次韻した蘭軒の詩が引用される。鷗外は「観書の吏」と記しているが、長崎聖堂明倫堂の教官である。長崎聖堂は禁書検閲も行っていた。

（その五十二）冒頭の叙述は次の通りである。「文化四年の元旦は蘭軒が長崎の寓居で迎へた。此官舎は立山の邸内にあつて、井の水が長崎水品の第一と称せられてゐたと云ふことが、徳見訒堂《じんどう》を接待した時の詩の註に見えてゐる」。徳見訒堂は長崎宿老の一族で文化四年当時十九歳の若さだった。（註２）

蘭軒が明倫堂の釈奠《さくてん》の儀に参列した詩が引用される。釈奠とは、孔子祭とも呼ばれる儒教の先哲を祭る儀式である。明倫堂について鷗外は歴史学者の萩野由之さんに問い合わせている。長崎の明倫堂は長崎聖堂のことで、いわゆる儒学の学校である。鷗外が述べているように奉行所のあった立山から正徳元年中島鋳銭座跡に移されたので、中島聖堂とも呼ばれた。蘭軒は春の釈奠の日（二月十五日）、向井祭酒を見、高松南陵《なんりょう》の講書を聴いた。祭酒とは、学校の長官。向井家が代々継いでいた。当時の祭酒は向井元仲。向井家の先祖には、江戸初期の俳人・向井去来がいた。高松南陵は「於音韻学尤請究、釈文雄以来一人也」の註がある。竹田詩話に出てくる人物であろうと鷗外は推測している。竹田詩話は田能村竹田が長崎に滞在の時、知り合った人物として、南陵のほか、吉村迂斎、松浦東渓、石崎融思の名前が挙げられている。迂斎は漢詩人、東渓は『長崎古今集覧』の著者である。

（その五十三）の冒頭の叙述は以下の通りである。「此《この》年文化四年に蘭軒は長崎にあつて底事《なに》を做《な》したか、わたくしはこれを詳《つまびらか》にすることが出来ない」。子孫や有識者の資料提供が頼りで、それに基づいて鷗外は叙述を進める。叙述の中で、挙げられる人物は、徳見訒堂、劉夢澤《りゅうむたく》、長川某、頼春風。清人（来船唐人）としては、張秋琴、程赤城、胡兆新、陸秋實、江芸閣である。

「劉夢澤は長崎崇福寺の墓に山陽の撰んだ碑陰の記がある」と鷗外は述べる。頼山陽撰の墓碑は崇福寺の彭城家墓地に現存している。「諱大基。字君美。号夢澤。通称仁左衛門。…」が碑文の書き出しである。劉夢澤は祖先に唐人を持つ唐通事であり、日本名を彭城《さかき》仁左衛門といった。蘭軒より一歳年下で蘭軒と親しく交わった。長崎在勤中の大田南畝とも親しく交わり、『大田南畝全集』にはその名がたびたび出てくる。文化二年、南畝が帰任する時、泊りがけで大村まで見送ってくれたのもこの人である。墓碑銘を書いた頼山陽は二歳年下で、親しい交際が窺われる。山陽撰の碑文の一節に「友人藝國頼譲惜其有志而無年也」とある。学問の志半ばで病死した友人を惜しむ気持ちの表れた文である。

劉夢澤は鷗外著『北条霞亭』（その六十二）では、「劉大基」の名で出てくる。文化十年三月、劉大基は神辺の菅茶山の所に来ていた。そこで頼山陽の父春水や北条霞亭らと同席する。春水も霞亭もそして大基も旅の途中であった。大基は大田南畝の書簡（文化十年七月二十二日付中村李囿宛）から推察されるところでは、江戸に向かった。そして六月頃は江戸に滞在していた。南畝の書簡の文面に次のような箇所がある。「…彭城氏湯治の帰りに立ちよられ度々出合、井沢氏の大声にて隅田川舟行、堤の上之酒宴などはかの祇樹林之角力にて、髭親父に叱られ事迄存出候。…」。中村李囿は長崎の地役人（中村作五郎・外浦町乙名）で、南畝が江戸に帰任後に繁く文通した人物である。「彭城氏」は劉大基（彭城仁左衛門）のことである。ここでの「井沢氏」は伊沢蘭軒のことであり、蘭軒の「大声」はよく知られていて、南畝らとよく隅田川の舟遊びを行っていた。劉大基も舟遊びに付き合っていたわけである。「祇樹林之角力にて…」は長崎での思い出を語っているのであろう。

蘭軒の孫・伊沢信平さん提供の「蘭軒文集」から、鷗外は劉大基についての面白い逸話を紹介する。劉大基は春の夜、酔っぱらって丸山花街を過ぎ、桜花が盛んに咲いているのを見た。大基は樹によじ登って花を折ったが、誤って庭園の中に落ちた。丸山遊女たちが数人寄って来て叱った。これを見れば馴染みの女であった。大基は我が罪を謝って去った。というような話である。

劉大基は住宅唐人（帰化唐人）劉一水を祖に持つ、名門唐通事彭城《さかき》家の当主であった。第二代の劉宣義（一六二三～九五）は林道栄と並び称せられる学識のある大通事であった。第七代当主である劉大基は高名な第二代と同じく「彭城仁左衛門」を名乗り、第二代に劣らない学識ぶりで知られていた。大田南畝や伊沢蘭軒や頼山陽などの文化人たちが長崎で頼りにしたのは、この人である。『蘭軒』（その七十六）には、蘭軒が長崎の劉大基の母の六十を寿する詩を作ったと書かれている。それは文化十二年四月のことであった。現在、長崎市鳴滝の鳴滝高校敷地は彭城本家の別宅であった。当主は劉大基であり、そこで多くの客人をもてなしたであろうことが想像される。（註３）

清人（来舶唐人）の張秋琴は唐船主である。文化二年八月十六日、唐館（唐人屋敷）を訪れた大田南畝は、通事柳屋新兵衛と彭城仁左衛門（劉大基）に案内され、張秋琴の楼に入る。「茶菓終りて盃酒に及ぶ」とある（「瓊浦又綴」）。張は南畝の「杏園詩集」に序文を書いてくれた学識のある人だった。『蘭軒』では、文化四年二月、蘭軒は面談したと記されている。この頃、しばしば長崎に来航していたのであろう。二月に唐館では劇が催されていた。劇の模様は鷗外の記述では略されているが、大田南畝の記録（「瓊浦雑綴」）では詳しく記述されている。蘭軒が唐国（中華）の儒学の変遷について述べていることは、蘭軒の漢籍考証学者としての面目であろう。清朝の考証学においていかなる書や学者があるかと、蘭軒は尋ねる。「わたくしは張の奈何に答

長崎崇福寺後山にて　手前：劉大基夫婦墓　後方：劉家初祖夫婦墓
（2016年2月9日　著者撮影）

へたかを知らない」と鷗外は述べる。鷗外の記述「蘭軒を張に紹介した陳惟賢も或は清客か」は間違いであろう。

陳惟賢は訳詞と記されているので、唐通事である。唐通事は祖先が中国人ではあっても、日本に帰化して長崎奉行所の地役人になっているので、清客ではなく、日本人である。陳惟賢と中華風の名乗りになってはいるが、日本姓は潁川《えかわ》某であろう。それは劉が彭城《さかき》となったと同じような事情による。（註4）

清人の程赤城も唐船の船主で度々長崎に来航していた。大田南畝は長崎在勤中に「清人程赤城七十寿詞」を作った。その七絶が南畝の漢詩集に収められている。その第一句は「矍鑠中原一丈夫」である。七十歳になっても、矍鑠《かくしゃく》とした唐船主の様子が詠まれているのである。『蘭軒』では次のように述べられている。「屡々《しばしば》長崎に来去して国語を解し諺文を識つてゐた。『こりずまに書くや此仮名文字まじり人は笑へど書くや此仮名』とか云ふ歌さへ作つた。程の筆迹は今猶存してゐて、往々見ることがあるさうである」。長崎大音寺内のアーチ門に程赤城の文字が刻されているのを、現在も見ることが出来る。

胡兆新は唐人医師。長崎で医療やその指導を行っていた。漢方医であった蘭軒は面会して大いに得るところがあっただろう。『蘭軒』では次のように述べられている。「胡振、字は兆新、号は星池である。医にして書を善くした。江戸の人秦星池は胡の書法を伝へて名を成したのだと云ふ」。日本の書法にも影響を与えた人なわけだ。時代は違うが、江戸時代初期来航の黄檗僧、隠元禅師や独立禅師も唐風の書法を伝えた人だった。

蘭軒の三男柏軒門下の松田道夫さんの話では江芸閣《こううんかく》も蘭軒と交わったという。江芸閣は詩文に優れていて、文政元年に来崎した頼山陽が待ち望んでいたが会えなかった清人だった。芸閣の兄・江稼圃は唐船の財副（副船長格）として文化元年初来航以来、文政五年まで数回来日している。蘭軒の長崎滞在中は会うことはなかったのだろうか。江稼圃は画業に優れ、遊龍梅泉、日高鉄翁、木下逸雲に南画を教えた人であった。

長崎は南蛮唐紅毛の異国文化の伝統が息づいている町である。長崎に来て学ぶ旅人は多かった。伊沢蘭軒もその一人であった。蘭軒の場合、唐船のもたらす唐文化に興味の大半があった。その場合、来船唐人や唐通事との交際は大切であっただろう。

（註1）平成二十二年三月、長崎文献社より刊行した拙著『小説・彦山の月』は、鷗外著『伊沢蘭軒』と『大田南畝全集』に取材した作品である。

（註2）宮田安著「長崎宿老の徳見氏家系」（『長崎談叢』第七十輯、昭和六十年九月発行、所収）参照。

（註3）拙稿「唐通事・劉大基」（ながさき総合文芸誌『ら・めえる』34号、平成八年八月発行）参照。

（註4）宮田安著『唐通事家系論攷』（長崎文献社、昭和五十四年十二月発行）参照。

第6節　唐通事・游龍梅泉

『蘭軒』（その九十三）に、文化十四年八月七日付の蘭軒宛菅茶山書簡が紹介されている。長文の手紙ではあるが、鷗外はその全文を引用して、注釈を試みる。その中に、長崎の唐通事・游龍《ゆりゅう》梅泉が神辺を訪れた時のことが叙述されている。茶山の書簡のその箇所は次の通りである。

「長崎游龍見え候時、不快に而其宿へ得参不申候。門人か傔《けん》（㊟従者）か見え候故、しばらく話申候。這《この》漢《かん》学問もあり画もよく候。寝てゐる程の事にもあらず候。逢不申残念に御座候。…後略」。

この「長崎游龍」とは誰か。鷗外の探索が始まる。大村西崖さん（美術史家）に尋ねた（その九十八）。『続長崎画人伝』に見える長崎人で、号は梅泉、通称彦二郎、来舶清人江稼圃に学び、親しくその法を伝える、と大村は答える。「梅泉の一号が忽ちわたくしの目を惹いた。長崎の梅泉は竹田荘師友画録にも五山堂詩話補遺にも見えてゐて、わたくしは其人を詳《つまびらか》にせむと欲してゐたからである」と鷗外は記す。鷗外は「梅泉」なる人物に興味を持っていたのである。游龍は劉氏で唐通事彭城《さかき》氏の族ではなかろうか。游龍は彭城彦二郎と称していたのではなかろうかと推測する。かつて長崎に游学した市河寛斎・米庵の子孫・市河三陽さんに手紙で問い合わせた。三陽の答えは、「劉梅泉は游龍梅泉とも称し候」「彭城東閣の裔かと愚考仕候」ということだった。東閣とは寛文年間（一六七一年頃）、長崎奉行牛込忠左衛門より東閣の号を賜った大通事・彭城宣義である。その子孫の一人が游龍梅泉だった。

蘭軒の長崎紀行・游学のことを叙述したこともあり、鷗外は長崎の唐通事の事蹟を知りたく思っていたのであろう。（その七十六）には、劉大基と並んで、既に「劉梅泉」（游龍梅泉）のことが出てくる。「長崎舌人（注）通事）の事跡に精しい人の教へを得たい」と鷗外は述べる。鷗外は長崎の郷土史家・古銭研究家津田繁二さんに問い合わせた。

鷗外全集には、津田繁二宛書簡が六通収められている。その最初のものは、大正五年九月四日付のものである。文面は次の通りである。「拝啓長崎ノ事ニ付色々オシラベ御申越奉謝候ワカラヌ事ダラケニテ困候処御陰ニテヨホド明カニ相成候当地市河三陽君（米庵ノ裔）ナドモワカラヌニ困ルト申居候何ニヨラズ御気付ノ事ハ御申聞被下度奉願候」。

津田繁二は大正五年数え年三十一歳、長崎市立長崎商業学校卒業、三菱長崎造船所材料課勤務。長崎郷土史と古銭の研究を行い、後に長崎史談会創立のメンバーとなる。当時、長崎で「大阪毎日新聞」連載の『蘭軒』を読んでいたものと思われる。蘭軒の長崎紀行の叙述が始まったのは（その二十九）からで、（その五十一）からは「長崎に於ける蘭軒」の叙述になる。（その五十二）が「大阪毎日新聞」に掲載されたのは、大正五年八月十九日である。ちょうどその頃、津田繁二は鷗外に「長崎ノ事」を書き送ったものと推測される。『蘭軒』（その五十九）に「長崎にある津田繁二さんは徳見氏の塋域二箇所を歴訪したが、…」の叙述がある。鷗外からの九月四日付の手紙はその報告に対する謝礼の意も含まれているわけである。

津田繁二宛書簡第二信は九月十四日付で、「劉梅泉」に就いての質問である。第三信は九月十九日付で、「御

長崎崇福寺後山　游龍家墓地にて　手前：游龍梅泉夫婦墓　奥：梅泉実母の墓碑
（2016年2月9日　著者撮影）

細書到着トリアヘズ御礼申上候…」の文面がある。九月二十日付の第四信には、著述（史伝執筆）に対する鷗外の見解が述べられているので、全文を引用する。「拝啓梅泉ニ付文書御取調被下又墓所御訪問被下奉謝候著述家ハ前人ノ著述ヲタヨリ甲ヨリ乙乙ヨリ丙ト不完全ナル事（断片）ヲ写シ伝フルモノナル事近頃切実ニ感ゼラレ嘆息イタシ居候御手許ノ材料ニハ幾多ノ疑問ヲ解決スルニ足ルモノ有之候様被存候切角御研究ナサレ為シ得ル事ナラバ御著述モ被為度切望仕候固ヨリ書肆ノ歓迎シ銭ニナルモノガ出来ルカ否ハ全然別問題ニ候へ共存寄候ニ付申上候」。

鷗外の史伝制作には、多くの篤学の資料提供者があった。長崎の津田繁二もその一人だった。長崎の唐通事游龍梅泉の叙述は現地の津田繁二の協力のもとでなされた。『蘭軒』（その九十九）（大阪毎日新聞大正五年十月七日掲載）冒頭の叙述は次の通りである。「長崎の津田繁二さんはわたくしの書を得て、直《ただち》に諸書を渉猟し、又崇福寺の墓を訪ふて答へた。大要は下の如くである」。游龍彦次郎（梅泉）は彭城仁兵衛の次男として、天明六年（一七八六）に生まれ、享和元年（一八〇一）十六歳の時、游龍家に入り、稽古通事になる。文化七年、二十五歳で小通事末席になり、九年に二十七歳で妻を喪い、文政二年（一八一九）に三十四歳で小通事並になり、其年に歿した。行年三十四歳であった。津田繁二が墓地を調査し、鷗外が『蘭軒』の中で記している梅泉夫妻の墓碑銘は崇福寺遊龍家墓地内に現存している。（註1）

但し、（その九十九）の鷗外の次の叙述には、甚だしい誤りが含まれている。そのことは、『唐通事家系論攷』（長崎文献社、昭和五十四年発行）の著者・宮田安氏が指摘している。その箇所は次の通りである。「次男彦次郎は出《い》でて游龍市兵衛の後を襲《つ》いだ。市兵衛は素《もと》林氏であつた。昔林道栄が官梅を氏とした故事に倣つて游龍を氏とし、役向其他にもこれを称した。長崎の人は游を促音に唱へて、『ゆりう』と云ふ。しかし市兵衛の本姓は劉であるので、安永四年に名を梅卿と改めてからは、劉梅卿とも称してゐた」。

宮田安氏が指摘されるように、林道栄の家系が（梅泉以前に）劉や游龍を名乗ったことはない。「津田さんは訳詞統譜の鄭永寧の跋文とか皓台寺林家墓地の碑銘をとかを見て勘違いされたのであろう」と宮田氏は述べられている。游龍家と林家が関係を持つのは、游龍梅泉の歿後、鹿児島に移住していた林道栄の子孫である彦十郎が游龍家の役株を継ぎ、游龍彦十郎と名乗った以後のことである。游龍彦十郎は傑出した人物で、弘化四年（一八四七）大通事過人となり、嘉永二年（一八四九）崇福寺山門（竜宮門）建立に寄与した。安政二年（一八五五）大通事となり、同六年、子息道三郎に林道栄以来の唐通事の名跡を継承させた。游龍彦

十郎の墓碑は長崎市の崇福寺游龍家墓地と皓台寺林家墓地に存在する。(註2)

鷗外は有識者や長崎の津田繁二に問い合わせたが、「游龍（劉）梅泉」という人物に注目したのは、文化十四年八月七日付の蘭軒宛菅茶山書簡において、「長崎游龍」という人物が出てくるからだった。この箇所の解釈において（その九十八）、鷗外は「恰《あたか》も蘭軒が既に其名を聞いてゐることを期したるが如くに見える」と述べているが、蘭軒は文化三年から四年にかけて滞在中にこの若い唐通事と交渉があった可能性は高い。梅泉は彭城（劉）一族の一員であり、本家筋の兄貴分に当たる劉大基は「蘭軒文集」に出てくる人物だったからである。

文化十四年、游龍梅泉は数え年三十二歳。游龍は神辺に来ても、門人か従者を訪問させて自らは出て行かなかった。鷗外は梅泉の態度を「頗る倨傲《きょごう》」（他人を見下す態度）と解釈する。茶山は梅泉の学芸を認めていた。「然るに其人が神辺にゐて来り訪はぬのである。茶山がいかに温藉の人であつたとしても、自ら屈して其旅舎に候《うかが》ふべきではあるまい。茶山の会見を果たさなかつたのは、啻《たゞ》に病の故のみではあるまい」と鷗外は述べる。

鷗外が梅泉の性格を「頗る倨傲」と推測するには出典があった。田能村竹田著『竹田荘師友画録』の「劉梅泉」の項の叙述がそれである。竹田は長崎画人の評伝を述べるが、「劉梅泉」の項は特に綿密である。竹田は数回、長崎に来ているが、鷗外が推測しているように、直接面会したことはないようである。文政九年（一八二六）から翌年にかけて、竹田は長崎に画業留学した。しかし、梅泉歿後七年が経過していた。竹田は梅泉の実母に面会した。その時の場面を書き下し文で示すと次の通りである。「母有り、なほ在り。予のために平生《へいぜい》を説き、且《かつ》いふ、常に予の名を口にして惜しまず。説きて未だ畢《おは》らざるに、老涙双《なら》び下る」。梅泉の母は、梅泉が日頃、竹田のことを話していたと語りながら、老いた二つの眼から涙が流れ落ちたというのである。

この場面の描写は私たちに感動を与える。私たちが崇福寺の游龍家の墓地を訪れる時、気付かされることがある。梅泉の実母は梅泉の実父彭城仁兵衛の妻なので、その墓碑は彭城家の所にあるはずで、実際、彭城仁兵衛夫妻の墓碑は彭城家墓地内にある。ところが、それとは別に、梅泉の実母の墓碑は梅泉の養家游龍家墓地にもあり、その六角柱の形をした墓碑は梅泉の墓を見つめるかのように建っている。これは梅泉の実母（霊松院）を引き取っていた游龍彦十郎が『竹田荘師友画録』の叙述を記念して建てたのではないかと私は推測している。[註3]

鷗外は『蘭軒』において、田能村竹田の著述の引用をしばしば行う。劉梅泉の叙述においても、『竹田荘師友画録』の引用を効果的に行い、梅泉像を描いて見せている。竹田は梅泉から寄贈を受け、長崎に来るように促されていたが、なかなか梅泉に逢う機会はなかったようだ。竹田はそれまで、二回ほど長崎に立ち寄ることはあったが、文政九年、五十歳になって初めて本格的な長崎遊学をすることになった。しかし、その時は梅泉歿後七年が経過していた。竹田は梅泉の母に会い、長崎の友人に梅泉のことを尋ねた。生前の梅泉は「才気英発、風趣横生、超出物外、不可拘束、非尋常庸碌之徒也」であった。竹田は梅泉の詩及書画に優れていることを認めていた。その生活ぶりはどうであったか。「衣服清楚、飲食豊盛、異書万巻、及名人書画、陳列左右、坐則煮茗挿花、出則照鏡薫衣」。学芸や風流を愛する、贅沢な人を思わせる。郊外の地に梅泉荘を築き、芸者を呼び、友人と享楽に耽っているような描写もある。「要するに才を恃《たの》み気を負ふもので、此種の人は必ずしも長者を敬重するものではない」と鷗外は断定する。「頗る倨傲」とする所以である。

崇福寺の游龍梅泉の墓碑を見て気付かされることがある。正面は「吟香院浣花梅泉劉公居士」「翠雲院蘭室至誠貞順大姉」と刻まれている。梅泉夫妻の法名である。右側面は「天明六年丙午八月廿日誕、文政二年己卯八月初四日逝、游龍彦次郎俊良行年三十四歳」、左側面は「文化九年壬申十月廿五日逝、游龍彦次郎妻、俗名　須美」と刻まれている。左側面に刻まれた「須美《すみ》」という女性はどの史料にも出てこない。この墓碑に刻まれた文字が唯一の資料である。どんな女性だったのか、と思わざるをえない。文化九年といえば、游龍彦次郎（梅泉）の二十七歳の時である。梅泉は若くして妻に先立たれていたのである。竹田の著述に出てくる梅泉の放蕩三昧じみた生活ぶりもそのことに起因しているのではないかと思われてくる。

鷗外は「梅泉は江戸にも来たことがある」と述べる。そのことの考証として、菊池五山の『五山堂詩話補遺巻二』の一節を挙げている。劉梅泉が客歳（去年）江戸に来て、江戸を去る際の送別の酒宴での中井董堂の談話がそれである。董堂は「離歌一曲人千里。…」の詩を梅泉に贈った。今春、梅泉の書状が届いた。梅泉はその詩を来船唐人・江芸閣に示した。芸閣はその詩を絶賛し、その詩に和韻しての七絶の詩を署名入りで絹に書いた。その絹に書かれた江芸閣の詩を、梅泉は中井董堂に送ったのである。鷗外は他の資料を援用して客歳を文化十四年と断定する。送別の酒宴の情景描写から夏秋の交と推定する。そして、結論的に次のように述べる。「わたくしは梅泉が丁丑（注）文化十四年）の初に江戸に来り、夏秋の交に江戸を去り、帰途神辺に宿したものと見て、大過なからうとおもふ」。

梅泉の江戸行きの件には、別の資料が幾つかある。その一つは、『大田南畝全集・第十九巻』所収の文化十四年八月二十一日付中村李囿《りゆう》宛書簡である。その箇所は次の通りである。「……当夏はめずらしき唐通事御出に付、游竜氏とも久々にて一見、先年之事存出候。旅宿も拙宅へは近き方に候間、両三度出合大酔いたし候。…」「游竜氏」と記されているのが梅泉である。文化二年十月、古賀の藤棚から大村まで見送り、大村の宿で酒を酌み交わして以来の出会いであった。二十歳の若者が三十二歳の壮年になっていたのである。大田南畝はこの年、六十九歳、大酒飲みで知られる南畝は「両三度出合大酔いたし候」という具合だった。南畝が書簡の中で、当夏と述べているのは、旧暦であろうから四月、五月、六月のいずれかの月である。

梅泉の江戸行きの件については、決定的な一次資料がある。それは游龍家の御子孫である林陸朗氏が所持されている梅泉自筆の「江府道中日記」である。私は林陸朗氏の御好意で「江府道中日記」のコピーとその釈文を送ってもらっている。游龍梅泉自筆の「江府道中日記」によると、長崎を出立したのが文化十四年四月六日、江戸（長崎屋）に着いたのが五月十七日である。鷗外が「文化十四年の初に江戸に来り」と述べているのは、少し訂正せねばならない。「文化十四年の初」ではなく、文化十四年の五月（仲夏）に江戸に着き、七月（初秋）には江戸を出立したのではないかと推測される。

「江府道中日記」は行きの日記であり、帰りの部分はない。菅茶山が書簡の中で述べているのは、七月末頃の梅泉帰路の途中での話であろう。実は、梅泉は往路も神辺に宿しているのである。「江府道中日記」文化十四年四月二十二日の条は神辺に宿した場面である。

「江府道中日記」のその箇所を、句読点を補って記すと次の通りである。

「…七つ比、神辺小松屋幸蔵宿江宿ス。此宿より茶山先生宅ハ僅ニ四五軒隔り、すこし通りより内ニ入る、相応の家造り也。折角相尋候筈之処、尾ノ道より冒寒いたし候気ニ而、兎角ニ風を恐れ、折角彼方ニも此方参居候事を、名村新八氏の届ニ而被聞被相待候様子、さりとハ仏家ニ所謂因縁也。終ニ不訪して打臥ス。…（後略）」。

梅泉が茶山宅を訪問することは、事前に名村新八（長崎の蘭通詞）から知らされていた。茶山は心待ちにしていたと思われるが、梅泉のほうが風邪で発熱、具合が悪くて行けず、従者の市郎を遣わしたとのことである。市郎の談（後略の部分）によると、茶山は丁寧で温厚な人物だったとのこと、絹地に詩一首を書いてくれ、土産も贈られたとのことである。梅泉は茶山と面談できなかったことを、「仏家ニ所謂因縁也」と残念がっているのである。

『蘭軒』（その九十九）では、鷗外は梅泉を「頗る倨傲」「此種の人は必ずしも長者を敬重するものではない」と評していた。茶山の書簡の文面からはそうとも言えたかもしれないが、梅泉の「江府道中日記」から察するところでは、必ずしもそうではない。十分に敬意を払っている様子がうかがえるのである。

梅泉が江戸へ出向いて来たのは公用であった。その公用というのは、文化十二年末、伊豆下田沖に漂着した南京船が、格別お世話になったということで、お礼のため、献上品を江府へ差し上げる、その付添ということだった。この献上品の江戸参上に関する事柄については、『続長崎実録大成』の「唐船進港並雑事之巻」に記されている通りである。漂着及び世話になったことについては、「文化十三年丙子年」の条に、献上品持ち渡りのことについては、「文化十四年丁丑年」の条に、それぞれ詳しく記されている。後者の条の箇所を部分的に引用すると、次の通りである。

「右献上ノ品々持渡リ、当春大通事神代太十郎、穎川四郎太並ニ手伝トシテ小通事並一人、同末席一人、献上物ニ附添出府ス」。

長崎を出立したのは四月六日なので、旧暦では初夏である。「当春」とは少しずれるが、不問とする。付き添った小通事末席が游龍彦次郎であることは、『大田南畝全集・別巻』所収の「丁丑掌記」（文化十四年の手帳）の記述（三一頁）よりわかることである。該当箇所を引用すると、以下の通りである。

「丁丑五月、長崎より唐人来候由右に付添候唐通事四人、神代太十郎、穎川四郎兵衛、安井四郎次、游龍彦二郎と申事也。去年豆洲下田へ漂着せし頃、此方之世話被成候御礼に出候よし沙汰有之」。

ただし、四人の唐通事の姓名は、穎川四郎兵衛は穎川四郎太、安井四郎次は平井祉郎治が正確であろう。ここで注意すべきは、傍線部の箇所である。注記によると、原本では傍線部の箇所は墨で消してあるとのこと。なにゆえ、消したのかが問題になる。

オランダ商館長の江戸参府のことは、よく知られていることである。しかし、唐船主などの唐人の江戸参府は聞いたことがない。もし、この年、唐人の江戸参府があったとすれば、例外的なことである。『続長崎実録大成』の記述などを読むと、献上品と付添の唐通事が江戸へ参上したことはわかるが、その一行の中に、唐人がいたのかどうかは、定かでない。

オランダ貿易の場合は国家間の交易であるが、唐貿易はたとえ公認の交易であっても、国と国の交易ではない。いわば、一種の私的交易である。そのゆえに唐人が公式に江戸参府することはありえない。南畝の手帳で「唐人来候由」の箇所が消されたのは、その理由からであろうか。「唐人来候由」はあるいは秘密事だったのかもしれない。梅泉筆の「江府道中日記」には、同行したかもしれない唐人のことや漂着した南京船など、まったく書かれていない。書かれているのは、「献上品」とか「貢物《みつぎもの》」と呼ばれているものを大事に守りながら旅していく様子と、道中で出会った人々と宿場などの光景の叙述である。

「游龍梅泉」とは、何者か。唐通事であり、画人だった。「菅茶山書簡」、『竹田荘師友画録』、『五山堂詩話補遺』などから游龍梅泉の姿を浮かび上がらせたのは、森鷗外著の史伝作品『伊沢蘭軒』の功績であった。梅泉についての資料には、他にどのようなものがあるか。

明治三十年死去した金井俊行の『増補長崎略史』稿本文政二年の項をみると、「八月四日、游龍梅泉歿す」という見出しのもと、梅泉についての記述の付箋が貼付されている。その記述は以下のようなものである。

「名は俊良、通称彦次郎、梅泉は其号なり。又吟香、其章、研香等の号あり、唐通事彭城仁兵衛の次子、游龍氏の後を継ぎ、唐稽古通事となり小通事並に進む。小にして画を学ぶ。後清人江稼圃に親炙し其師李雲海の画法を伝ふ。又詩文を能くし、在留の支那人交を結ぶ者多し。嘗て公務を帯びて江戸に行く。僧抱一、谷文晁、頼山陽、田能村竹田、古賀穀堂等の諸名家に交る。大田南畝の長崎に在るや最相親愛し常に相往来す。頼山陽の来るや梅泉に頼りて支那人に接す。又鉄翁逸雲等の稼圃に親炙するや専ら梅泉の紹介する所なり。其他の名士亦梅泉の紹介に頼る者多しと云ふ。行年参拾四」。

游龍梅泉の学芸方面の生涯を全て尽くしている叙述である。梅泉は日高鉄翁や木下逸雲らの長崎南画の先達をなす人であり、唐人画家・江稼圃に学び、鉄翁らに稼圃を紹介したということである。梅泉の画業はどうであったろうか。その作品は私の知る限りでは、宮田安著『唐通事家系論攷』二三四頁に「游龍梅泉の画」（長崎市立博物館蔵）として掲載されているもののみである。

游龍梅泉のもう一つの業績として、諸文化人との交友のことがあげられる。谷文晁、田能村竹田、大田南畝、頼山陽など錚々たる名士ぞろいである。梅泉は唐通事であったので来船唐人の学芸を諸名士に伝える役割も果たしたのであろう。

大正八年五月発行の『長崎県人物伝』の「游龍梅泉」の項の前半は『竹田荘師友画録』よりとっており、後半部は古賀穀堂・頼山陽・谷文晁との交際を叙述している。古賀穀堂・頼山陽との交際については『頼山陽全書』（木崎愛吉他編、全八冊、昭和六～七年）所載の文献を資料としていると思われるが、谷文晁とのそれは何を資料としているのか、明らかではない。谷文晁との交際の場面のみを引用すると、次の通りである。

「……後、官事を以て江戸に祇役す。将に諸名家を歴訪せんとし、多く土宜《どぎ》を齎《もたら》す。首に谷文晁を訪ふ。文晁方《まさ》に画を作る。梅泉を座に延き且談じ且画く、襟懐瀟灑筆滞機なし、梅泉嘆じて曰く、彼の画我と宗派を同うせず、然れども其技老熟此の如し、真に吾友なりと、乃ち其齎す所の土宜を尽くして之に贈り、復た他人を訪はず、其虚懐此の如し、…」。

梅泉が江戸に滞在していたのは、文化十四年の夏だった。谷文晁といえば、当時の江戸画壇の第一人者である。目の前でその画業を見せられ、感嘆するほかなかった。長崎より持ってきた土宜（土産）を全て、谷文晁のもとに贈ったのだった。

古賀十二郎の著述である『長崎画史彙伝』（昭和九年脱稿、昭和五十八年大正堂書店より刊行）や『長崎絵画全史』（昭和十九年、東京、北光書房より刊行）の中でも「游龍梅泉」のことは若干触れられている。増田廉吉著「長崎に於ける頼山陽と江芸閣」（『長崎談叢』第八輯所収、昭和六年四月発行）では、頼山陽や江芸閣と交友のあった「一代の風流子・游龍梅泉」のことが述べられている。増田論文では、竹田が熊秋琴と共に訪れた梅泉荘が藁葺の家として残っていると記している。

林源吉著「長崎美術家墳墓考」（『長崎談叢』第二十四輯所収、昭和十四年八月発行）は歴代の長崎画人の墳墓を紹介していて、游龍梅泉も、崇福寺後山の碑銘と簡単な略歴が紹介されている。竹内光美著「游龍梅泉」（『長崎新聞』昭和五十八年三月三十日付、「郷土史の群像」第六十回）には、幕末の漢詩人・梁川星巌が梅泉歿後五年目（文政七年）に来崎、梅泉の墓参りをした時の詩が引用されている。

文政元年（一八一八）五月二十三日、頼山陽が長与から長崎へ入る。山陽は滞崎中、游龍梅泉の世話になった。佐賀藩の儒者・古賀穀堂と共に、游龍梅泉の案内で看月の宴をしたことが、天保元年の穀堂の追想の中で述べられている。頼山陽は来舶唐人・江芸閣に会おうとしたが、江芸閣が来航したのは翌年の二月で、会えずじまいだった。山陽は江芸閣のなじみの遊女と会見した。八月二十三日、山陽は長崎を発し、茂木から千々岩に向かったという。游龍梅泉も見送ったはずである。以上は『頼山陽全書』（木崎愛吉他編、昭和六から七年）の記述による。

『頼山陽全書』には、游龍梅泉に関する記述が幾つか載っている。その中から二点を取り上げてみたい。江芸閣が来舶中の文政二年閏四月、游龍梅泉に贈った自伝というものが引用されている。その出典は明らかにされていないが、游龍家に伝わっている資料だったのだろうか。その記述は次のようなものである。「江芸閣、字は大楯、印亭と号し、一に十二揺台使者と号す。……書を嗜み詩に工みにして、著に蘭陵山館吟稿あり、字は董其昌に法とり、画は稼圃を宗とし、品竹・弾絲・歌舞・詞賦に至りては、乃ち余技のみ。年甫て四旬、崎陽に五たび渡れり……即ち稼圃の弟なり」。

梅泉は江稼圃に学んだ人である。その弟の江芸閣は主に詩文の人のようである。文政二年四十歳、頼山陽と同年齢、梅泉より六歳年長である。梅泉にとって文人の友であった。

文政元年八月二十日付の頼山陽の梅泉宛書状が『頼山陽全書』に紹介されている。東京の裔孫・游龍隆吉氏蔵とある。内容は長崎を出立するにあたっての、滞在中の礼状といったものである。その全文は略す。『頼山陽全書』（全伝・文政元年の条、四五九頁）を参照されたい。

県立長崎図書館蔵の渡辺文庫には、『自遠録』と題された墨書本がある。表紙の題の下には「乙亥七月」「梅泉題書」と記され、「吟香」の朱印が押されている。吟香は梅泉の号の一つである。乙亥は文化十二年であろう。内容は多くの人の姓名と住所などが記されている。これは游龍梅泉自筆の住所録あるいは交信録と推定される。梅泉は多くの人々と文通し、また、音物贈答を行ったものと思われる。日本各地の文化人や唐人たちとの交流の備忘録が、この『自遠録』であろう。

文政二年八月四日、游龍梅泉は死去するが、その後の游龍家はどうなったのだろうか。梅泉の子孫筋のことについて考察してみたい。

宮田安氏や林陸朗氏の研究書よりまとめると、実子のなかった梅泉歿後、游龍辰三郎という人が文政三年九月、名跡を継ぐが、この人は文政十年十二月に御暇御免となった。同時に神代彦《くましろ》十郎が游龍家を継ぐことになる。神代改め游龍彦十郎は、素《もと》は林道栄の子孫である林家の出身で、唐通事・神代家の養子に入り、文政十年十二月、二十五歳の時に、游龍梅泉の後を継ぎ、稽古通事となった。その後、游龍彦十郎は昇進して天保六年小通事となり、やがて大通事に昇りつめた。梅泉の実母の霊松院は、息子・梅泉歿後の二十四年後、夫・彭城仁兵衛の歿後十五年後の天保十四年十月に亡くなっているが、この霊松院を義理の祖母として游龍家に引き取り、面倒を見たのはこの彦十郎であろう。

游龍彦十郎についてはまた、特記すべきことがある。自分の息子たちに長崎の有力な家を継がせたことである。嫡男・彦次郎には游龍家を継がせたが、あとの息子たちに、足立家・彭城家・野口家・林家などを継がせている。

このうち林道三郎には自分の出身の林家を再興する形で継がせ、その曽孫が林陸朗氏である。野口孝清は慶応元年、長崎会所請払役、明治年間は長崎県職員を務めた。その子の孝太郎は十八銀行取締役を務めた人である。鷗外著『蘭軒』の中で江稼圃と大田南畝の題扁の所有者とされる「野口孝太郎さん」もこの人であろう。辻善之助著『田沼時代』の例言（大正四年）で『金銀銭図鑑』の複写を許可したと語られる「野口孝太郎さん」もこの人であろう。明治七年三月、九歳七カ月という資料よりすると、大正五年当時五十三歳である。足立程十郎については本馬貞夫氏の論文「会津藩用達足立家について」（『長崎談叢』第六十九輯、昭和五十九年）を参照されたい。

　ここで問題にしたいのは、游龍彦十郎の曽孫と推定される「游龍隆吉」についてである。宮田安著『唐通事家系論攷』二二七頁に挙げられている資料に、「明治十四年三月廿四日生　隆吉　四歳」というのがある。これが昭和六年十二月発行の『頼山陽全書』（全伝・上巻）のために資料を提供した裔孫・游龍隆吉氏であろう。昭和六年数え年五十一歳である。

　私は游龍家と縁戚に当たられる林陸朗氏に、「游龍隆吉」について手紙で問い合わせたことがある。林陸朗氏からの返信によると、林陸朗氏の父君・林道夫氏は「游龍隆吉」を知っておられたそうである。游龍隆吉には子供がなかったとのこと。林道夫氏は「游龍の家は林家を継いでくれたのだから（道三郎のこと）、誰か游龍の養子にやらねばならないが……」と言われていたそうだが、そのままになり、游龍家は絶家になったそうである。游龍隆吉の没年は昭和九年十月十七日、戒名は「珠正院真光隆吉居士」（林家過去帳による）。東京青山墓地に葬られたと聞いておられるとのことだった。

　実は、この「游龍隆吉」という名は森鷗外の日記の中に二度、記されているのである。『鷗外日記』大正五年十月十五日（日曜日）、鷗外宅の訪問者に游龍隆吉の名が見られる。同じく、大正七年七月二十一日（日曜日）の条に、「游龍隆吉来話」と記されている。鷗外は史伝『蘭軒』の中で追究していた「游龍梅泉」の子孫と面会していたのである。そのことを鷗外は一切語っていない。これは不可解で奇妙なことだと思われる。鷗外の史伝の手法として子孫筋の談話は必ずその作品の中で叙述していくのであるが、梅泉の子孫と出会ったことなど一言も触れていない。

　初めて游龍隆吉が鷗外宅を訪ねた大正五年十月十五日は、東京日日新聞掲載の『蘭軒』は（その百七）である。「游龍梅泉」についての最終叙述は（その百一）である。推測されるところでは、「游龍梅泉」の記事が新聞に出たので、その子孫にあたる游龍隆吉は鷗外を訪問したのではなかろうか。もう梅泉の叙述は終わったので、子孫の游龍隆吉から新しく情報を得ても鷗外は書きようがなかったとも考えられる。しかし、後になってからの追記というのは、『蘭軒』の場合、可能なことであり、新聞発表時（初出）とは異なった形で作品が形成されてもいるわけである。現に、東京日日新聞大正五年十月二十二日付の『蘭軒』（その百十二）の末尾には、「津田繁二君は游龍梅泉に関する再調査の結果を報じたり、追つて訂正若しくは追記する所あるべし」と書かれている。

游龍隆吉の名が、次に『鷗外日記』に記される大正七年七月二十一日は、『蘭軒』の連載が終了して十カ月ほど経っている。『蘭軒』終了後も鷗外は游龍隆吉と交渉があったわけだ。鷗外と游龍隆吉の間でどのようなことが話されたのか、鷗外はどのような資料や情報を得たのか、興味深いところである。繋がりを求めて叙述（物語）を膨らませていくのが、『蘭軒』の方法だった見地からしても、鷗外が游龍梅泉の子孫・游龍隆吉との出会いについて、一切触れなかったのは残念でならない。

（註1）拙稿「游龍梅泉の墓」（「森鷗外記念会通信・一五四号」平成十八年四月発行、所載）参照。

（註2）游龍彦十郎の件については、御子孫に当たられる林陸朗氏の著書『長崎唐通事―大通事林道栄とその周辺―』吉川弘文館、平成十二年五月発行）、同氏著『長崎唐通事・林家の歴史』（東宣出版、平成二十七年九月発行）参照。

（註3）拙稿「唐通事・游龍梅泉」（『長崎談叢』第九十二輯所収、平成十五年五月発行）参照。

第7節　伊沢蘭軒の業績と人柄

『蘭軒』の主人公・伊沢蘭軒とは何者か。『蘭軒』（その二十）には次のように述べられている。「……無用の人を伝したと云ひ、これを老人が骨董を掘り出すに比した学者である。此《かく》の如き人は蘭軒伝を見ても、只《ただ》山陽茶山の側面観をのみ其中に求むるであらう。わたくしは敢て成心（㊟先入観）としてこれを斥ける。わたくしの目中の抽斎やその師蘭軒は、必ずしも山陽茶山の下には居らぬのである」。

頼山陽や菅茶山は著名な人物（聞人）である。それに対して、渋江抽斎や伊沢蘭軒は無名の人であろう。そういう無名の人の伝記を様々な資料を駆使して仕上げたのが鷗外の史伝作品である。では、その主人公の人物にはどのような価値があるのであろうか。

渋江抽斎もそうであるが、伊沢蘭軒の本領はまず、漢方医学であった。明治以降、西洋の医学知識に押されて漢方医学は不振となった。医師資格免許試験から漢方医は排除される傾向があった。そういう観点からすると、鷗外は時代遅れの人物を取り上げたことになる。

鷗外は東京大学医学部出身で、当時の医学の本流ともいえるドイツに留学し、科学的な医学知識を蓄えて帰国した経験を持つ。鷗外の眼からは、漢方医学は古臭いと思われたかも知れない。明治二十三年六月発行の「医事新論」の中にも「和漢陳腐の医籍の現世の医学に比して、実際の価なく、僅かに歴史的の意味があるを知る」といった鷗外の言辞も見られる。しかし、『鷗外』誌91号所載の油井富雄氏の論考が述べるように、鷗外は学生時代から漢方医学の書籍を熟読していた形跡があり、それは後年の漢方医の史伝作品の伏線をなすとも解釈されるのである。『鷗外』誌66号所載の山下政三氏の論考は、ドイツから帰国後の鷗外の医学論争を取り上げ、その時代背景が克明に述べられている。その論述には、次のような叙述も見られる。

「たしかに漢方医学には反対論者のいうように、衛生学、司法医学、外科学の面で不足した部分があった。しかし一般治療の面では賛成論者のいうように、漢方医学にもとるべき有益性があった。西洋医学が万能であるわけはなく、世の西洋かぶれが静まる明治の終わりから、再び漢方医術の良さが再認識され、自然的に漢方復興の波が起こるのである。そして、『帝国医会』の漢方復興運動の敗北から百年後の今日、『西洋医療と漢方医療の併用』という漢方の復活と隆盛をみるのである。益するものは滅びずという自然の摂理であろうか」。

江戸幕府時代、漢方医学に対して蘭方医学があった。蘭軒の時代はまだ蘭方医学は隆盛を見なかったかも知れないが、蘭軒の後の世代の幕末期に近くなると、蘭方医学が浸透していく。安政四年六月、老中阿部正弘が病死する。阿部正弘の治療にあたったのは蘭軒の三男柏軒だった。『蘭軒』（その二百九十六）に、次のような叙述がある。

「当時政治が鎖国開国の岐《ちまた》に臨んでゐた如くに、医方も亦漢方洋方の岐に臨んでゐた。正弘は彼に於て概《おほむ》ね開国論に左袒し、伊沢美作守政義の洋行の議をさへ容れた。…（中略）…しかし此に於ては漢方より洋法に遷《うつ》ることを肯《がへん》ぜなかつた。それは洋方を取らざるべからざる境界に身を居くに及ばなかつたからである」。

周囲には「近年蘭法の医流大に開け来にける折」、蘭方医の治療を受けさせようと勧める向きもあった。しかし、正弘は「蘭家の長処は心得給ひにけれ共、余はよしあしにはよらず、天下のために蘭家の薬は服し難しとのたまひけるとなん」ということで、自らの病の治療の一切を漢方医・伊沢柏軒に任せたのである。柏軒門下の松田道夫さんの言として、次のようなことが記されている。「先生はかう云つた。我医方は漢医方から出たものではあるが、和漢の風土性情の相異なるがために、今は日本の医方になつてゐるものである。老中が病んで日本医方がこれを治することが出来ずに、万一蘭医方の力を籍《か》ることがあつたなら、それは日本医方を辱《はづかし》むるものである。日本医方を辱むるは国威を墜す所以である」。

阿部正弘が蘭方を排したのは、蘭軒の長男榛軒に聴いたのではなかろうかと、鷗外は述べている。そして、次のように述べる。「わたくしは此に榛軒の蘭方を排する論を一顧しやうとおもふ。人は或は昔日の漢方医の固陋の言は聞くに足らずとなすであらう。しかし漢医方の廃れ、洋医方の行はるるに至つたのは、一の文化の争で、其経過には必ずしも一顧の価がないことはなからう」（その二百九十九）。

榛軒の説は、桂川桂嶼に依拠して、「西洋の学者及日本往時の洋学者は精細で、日本今時の洋学者は疎漏である。彼は真に西洋の書を読み、此は僅に翻訳書を読むが故である。真の蘭学者は和漢の学力を以て蘭書に臨まなくてはならぬ」ということであった。その他、医薬の風土民性に従って相異なるべきことなども挙げている。さらに進んで、蘭医方の三弊事として、一に解剖、二は薬方の酷烈、三に種痘を挙げているが、一や三は現代の医学の観点からは、時代遅れといわれても仕方がないだろう。

榛軒と柏軒は蘭軒の医方を継ぐ息子たちで、漢方医としての業績を上げていた。『蘭軒』（その百九十四）

で、「榛軒の世となつた後も、医を学ぶものが伊沢分家の門に輻湊したことは、当時の俗謡に徴して知ることが出来る」と鷗外は述べる。俗謡とは「医者になるならどこよりも、流行る伊沢へ五六年、読書三年匙三月、薬刲《きざ》みや丸薬や、頼まうどうれの取次や、それから諸家への代脈に、往つて鍛ふが医者の腕、それを為遂《しと》げりや四枚肩」である。「四枚肩」とは、四人の駕籠かきの担ぐ駕籠で、速いので医者がよく使っていた。漢方医にはそれなりの修業が必要だったのである。これに関連して、蘭軒が医の職を重んずるため、病弱な者の入門を斥けた逸話は印象深い（その百九十三）。

蘭軒の答えは次のようなものだった。「医は司命の職と云つて、人の死生の繫《かか》る所だから、其任は重い。医の学ぶべき事は極めて広大で、これを窮《きは》むるには人に超えた力量がなくてはならない。御子息が御病身なら、何か医者でない、外の職業をおしこみなさるが好い」。

医学は包括的な学問で、それなりの修業と努力が必要であり、勿論、その際、体力も必要だったわけだ。特に昔の漢方医は、現代のように医学部を卒業し、医師免許試験に合格して、医者になれるというものではなかった。自分の力量で世間の信用を得なくてはならなかった。蘭軒は考証学（文献学）を身に着け、多くの書物を集め、「医心方」や「千金方」といった古典的な医学書の校勘を行う人だった。本草学にも造詣が深く、また、漢詩を嗜む儒学者であった。要するに、幅広い教養人だったわけである。安藤昌益、三浦梅園、本居宣長といった学者（思想家）も、実は医業で生計を営んでいたということである。医学には人間界のあらゆる事象を心得た教養が必要だったわけである。「医は仁術なり」の格言もそういった背景からいわれた言葉であろう。

蘭軒は泉豊州の門に学んだ。豊州は叢桂社の系統に属する儒者だった。叢桂社の学風は「折衷に満足して考證に沈潜しない。学問を学問として研窮せずに、其応用に重きを置く。即ち尋常為政者の喜ぶ所となるべき学風である」と鷗外は述べる（その十一）。その点、蘭軒の学風とはやや違う。蘭軒の学風はむしろ、学問を学問として研究する立場に近いからである。それ故、鷗外は次のように述べる。「蘭軒が豊州の手を経て、此学統より伝へ得た所は何物であらうか。竊《ひそか》に思ふに只《ただ》蘭軒をして能《よ》く拘儒《くじゅ》（注融通のきかない学者）たることを免れしめただけが、即ち此学統のせめてもの賚《たまもの》ではなかつただらうか」。蘭軒は応用学者ではなかったが、幅広い視野を持つ学者だったということだろう。

蘭軒の医学の師として目黒道琢、武田叔安の名があげられ、本草の師として大田大洲、赤荻由儀の名があげられている。しかし、その記述は簡単である。「蘭軒が師事した所の儒家医家は概ね此《かく》の如きに過ぎない。わたくしは蘭軒の師家より得た所のものには余り重きを置きたくない。蘭軒は恐くは主としてオオトヂダクト（注独学の人）として其学を成就したものではなからうか」と鷗外は述べる。

『蘭軒』叙述の骨格をなしているのは、蘭軒の詩集（「葌斎詩集」）である。通計五八八首の漢詩は編年としての蘭軒の人生をたどるのに便宜であった。菅茶山との交際は漢詩の応酬でもあった。蘭軒は隅田川遊びを行う際も漢詩を試み、自宅での詩会も頻繁に開催していた。漢詩人としての伊沢蘭軒も考察する必要があるのかもしれない。

蘭軒は備後福山藩の侍医であった。蘭軒には足疾があり、三十九歳の文化十二年七月、本郷真砂町の住いから本郷丸山阿部家中屋敷の住いに移った。蘭軒は阿部侯の計らいで、丸い座布団に乗せられて君前に進むことを許された。この年、十二月には、蘭軒の請いにより奥医師から表医師に遷された。これは閑職への左遷であったが、待遇は変わらなかった。蘭軒の足疾を配慮しての処遇であった。四十三歳の文政二年十二月、蘭軒は儒にして医を兼ねるものとなった。「一旦表医師となつて雌伏した蘭軒が、今や儒官となつて雄飛するに至つた。慣例を重んずる当時にあつては、異数と謂はなくてはなるまい」と鷗外は述べる（その百五）。また、「十二月二十三日に蘭軒は例に依つて医術申合会頭としての賞を受けた」と記されている。備後福山藩の蘭軒に対する優遇のほどが窺えるのである。これは藩主を始めとしての福山藩の人々の蘭軒に対する信望が厚かったせいであろう。

文政十二年三月十七日に蘭軒は歿する。それに先立って、二月二日に次男常三郎が歿する。常三郎は幼くして失明し、心身共に虚弱であった。二十五歳での死だった。その三日後の二月五日、蘭軒の妻益《ます》が歿した。享年四十七だった。「(二月）十五日に蘭軒は友を会して詩を賦した。推するに未だ致死の病に襲はれてゐなかつたやうである。集に存する所の三絶句の一は、亡妻を悼んで作つたものらしい」と鷗外は述べる（その百八十七）。妻の死から四十二日後、蘭軒は死去した。享年五十三であった。「徳《めぐむ》さん（注蘭軒の曽孫）の言を聞けば、蘭軒夫妻と常三郎とは同一の熱病に罹つたらしく、柏軒も亦これに侵されて頭髪が皆脱したさうである」と鷗外は述べる。

蘭軒死後の家族は、長男榛軒、榛軒の妻勇、三男柏軒、女子として唯一大人になった長《ちょう》があった。長は『蘭軒』（その二百九十三）の叙述によると、蘭軒歿後第二十七年の安政三年（一八五六）二月、四十三歳で死去している。井戸応助という武士に嫁ぎ、一男二女をもうけた。

その他、蘭軒には側室（妾）に「佐藤氏さよ」という女性がいた。茶山の蘭軒宛手紙には必ず、「おさよどのに宜しく」という文面が添えられていた。「想ふに早く足疾ある蘭軒は介抱人がなくてはかなはなかつたのであらう」と鷗外は述べる（その二十八）。

さよの生んだ子女もあったが、夭折した。蘭軒は娘たちを幼くして亡くすので、「世の口さがなきものは、その数《しばしば》女児を喪ふを見て、一の狂句を作つた。『箱好が過ぎて娘を箱に入れ』」と鷗外は記している（その百八十六）。足疾の蘭軒は平素身辺に大小種々の箱を置いていたのである。『蘭軒』（その百九十四）には、「蘭軒の室飯田氏益は夫に先立つて歿したので、蘭軒歿後には只側室佐藤氏さよが残つただけである。榛軒は幾《いくば》くもあらぬに、これに貲《し》を与へて人に嫁せしめた」と記されている。これなどを読むと当時の家族制度の奇異を思わざるをえない。また、蘭軒の三男柏軒にも正妻俊の他に妾春がいた。春の生んだ鉄三郎（磐《いはほ》）が柏軒の跡を継ぐのだが、『蘭軒』（その二百五十六）には、次のような叙述も見られる。「穉《おさな》い鉄三郎は春を『春や』と呼び、春も亦鉄三郎を『若様』と呼んだが、維新後の磐は春を嫡母として公に届け、これに孝養を尽くした」。これも当時の家族制度の奇異であろう。

第8節　痘科医・池田京水

『抽斎』『蘭軒』の叙述において、最もドラマティックな叙述が展開されるのは、池田京水《けいすゐ》についてのそれである。それは三箇所の場面において述べられる。

まず、最初は『抽斎』（その十四）から（その二十）にかけてである。『抽斎』の主人公・渋江抽斎の痘科の師匠が池田京水なので、この人物の探究がなされていくわけである。まず、疱瘡《ほうそう》（天然痘）治療の由来が述べられる。

「原来《ぐわんらい》疱瘡を治療する法は、久しく我国には行はれずにゐた。病《やまひ》が少しく重くなると、尋常の医家は手を束《つか》ねて傍看した。そこへ承応二年（㊟一六五三年）戴曼公《たいまんこう》が支那から渡つて来て、不治の病を治し始めた。龔廷賢《きょうていけん》を宗とする治法を施したのである。曼公、名は笠《りつ》、杭州仁和県の人で、曼公とは其字《あざな》である。明の万暦二十四年の生れであるから、長崎に来た時は五十八歳であつた。…」（その十四）。

この戴曼公の遺法を代々伝えている医師がいた。池田独美（一七三六～一八一六）である。独美は寛政九年（一七九七）江戸に出て駿河台に住み、躋寿館《せいじゅかん》（幕府の医学館）で痘科の講座を始めて担当した。独美（通称瑞仙、号錦橋）は文化十三年（一八一六）九月、八十一歳で死去した。遺骸は向島小梅村の嶺松寺に葬られた。独美には前後三人の妻があったが、独美の家は門人の一人が養子に入り嗣《つ》いだ。二世瑞仙と称し、霧渓と号した。

「しかしこゝに問題の人物がある。それは抽斎の痘科の師となるべき池田京水である」と鷗外は述べる。京水は独美の子であったか、甥であったか不明である。「子にもせよ甥にもせよ、独美の血族たる京水は宗家を嗣ぐことが出来ないで、自立して町医になり、下谷徒士町《しもやかち》に門戸を張つた。当時江戸には駿河台の官医二世瑞仙と徒士町の町医京水とが両立してゐたのである」と叙述は続く。

疱瘡（天然痘）は現在では絶滅した伝染病であるが、種痘（牛痘）法のなかった江戸時代は恐るべき流行病だった。渋江抽斎も伊沢蘭軒に一般医学を学んだ後、特に痘科を池田京水に学んだわけである。池田氏が戴曼公から受け継いできた治痘法とはどんなものであったか。「対症療法の完全ならんことを期したのである」と鷗外は述べる。

鷗外の「池田京水探索」はまず、京水の墓探訪から始まる。渋江抽斎の嫡子・渋江保は『抽斎』制作の最大の資料提供者だったが、『蘭軒』制作の場合でも協力者となる。保さんは幼い時、京水の墓に詣でたことがあるという。向島にあった寺の名は記憶していない。富士川游さんは京水の墓は常泉寺の傍らにあったと答えた。そこで「わたくし」（鷗外）は幼い頃近くに住んでいた常泉寺付近に出かける。しかし、京水の墓は見つからない。

事実文編四十五に二代瑞仙（霧渓）の撰んだ池田氏行状のあるのを見出した。そこには初代瑞仙の墓が向島嶺松寺にあると記されていた。「わたくし」は再び、向島へ行ったが嶺松寺という寺は無い。道の序《ついで》なので、鷗外の菩提寺である須崎町弘福寺の亡父の墓に詣《まい》り、住職と面談した。住職の墨汁師は嶺松寺と池田氏の墓の事を知っていた。しかし、常泉寺の近傍にあった嶺松寺は廃寺になったという。

大正五年のある日（一月十五日）、富士川游さんを訪ねた。「富士川さんは昔年日本医学史の資料を得ようとして、池田氏の墓に詣《まう》でた。医学史の記載中脚註に墓誌と書してあるのは、当時墓に就いて親しく抄記したものだと云ふのである。惜むらくは富士川さんは墓誌銘の全文を写して置かなかつた。又嶺松寺と云ふ寺号をも忘れてゐた」と鷗外は記す（その十八）。富士川游著『日本医学史』の一節には次のようなことが記されている。「…京水ト号ス、瑞仙ノ子ナリ、性放縦不羈ニシテ人ニ容レラレズ、遂ニ多病ヲ以テ嗣ヲ廃セラル、是ニ於テ諸国ヲ経歴シ、山水ノ間ニ放浪セリ、而カモ痘科ノ一事ニ至リテハ反復丁寧、切磋琢磨ノ功ヲ積ムコト年アリ、遂ニ、痘科挙要、痘科全通、痘科鍵私衡、治痘論等ノ諸書ヲ著ハシ、大ニ其家学ヲ発揮シ治痘ニ精シキヲ以テ名アリ」[註1]。富士川游の見た墓誌にもそのようなことが刻されていたのだろう。

弘福寺の住職が下目黒村海福寺の池田氏過去帳を借り出し、「わたくし」に見せてくれた。二世瑞仙晋の子直温の筆になるものだった。「此書の記《き》する所は、わたくしのために創聞に属するものが頗《すこぶ》る多い」と鷗外は記す。独美に玄俊と云う弟がいて、宇野氏を娶り、二人の間に出来た子が京水であるという。独美は甥の京水を養子としていながら、家を嗣《つ》がせず、門人村岡晋を養子として、それに業を継がせたのである。

二世瑞仙晋の撰んだ池田氏行状には、初代瑞仙の庶子善直という者が「多病不能継業」と書してある。庶子善直と甥京水は別人か同人か。鷗外の疑問は、京水が痘科医としての業績を上げた人物でありながら、放縦不羈にして人に容れられず、遂に多病を以て廃せられたのは、何故か、ということであった。「わたくしには初代瑞仙独美、二世瑞仙晋、京水の間に或るドラアムが蔵せられてゐるやうに思はれてならない。わたくしの世の人に教《おしへ》を乞ひたいと云ふのは是である」（その二十）と問いを投げかける。この問題は、長編史伝作品『蘭軒』に引き継がれる。

『蘭軒』（その八十六）の末尾に、池田錦橋（独美）が歿したことが記されている。文化十三年九月六日に死去した。そして、（その八十七）の叙述は「池田錦橋は後に一たび蘭軒の孫女《まごむすめ》の婿となる全安の祖父である。錦橋の子が京水、京水の子が全安である。…」として、なにげなく語り始められるが、ここで、注目したい事実がある。

蘭軒の孫娘とは、大正五年・六年当時、現存していた伊沢家の曽能子刀自である。大正五年、数え年八十二歳で、『蘭軒』の資料には曽能子刀自の談話に拠るものも含まれている。曽能子刀自は蘭軒の嫡男榛軒の娘柏《かえ》で、榛軒は伊沢分家存続のため、柏に婿を迎えた。それは嘉永二年（一八四九）四月十七日のことだった（その二百五十六）。伊沢家に迎えられた婿は池田京水の七男・全安二十五歳であった。柏は十五歳である。しかし、五月には全安は離縁になった。「全安の伊沢氏を去つたのは、医術分科の上に於て、養父榛軒と志す所を異にしていたからだと伝えられてゐる」と『蘭軒』（その二百五十七）には記されている。全安は池田家の痘科に執着していたようだ（『抽斎』その四十三）。

不幸なことに、柏は妊娠していた。生まれた娘が梅である。嘉永五年（一八五二）十一月四日、柏に再度、婿が迎えられた。田中氏改め伊沢良安（後の棠軒）、十九歳であった。柏は十八歳。安政六年（一八五九）九月二十一日、棠軒の家には嫡男徳《めぐむ》が生まれた。三歳上の姉に良《よし》（後の良子刀自）がいて、後に柏軒の嫡男磐の配偶者となった。良子刀自（大正五年当時六十一歳）は、『蘭軒』制作の資料提供者でもあった。

問題は柏（曽能子刀自）が最初に生んだ娘梅のことである。『蘭軒』（その三百九）の末尾には「此年（注）安政六年）棠軒二十六、妻柏二十五、子《こ》棠助一つ、女《じょ》長六つ、良《よし》四つ、全安の女《じょ》梅十、…」と述べられているので、伊沢分家に養われていたのだろう。文久二年（一八六二）、「十一月二十三日、棠軒は全安の女《じょ》梅を養女として、岡西養玄に嫁することを許された」（その三百十二）とある。それに続いて次のような叙述も見られる。「梅は世に稀《まれ》なる美人であつた。幼くして加賀中納言斉泰の奥に仕えたが程なく黜《しりぞ》けられた。某と私通したからである。梅は暫くお玉が池に潜んでゐて、此《こゝ》に至つて養玄に嫁した。年甫《はじめ》て十三であつた」「養玄は後の岡寛斎である。才学あつたが、痘痕のため容《かたち》を毀《やぶ》られ、婦を獲ることが難かつた。それゆゑ忍んで行《おこない》なき梅を娶《めと》つたのださうである」。しかし、その三年後の慶応元年（一八六五）の叙述（三百二十五）では、次のように述べられている。「六月七日に岡西養玄が妻梅を去つた。梅は柏の生んだ先夫全安の女《じょ》で、時に十六歳であつた」「梅の末路はわたくしの詳《つまびらか》にせぬ所であるが、後幾ばくならずして生父池田全安の許に歿したと云ふことである」。また、『蘭軒』（その百九十九）には、次のような記述も見られる。「養玄は後に伊沢氏梅を娶つて一女初《はつ》を挙げ、梅を去つて再び後藤氏いつを娶り、今の俊太郎さんと風間篤太郎さんとを生ませた。養玄の後の称が即ち岡寛斎である」。

岡西養玄（岡寛斎）は渋江抽斎の三番目の妻・岡西徳《とく》の甥に当たる人物で、抽斎の次男矢嶋優とは従兄弟の関係である。『抽斎』（その九十八）では、優の家にいて明治六年、優に推挙されて工部省に出仕したことが述べられている。梅と離婚後、後藤氏のいつを後妻に入れ、いつは二子を生んだわけである。岡寛斎は明治十七年（一八八四）十月、四十六歳を以て終わったと述べられているので、梅と結婚した時は二十四歳だったわけである。それにしても、十三歳の幼な妻・梅の奔放な生きざまには驚かされ、その末路には謎が残る。

伊沢榛軒の娘柏（後の曽能子刀自）が京水の子・全安と結婚したこと、そして娘梅をもうけたことは、既に『抽斎』（その四十三）（その九十八）に述べられていて、鷗外には知られていることだった。また、岡西氏のことは『抽斎』の登場人物矢嶋優の母の里方であることなどから、鷗外には関心のあることだった。そしてなによりも、『蘭軒』執筆時に八十二歳の現存者である曽能子刀自が、最初の夫であった池田全安のことやその間に生まれた娘梅（池田京水の孫）のことなどを鷗外に語ったことが想像される。鷗外の池田京水追跡の執念には、そのような背景が考えられるのである。

『蘭軒』（その八十七）には、池田瑞仙（錦橋・独美）の家の第五世池田鑑三郎《かんがさぶろう》さんが親戚の窪田寛さんと共に鷗外を訪ねて来たことが述べられている。嶺松寺が廃寺になった後、明治三十年に鑑三郎は合墓を谷中墓地に建てたということである。「池田宗家の墓が谷中に徙《うつ》された時、分家京水の一族の墓は廃絶してしまつたらしい」と鷗外は述べる。窪田寛さん所蔵の池田氏系図並びに先祖書を鷗外は借りた。先祖書によると、京水は病気により、享和三年（一八〇三）廃嫡、文政三年（一八二〇）医業出精に付、別宅が許可され、天保七年（一八三六）病死、というようなことが書いてあった。先祖書は官府に呈したもので、先代の書上げと一致せしめなければならない。初代瑞仙錦橋と二世瑞仙霧渓の履歴はそれぞれの自撰とみなされる。官府に奉る先祖書には、錦橋は京水を以て実子となし、霧渓もまた京水を以て養父錦橋の実子とした。「降《くだ》つて三世瑞仙直温の時に及んで、始て異説が筆に上《のぼ》せられた」と鷗外は述べる。直温撰の過去帳によると、京水は錦橋の弟玄俊の子、母は宇野氏と記されていた。先祖書と過去帳は齟齬《そご》する。京水は錦橋の実子なのか、甥なのか。鷗外の京水研究はしばらく停止する。

（その九十）の中で、「疇昔《ちゅうせき》の日無名氏があつて、わたくしに門司新報の切抜を寄せてくれた」と鷗外は述べる。「疇昔」とは、あまり使われない漢語であり、鷗外は今となっては廃語に近い漢語を使うので、私たち現代の読者は戸惑う。「疇昔」と過去のいつのことなのか。また、無名氏とは誰なのか。「門司新報」は鷗外が小倉在任中からあった新聞で、鷗外自身寄稿したこともある。小倉には広寿山福聚寺という黄檗のお寺があり、鷗外も散策したことがある。それらのことを考えると、「疇昔の日」は鷗外の小倉時代のことかもしれない。ともあれ、その切抜きには、宇治の黄檗山に独立《どくりゅう》禅師（戴曼公）の塔の隣りに池田錦橋の墓があると記されていた。また、「吉永卯三郎さん」という人が「江戸黄檗禅刹記」という本に、池田氏墓誌銘が記載されていることを手紙で知らせてくれた。

ここでは「吉永卯三郎さん」、また後の（その二百四十）では「吉永卯三郎君」と記されているが、正確には「吉永卯太郎」である。『鷗外全集』第三十六巻（書簡）では二通の吉永宛の鷗外書簡が載せられているが、そこでは「吉永卯太郎」と正確に印刷されている。吉永卯太郎（一八八一～一九六四）は北九州門司在住の黄檗研究家及び郷土史家であった。（註2）

吉永卯太郎宛鷗外書簡二通のうち、大正五年八月十六日付のものは、「江戸黄檗禅刹記」のことを知らせていただいた御礼の返信である。大正六年三月十六日付の内容は、痘科辨要巻末の門人録のことと独立禅師と戴笠が同一人かどうかの質問である。吉永卯太郎がどう答えたか不明である。

『蘭軒』（その二百十八）の冒頭で、「此年天保七年十一月十四日に池田京水が歿した」と語られる。鷗外の池田京水探究はいよいよ最終場面を迎えるのである。そのきっかけとなったのは、京水の孫・二世全安との面会だった。「わたくしの錦橋の死を記した文が新聞に連載されてゐた頃の事である」と述べられているので、大正五年九月二十五日頃のことであろう。町役場に出入りする知人が鷗外に書を寄せて、池田全安なる現存者がいることとその人の住所を知らせてくれた。池田全安は京水の子と同名である。鷗外は全安なる人に手紙を送って、先方の都合を問い合わせた。その人を訪問するつもりでいたところが、当人が鷗外の家に訪ねて来た。それは「鷗外日記」によると、大正五年十一月七日のことだった。

「わたくしは伊沢分家の語る所を聞いて、全安が嘉永二年に二十余歳で婿入をしたことを知つてゐた。若《も》し客が其人だとすると、九十歳前後になつてゐなくてはならない。此《かく》の如き長寿の人も固《もと》より絶無では無い。しかし容易に未知の人を訪問しはせぬであらう」（その二百十九）と鷗外は述べる。そして、「客は京水の子全安の名を襲《つ》いだものではなからうか」と推測する。客は鷗外の推測通りに、池田全安の養子であった。父（初代全安）と同じ名を継いだのである。初代全安は明治十四年に死亡したという。

（その二百二十）の叙述によると、次の通りである。「池田分家は宗家即錦橋の家にあつて廃嫡せられた京水に由《よ》つて創立せられた。京水の後は嫡男瑞長直頼が襲《つ》いだ。瑞長の弟初代全安は一たび伊沢分家に婿入《むこいり》して離縁せられ、後更に分立して一家を成した。伊沢氏の例に倣つて言へば、初代全安の家は『又分家』である。…」。二世全安は嶺松寺の廃寺になった後、池田分家並びに又分家の墓を処分して、巣鴨共同墓地に「池田家累世之墓」を建て、さらにそれを雑司谷共同墓地に徙《うつ》した。鷗外の京水の墓誌探索の望みは潰えたのである。

しかし、二世全安は池田京水人生の謎を解き明かす資料をもたらしたのである。それは京水自筆の巻物であった。「此巻物の内容は極《きはめ》て豊富である。わたくしをして奈何《いか》に其梗概を読者に伝へるべきかに惑はしむる程豊富である」（その二百二十一）と鷗外は述べる。

この巻物は「参正池田家譜」と題されていて、体裁より言えば系図であり、三種の系図が含まれている。「しかし巻物の内容中尊重すべきものは、独り系図のみでない」「第一に初代瑞仙の伝がある。是は寛政庚申の書上《かきあげ》で、極《きはめ》て杜撰なものではあるが、京水の校注あるが故に尊い。第二に京水自家の履歴がある。苟《いやし》くも京水を知らんむと欲するものは、此に由《よ》らざることを得ない。第三に系図錦橋本の書後がある。是は数行の文ではあるが、一読人をして震慄せしむべきものがある。第四に系図水津本の序記がある。若し紙背に徹する眼光を以て読むときは、其中に一箇の薄命なる女子の生涯が髣髴として現れるであらう。此女子の運命は実に小説よりも奇である」「わたくしは初め二世池田全安さんの手より此巻物を受けて披閲した時、京水の轗軻《かんか》不遇の境界をおもひ遣つて、嗟嘆すること良久《やや》しかつた。わたくしは借留数月にして、全文を手抄した」。

以上は（その二百二十二）の叙述より抜書きしてみたものである。これから詳述するに先立って、その要点をまとめた文章であるが、鷗外の京水文書を紹介する意気込みが込められているように思える。

まず、初代瑞仙（錦橋）の事蹟について。錦橋書上はお上に差し出した文書であるが、矛盾や虚偽がある。

それを訂正して考えると、宝暦十二年（一七六二）二十七歳の時、安芸国に往った。錦橋が安芸より大坂に移った年は不明確であるが、安永三年（一七七四）以前と鷗外は考証する。天明八年（一七八八）五十三歳の時、大坂で痘科医として人に信ぜられるようになった。寛政三年（一七九一）京都に疱瘡が流行したので、京都に赴いた。五十六歳の年である。寛政九年（一七九七）六十二歳の時に江戸に招かれて幕府の痘科の医師になった。文化十三年（一八一六）九月六日死去、八十一歳であった（その二百二十四）。

錦橋の妻の事は書上に見えない。養嗣子霧渓撰の行状では、京都にある時、佐井氏を娶ったが、子は無いと記されている。霧渓の子直温の繕写した過去帳には、初代瑞仙妻、佐井氏、嘉永元年（一八四八）十二月六日卒、嶺松寺に葬る、と書してある。名は京水の文に沢《さは》と書してある。寛政九年、錦橋が江戸に入った時、錦橋は六十二歳、妻沢は三十三歳であった。文化十三年、錦橋が八十一歳で歿した時、沢は五十二歳になっていた。この錦橋の三人目の妻沢が問題の女である。

錦橋の弟玄俊は元文三年生まれで、兄錦橋より二歳下である。玄俊は天明二年（一七八二）四十五歳の時、家学の痘科以外の医術を学ぶため京都に来た。京都に来た翌年、妻宇野氏秀《ひで》を娶った。そして長男が生まれ、次男が生まれたが、ともに夭折した。天明六年五月五日に三男が生まれた。名は貞之介、後の京水である。貞之介の母秀は此月二十六日に死んだ。「恐《おそら》くは産後の病であつたゞらう」と鷗外は述べる。京水の貞之介は父五十一、母三十六の時の子である。貞之介は母を失った直後に、伯父瑞仙の養子になり大坂に往った。

池田宗家三世瑞仙直温の書いた過去帳は正確であると鷗外は述べる。それによって初代瑞仙の妻の事を記すと、安永三年（一七七四）には妻があり、長女千代を生ませている。この妻は安永五年次女を生み、同八年に死去している。過去帳の「釈妙仙信女」である。同九年に次女が死んだ。過去帳の「智瑞童女」である。弟の玄俊が京都に上った時（天明二年）、当時大坂にいた兄瑞仙が連れていたのは後妻で、千代のためには継母であった。貞之介が大坂に養子に往った時、先妻の生んだ長女千代も既に十四歳になっていたので、貞之介の世話をすることは容易であっただろうと、鷗外は記す（その二百二十八）。

寛政二年（一七九〇）十月二十四日に瑞仙の後妻が死んだ。過去帳の「釈寿慶信女」である。瑞仙の家は主人五十五歳、長女千代十七歳、養子祐二（貞之介・京水）五歳である。瑞仙は寛政二年の暮近くになって、まず、祐二を京都へやり、三年になって自分も千代を連れて京都に入り、弟の家に寄寓した。そして半年後、京都油小路の裏店に住むこととなった。

寛政五年七月二十一日、瑞仙の長女千代が二十歳で死去した。瑞仙が三人目の妻を娶ったのは、千代が死して後時を経て、寛政七年もしくは八年のことと思われる。瑞仙は京都東洞院に居を移していた。

寛政八年暮れ、瑞仙に江戸への召命が下った。寛政九年正月十三日、瑞仙が江戸に着き、妻沢は八月六日に、養子杏春（実子届のため祐二を改名）は十一月四日に江戸に着いた。弟玄俊、即ち京水の実父は寛政九年八月二日、六十歳で死去した。杏春（京水）は生父の病を見、葬を送り、玄俊の死後八十日過ごして、京都を離れたと鷗外は推定している。

江戸に召された瑞仙は駿河台に居を定め、寛政十年二月、奥詰医師となり、栄達の道を進み、「余所目には平穏事なきが如くに見えてゐた。しかし、其裏面には幾多の葛藤があつたものと看なくてはならない」と鷗外は述べる（その二百三十一）。瑞仙の養子杏春（京水）は何故廃嫡となったのか。

錦橋行状や京水墓誌の一部などに、京水を虚弱者、無学無能扱いした記述があり、そのことを鷗外は疑ってきた。鷗外の記述を抜書きするとこうである。「…此間に或秘密が伏蔵してゐはせぬかと疑つた。今やわたくしは京水自筆の巻物を閲《けみ》することを得て、此間の消息を明《あきらか》にした。駿河台の池田氏には正に一の悲壮劇があつた。そして其主人公は京水即当時の杏春であつた」「池田の家の床下に埋蔵せられてゐた火薬は終に爆発した。それは京水廃嫡の一件である」。

瑞仙の妻沢には佐々木文仲という愛人がいた。「佐々木は恐らくは洋人の所謂『家庭の友』に類した地位を占むるに至つたのであらう。そして佐々木と沢の関係は、遂に養子杏春をしてこれが犠牲たらしめたのであらう」と鷗外は述べる。

京春は享和元年（一八〇一）、自ら継嗣を辞して瑞英と改めた。当時養父錦橋は六十六、養母沢三十七、杏春の瑞英十六であった。此一件の詳らかな資料として「生祠記《せいし》」一巻があったが、それは失われていた。京水の書後の文章から内容の一端を知ることが出来る。京水の文章は以下のようなものだった。

「…直郷（霧渓二世瑞仙晋）は初佐佐木文仲の弟子なり。文仲は於沢の方に愛せられて、遂に余を追て詞とならむの志起り、種々謀計せしかど、余辞嗣の後にも養子の事（文仲自ら養子となる事）成らず、遂に直郷に定まりたり。…」。

杏春は沢に憎まれ家を出た。沢は佐々木文仲に跡を継がせようとしたが、夫瑞仙はそれは許さず、養子を他家に求めたが、いずれも沢と文仲に追い出され、結局は霧渓に跡を取らせることになった。霧渓は文仲の旧弟子で、十八歳で新たに瑞仙の門下となり、公に養嗣子とされたのは、それから十五年後の文化十三年三月、瑞仙の死の六カ月前であった。以上が京水廃嫡と霧渓跡継ぎの事情であった。これは京水の孫二世池田全安がもたらした京水自筆の巻物からわかったのである。

「わたくしは此より池田宗家を去つた後の杏春改瑞英の事蹟を記述しようとおもふ。即ち未だ曾て公にせられたことのない京水実伝である」と鷗外は述べ、（その二百三十三）以後の叙述に移る。略記すると以下の如くである。

十六歳の青年池田瑞英（京水）は神田明神下の裏店で開業した。翌享和二年（一八〇二）に「弟子始て従ひ、始て本庄近江守殿男子を診」とある。文化六年（一八〇九）、甲斐国石和《いさわ》に於いて小林氏常《つね》を娶る。瑞英二十四歳、常十六歳だった。翌年長男雄太郎誕生。後の瑞長直頼である。文化八年江戸に帰る。その後、子の誕生と遷居の記述が続く。文政二年（一八一九）瑞英三十四歳の時、「病気全快之届を出す」とある。文政三年、医学館で出講。別宅願も承認された。分家が公に認められたのである。文政八年には七男が生まれた。幼名全吉、後の全安である。天保元年（一八三〇）、京水の長男瑞長が妻を娶った。同四年には瑞長の長男敬太郎が生まれた。京水の初孫である。瑞英（京水）は四十七歳であった。「六年には六月二十二日に瑞長の長男敬太郎が死し、七月朔に其次男が生れ、二日に死した」と記述される。幼い孫たちの死去が記されているのである。法諡はそれぞれ、「知幼」「泡影」である。「泡影の死が京水自筆の巻物の最後の記載である。此年瑞英四十九歳であつた」と記されている。天保七年（一八三六）十一月十四日、京水瑞英は五十歳で歿した。

鷗外は『蘭軒』（その二百三十八）に於いて、京水巻物の内容で補記したいこととして、水津本《すゐづ》の来歴を語る。池田氏は古く水津氏と連繋している。鷗外の説明によると、水津氏は池田錦橋の祖父となっているようだ。水津官蔵なる人物が文化八年歿した。官蔵は水津系図を江戸にいた女《むすめ》に譲った。「形見とて此一軸を大事にせよと被申遣」と言って譲ったのである。文化十三年（一八一六）、京水は官蔵の娘に遭《あ》い、水津本を借抄した。京水は序に此女の末路を記している。「…昨今の事なれば、猶折も可有之と思ひ居候処、女子不幸にして病死、其後右一軸の事申て看病之者等へ尋候へ共、一切分り不申候。但此女不幸にして遊女となり候て、終に死したり」（その二百三十九）。

京水は水津本を重視して、錦橋本の誤りを正そうとした。「水津本は記載素樸《そぼく》にして矯飾《きょうしょく》の痕《あと》が無い」と鷗外は述べる。水津官蔵の娘の薄命と京水との奇遇を、前の箇所（二百二十二）では、「小説よりも奇である」と述べた。父官蔵も苦労したが、この娘は悲惨の境に沈んだと、この箇所でも述べる。この女は母の死んだ年に生まれたとして、父と死別したのが十五歳、羈旅に死したのが二十歳か、やや長じていたかと鷗外は推定する。そして、「女《ぢょ》にして若し偶々《たまたま》京水に邂逅しなかつたら、其祖先以来の事は全く闇黒の裏《うち》に葬り去られて、誰一人顧《かへり》みるものもあるまい。…」と述べる。

（註1）山崎一穎氏はその著『森鷗外・史伝小説研究』（桜楓社、昭和五十七年五月発行）一五八頁において、鷗外はまず、この記述に注目したに違いないと述べられている。この記述において、前段の「性放縦不羈…」と後段の「切磋琢磨ノ功…」は相反する。この相反する記述をどう解決するかが、鷗外にとって問題であったのだろう。

（註２）平成十五年（二〇〇三）の四月十五日と五月十日、北九州市門司区の旧吉永卯太郎邸を、私は長崎の勉強会「唐寺研究会」のメンバーと共に訪れた。そこでは、添田裕吉さんが卯太郎の姪御さんの夫人と共に、卯太郎の旧邸や旧蔵品を継いでおられるのだった。私たちは貴重な美術品や書簡類を拝見させていただいた。そのことについては、ながさき総合文芸誌『ら・めえる』47号（平成十五年十一月発行）の記事を参照していただきたい。

第9節　蘭軒歿後

『抽斎』でも渋江抽斎歿後の遺族や周辺の叙述が続いた。それと同様、『蘭軒』でも蘭軒歿後の叙述が試みられる。それは『抽斎』、『蘭軒』と続く鷗外史伝作品の特長となった。伝記は一代で終わらない。言うなれば、その祖先から子孫までを含めてその人の生涯があるということだろうか。その件に関する鷗外の説明を聞いておこう。

『抽斎』（その六十五）において、鷗外は次のように述べる。

「大抵伝記は其人の死を以て終るを例とする。しかし古人を景仰するものは、其苗裔《べうえい》がどうなつたかと云ふことを問はずにはゐられない。そこでわたくしは既に抽斎の生涯を記し畢《おは》つたが、猶《なほ》筆を投ずるに忍びない。わたくしは抽斎の子孫、親戚、師友等のなりゆきを、これより下に書き附けて置かうと思ふ」。

その子孫まで述べるのは、古人を景仰するが故、と鷗外は言うが、本人が自覚する以上に、その効果はあったように思われる。蘭軒の跡を継いだ榛軒とその弟の柏軒は漢方医であり、『抽斎』の主人公・渋江抽斎の同時代で、互いの交際もあった。この点においても、『抽斎』の世界が『蘭軒』の世界に接続する。榛軒の死も柏軒の死も既に『抽斎』で描かれている。榛軒の後妻志保のこともその娘かえ（柏、後の曽能子刀自）のことも述べられている。鷗外は『抽斎』執筆中に既に『蘭軒』の構想を得ていたのであろう。そして、『抽斎』『蘭軒』二作品を包み込む一族とその周辺の歴史を描く意図も持っていたと思われる。

蘭軒の息子たちの時代は幕末期である。蘭（洋）方医の台頭があり、漢方医は苦境に立たされる。抽斎及びその遺族の時代は明治になる。蘭軒の養孫（柏改め曽能の夫・棠軒）は維新時の混乱の時代を生きる。抽斎や蘭軒の一族がそういう激動の時代をどう生きたかを描き出すことも「抽斎歿後」や「蘭軒歿後」叙述の意図であったのだろう。


『蘭軒』（その百九十四）の冒頭は「蘭軒が歿した後、嫡子榛軒信厚が継いだ。榛軒は二十六歳を以て主人となつたのである」と叙述される。（その百九十五）冒頭の叙述は、「文政十三年は天保と改元せられた年で、蘭軒歿後第一年である」と述べられている。この年十月、榛軒は藩主に随行して備後福山に赴いた。福山の兄榛軒と江戸の弟柏軒の間で交わされた手紙は一巻に集められて、榛軒の孫伊沢徳さんが所持していた。鷗外はそれを借りて数条を抄出する。その中で目立つのは、榛軒の妻勇に対する榛軒の不信である。天保二年の二月末、榛軒は福山から江戸へ帰ってきた。榛軒が初めの妻横田氏勇を去って、後の妻飯田氏志保を娶ったのは、天保二年の暮れから三年に至る間であると鷗外は推定する。天保三年（一八三二）、榛軒二十九歳、志保三十三歳であった。志保は伊沢家の病家の女《むすめ》であったので、知り合いの間柄であった。志保は京都の典薬頭某の嫡子が婢と通じて出生したという説もあり、芸妓も経験した女であった。志保は生父を知らんとする念が、長ずるに随って強くなり、後年、夫榛軒の友小嶋宝素が京都に赴く際、その探索を依頼したこともあったが、「何の得る所も無かつた」（その二百三）という話も載せられている。

天保六年（一八三五）、抽斎の家には第二子優善《やすよし》（後の矢嶋優）が生まれた。榛軒の家には志保の生んだ娘柏《かえ》が生まれた。天保七年の春の未だ闌《たけなは》ならぬうちに、柏軒は狩谷棭斎の第二女たか、後の名俊《しゅん》を娶った。柏軒たかの夫婦は共に二十七歳であった。たかは今少納言と呼ばれる才女だった。渋江抽斎の四番目の妻五百《いほ》はたかより七歳下であったが、後に新少納言と呼ばれた。

天保十四年（一八四三）は蘭軒歿後第十四年、主家阿部家では正弘が老中に列せられた。二十五歳の老中だった。伊沢氏では四十歳の榛軒が躋寿館の講師になった。弘化四年（一八四七）は蘭軒歿後第十八年である。六七月の交に榛軒は暇を賜って箱根に遊んだ。孫の徳さん所蔵の「湘陽紀行」があり、鷗外はそれを部分的に紹介する（その二百五十二〜二百五十四）。（その二百五十五）では、曽能子刀自十三歳の時の記憶として、石川貞白が無心に来た時、榛軒が貞白に歌かるたを書かせて三十金を授けた話を載せる。三十金は榛軒が事ある日のため蔵していたものだった。「友を救ふがためには、三十金を投じて惜しむ色がなかつた」榛軒の為人《ひととなり》を知る事実として鷗外は述べたのだった。

嘉永元年（一八四八）十月、柏軒は医学館医書彫刻取扱手伝を命ぜられた。側室（妾）春《はる》がこの年から仕えたのだろうと鷗外は推測している。翌年の四月には、春が嗣子磐《いはほ》を生んでいるからである。柏軒が春を納れたのは、俊の請いに従ったのだと伝えられている。俊は四人の子を生んだが、成人したのは後に狩谷家に嫁入りした国《くに》だけだった。春は二十四歳、柏軒と俊は三十九歳であった。この年、伊沢氏の親交のある人々のうち、寿阿弥が死に、森枳園が阿部家に帰参することが許された。いずれも、『抽斎』からの登場人物である。

嘉永三年（一八五〇）は、蘭軒歿後第二十一年である。蘭軒の姉正宗院幾勢《きせ》の八十の賀が、十二月中の三日間とり行われた。正宗院は翌年の十二月十三日、八十一歳を以て丸山の家に歿した。正宗院は遺言により、黒田家の菩提所広尾祥雲寺境内泉寺に葬られた。「昨年（㊟大正五年）黒田伯爵家の家乗編纂に従事してゐる中嶋利一郎さんは、わたくしのために正宗院の墓に詣でて、墓石の刻文を写して贈つた」（その二百五十九）と鷗外は述べ、その刻文の文字を記している。

嘉永五年（一八五二）十月七日、柏軒は躋寿館の講師を拝命した。同月下旬、榛軒が病に罹った。徳さん所蔵の病床日記が紹介される。十一月四日の条に、「…此夜養子婚儀」とある。娘柏に婿養子をとらせたのである。婚儀の日は榛軒の心を安らかにするためだったろうと鷗外は推定している。婿は田中氏から伊沢良安となった。十九歳であった。後の棠軒である。十一月十六日に榛軒は死去した。四十九歳だった。

榛軒門人の一人だった塩田良三は躋寿館で医学出精の賞詞を受けた。当時の良三、後の塩田眞さんが渋江保さんに語った言葉が（その二百六十一）に載せられている。「…礼廻が済んでから、わたくしは榛軒先生の宅へ往《い》つた。わたくしは折角先生に喜んで貰はうと思つて往つたのに、先生はもう亡くなつてをられた。…」。塩田良三は榛軒歿後に柏軒の門下になった。鷗外『蘭軒』執筆当初の現存者であり、当時の事の発言は有力な資料となった。

『蘭軒』では、しばらく塩田良三の語る榛軒や抽斎の観劇の話や曽能子刀自の談話が綴られる。（二百七十六）において、「わたくしは後に徳《めぐむ》さんに聞いた所を以て補記しようとおもふ」と述べ、榛軒の妻志保の経歴を補記する。榛軒の妻、曽能子刀自の母に当たる志保は芸妓の経歴を持つが、芸妓を罷《や》めた後、榛軒に嫁する前、夫を持ったことがある。そして一子を挙げた。夫綿貫氏とは故あって別れた。その子は里子に出していたが、数年の後、その子に母方の飯田氏を名乗らせた。飯田安石がその子であり、安石は十二歳で榛軒の門に入った。飯田安石はいわば志保の連れ子だった。

嘉永六年（一八五三）は蘭軒歿後第二十四年である。正月十三日に棠軒良安は家督相続した。四月六日、棠軒の生母杉田氏が歿した。五月に棠軒は阿部正弘の侍医となった。翌月、ペリーのアメリカ艦隊が浦賀に入港した。

安政二年（一八五五）は蘭軒歿後二十六年で、十月二日は江戸の大地震であった。（その二百八十八）から（その二百九十）まで、鷗外は良子刀自所蔵の俊の「地震の記」を全文写し出している。「是は榛斎が家女に生ませた才女のかたみである」とは鷗外の言である。私たちは今少納言と言われた女人の文章を眼にするわけである。

松田道夫さんはこの年（安政二年）、十七歳で柏軒の門に入った。「松田氏は現存せる柏門の一人で、わたくしは柏軒の事蹟を叙するに、多く此人の語る所に拠らうとおもふ」と鷗外が述べる人である。

安政三年は蘭軒歿後第二十七年である。柏軒が阿部侯の医官となった。「伊沢氏よりは既に棠軒が入つて阿部家の医官になつてゐる。然るに今又柏軒を徴すに至つたのは、正弘が治療の老手を得むと欲したものか」（その二百九十三）と鷗外は述べる。棠軒は榛軒の跡を継ぐ伊沢分家であり、二十三歳、榛軒の弟柏軒は四十七歳、伊沢又分家である。

安政四年（一八五七）、阿部正弘が病に倒れた。正弘の病を終始治療したのは柏軒だった。「柏軒門人にして現存してゐる松田道夫さんは当時の事を語つてかう云つた」（その二百九十七）と鷗外は述べ、続いて松田氏の談話を載せる。そこには、漢方医と蘭方医の問題が述べられている。阿部正弘は安政四年六月十七日に世を去った。

安政四年十月十五日、伊沢又分家の柏軒が将軍家定に謁《えつ》した。十二月十三日に、柏軒の妻俊が四十八歳で歿した。安政五年八月二十九日、渋江抽斎がコレラで死んだ。この年、コレラが大流行し、将軍家定も七月六日、コレラで死去していた。

安政六年（一八五九）は蘭軒歿後第三十年である。八月二十二日、柏軒は幕府の奥詰医師を拝命した。幕府は医官として多紀氏を重用していたが、多紀元堅の死後、多紀氏の当主が若手であり、柏軒が多紀元堅の講筵に列していたことも任用された理由となった。柏軒は奥詰医師に任ぜられた頃、中橋よりお玉が池に居を移した。

丸山の棠軒の家には、安政六年九月二十一日、嫡男棠助が生まれた。後の徳さんである。九月二十八日、棠軒は福山藩の医学助教になった。また、十月九日には阿部侯の奥医師となった。文久元年（一八六一）二月二十四日、柏軒の第三子が生まれた。後に宗家の養子となり黒田藩に仕えた信平さんである。母は側室佐藤氏春である。

文久二年、棠軒はこの年福山に徙《うつ》ることを命ぜられ、次年に至って徙った。伊沢分家は丸山阿部邸内の旧宅を棄てて去ることになったのである。文久三年正月二十日、将軍家茂は柏軒に上洛の供《とも》を命じた。柏軒は蒸気船に乗ることを辞すつもりだった。しかし、予定が変わり、将軍の一行は陸路で行くことになった。柏軒に随行したのは塩田良三と志村玄叔だった。柏軒が将軍徳川家茂の供として上洛の旅に出立したのは、文久三年二月十三日だった。「わたくしは柏軒の遺す所の文書と松田氏等の記録とに拠つて、この旅程の梗概を写すこととする」（その三百十六）と鷗外は述べる。三月四日、柏軒は大津を発し入京した。宿は夷川町染物屋の別宅であった。

柏軒の京都滞在中の日記が抄記されていく。江戸丸山の伊沢棠軒の家では、三月二十二日、一家で福山に向かって発足した。四月六日、柏軒は暇を乞うて伏見に行き、福山へ移動の旅の途中の棠軒と会見した。四月十九日、棠軒が福山に着いた。「七月七日に柏軒は京都の旅宿に病み臥し、自ら起たざることをはかつて身後の事を書き遺した。此書は現に良子刀自が蔵してゐる。わたくしは下にその全文を写し出すこととする」と（その三百十九）の文末に記し、（その三百二十）へ続く。

柏軒の遺書には、「…先第一古事記を読め。次に孝経論語を読誦せよ。是は真に吾を祭る時の事也。其余は今の俗に随《したがつ》て、七七日、月忌、年忌に僧を請《しやうじ》、仏典を読むは不可廃《はいすべからず》。…」というようなことが書いてあった。柏軒は文久三年（一八六三）七月十九日、五十四歳で歿した。当時治療に任じた医家五人が連署して江戸に送った報告書が抄記されている。「此記事はわたくしをして柏軒が委縮腎より来た尿閉塞に死したことを推測せしめる」と鷗外は述べる。

伊沢棠軒は福山にあって柏軒の病を聞き、七月二十一日に福山を発した。二十六日の朝、棠軒は入京した。柏軒の墓は京都の宗仙寺に建てられ、後又江戸に建てられた。九月十九日に棠軒は後事を営み終わって京都を発した。

柏軒門下の松田道夫は下の如く語ったとして、鷗外は松田の談を記す。「…先生はあの時に亡くなられておしあはせであつた…」。柏軒は幕府の医官に抜擢され、江戸流行医となった。「しかし先生を幸運の人となすのは、偏《へん》に目を漢方医の上にのみ注いだ論である。若し広く時勢を観るときは、先生の地位は危殆《きたい》を極めてゐた。それは蘭医方が既に久しく伝来してゐて、次第に領域を拡張し、次第に世間に浸漸《しんぜん》し、漢医方の基礎は到底撼揺《かんえう》を免《まぬか》るべからざるに至つたからである」「蘭医方、広く云へば洋医方は終局の勝者であつた」。柏軒門下は松田も塩田も最後まで医としては漢医方を棄てなかったが、松田は医を捨て司法官になり、塩田は役人になった。それは幕末から維新にかけての時代の流れであった。

松田氏の談によると、伊沢蘭軒は多紀父子と世を同じくしていたが、多紀父子が多数の本を書き著したのに対して不立文字の人だった。古書の研鑽に従事し、その体得する所を治療に応用した。それは伊沢氏の家学で、榛軒柏軒の二子はこれを踏襲した。

（その三百二十七）以下に、柏軒門下の人々のことが語られる。清川安策孫《そん》は嘉永元年（一八四八）孫《そん》十一歳にして榛軒の門に入った。同五年榛軒が歿して、孫は十五歳にして柏軒の門に転じた。安政三年（一八五六）、孫は右脚の骨疽に罹って、歩行が出来なかったので戸を閉じて書を読むこと数年であった。脚疽が癒えた孫は、安政六年二十二歳の時、多峰氏の婿となった。柏軒が京都で病んだ時、孫は病床に駆け付けた。文久二年（一八六二）孫は日本橋南新右衛門町に開業した。明治九年（一八七六）、孫は古川精一の経営する病院行矣館の副長になった。其長は浅田栗園（漢方医）であった。当時栗園六十二歳、孫三十九歳であった。明治十九年（一八八六）孫は四十九歳で歿した。

志村玄叔は天保九年（一八三八）に生まれ、安政四年（一八五七）に柏軒の門に入った。渋江保が志村氏に取材に行ったところ、保の父抽斎や母五百には世話になったことを語った。森枳園の本草は紙上の学問ではなく、採薬に随行して実地に教えてもらったそうである。志村氏は柏軒が金銭には疎く、合計四百俵の収入があっても財政に苦しむことがあり、側室お春さんの弟に融通してもらったことなどを語った。志村玄叔は文久三年、柏軒が京都に赴いた時随行し、柏軒の臨終の場に居た。志村玄叔は渋江保が取材した時、千駄谷村旧原宿町に住んでいた。

塩田良三は鷗外が、「わたくしが蘭軒の稿を起こした時は猶《なほ》世にあつたが、今は亡くなつた」（その三百三十三）と述べる人である。若い頃は渋江抽斎の次男優善の遊蕩仲間で、『抽斎』『蘭軒』に登場した人物である。天保八年に生まれ、柏軒が死んだ時、臨終の場にいたが、その時二十七歳であった。

松田道夫は後に裁判官となった人で、柏軒門下の現存者であった。「…わたくしは柏軒の事を記《き》するに臨《のぞ》んで、門人の生存者三人を得た。志村、塩田、松田の三氏が是である。就中《なかんづく》松田氏の談話はわたくしをして柏軒の人となりを知らしめた主なる資料であつた。松田氏の精確なる記性と明確なる論断とが微《なか》つたら、わたくしは或《あるひ》は一堆《たい》の故紙に性命を嘘《ふ》き入るゝことを得なかつたかも知れない」（その三百三十四）と鷗外は述べる。松田氏に関する逸話で面白いのは、渋江抽斎との関係である。抽斎の講義を柏軒を介さず聴いたことを柏軒に怒られたこと、抽斎の講義は友と談ずるが如くであったこと、松田氏は抽斎の墓誌銘の撰者海保漁村と親しく、当時文章の名手であった漁村から訂正稿を得たことなどであろうか（その三百三十三）。

元治元年（一八六四）九月二十七日、榛軒の未亡人飯田氏志保が歿した。六十五歳だった。伊沢棠軒は十一月三日に阿部正方の軍に従って福山を発した。第一次長州征伐である。毛利家の謝罪でこの役は中途で終わった。

慶応元年（一八六五）は蘭軒歿後第三十六年である。棠軒三十二歳、妻柏《かえ》三十一歳の年である。この辺りで鷗外が用いている資料は「棠軒公私略」である。十一月二十四日、棠軒は再び正方の軍に従って福山を発した。第二次の長州征伐である。慶応二年七月二十日、将軍家茂が大阪城で病死する。二十一歳だった。十二月五日、徳川慶喜が将軍となる。十二月二十五日、孝明天皇三十六歳で急死。

慶応三年（一八五七）は蘭軒歿後第三十八年である。十月十四日、将軍慶喜は政権返還を明治天皇に上奏した。いわゆる大政奉還である。十一月二十二日、藩主阿部正方が二十歳で病死する。正方は無嗣のまま死去したが、広島藩主の弟の子正桓《まさたけ》を養子として迎え入れることで新政府軍に許された。この時、福山藩のために尽力したのが、頼山陽の晩年の弟子で臨終の場に居た関藤藤蔭であった。

慶応四年は九月八日に改元されて、明治元年（一八六八）となる。九月二十一日に正桓が津軽藩応援のため兵を出した。棠軒もまた従軍した。以下、棠軒の事蹟は「函楯軍行日録」に基づいてなされる。主な事項を摘記すると、次のようである。十月二日、備後国の鞆《とも》の港を出港。十一日、夜九時頃羽州秋田近海に停泊。十二日、朝土崎湊へ着、秋田へ一里半。十七日、函館表への出兵が命ぜられる。二十日、函館府へ着船。十一月朔日、榎本武揚等は松前藩兵を尻内に破った。十一月五日、武揚と事を共にする大鳥圭介等が松前の城を陥れ、城将田村量吉が自殺した。

（その三百三十九）冒頭は「棠軒が戊辰従軍の日記は既に十一月六日に至つてゐた。福山の兵は函館より退いて青森に至り、棠軒が属する所の一部隊は油川村に次してゐるのである」と述べられている。明治二年は蘭軒歿後第四十年である。棠軒は新年を青森付近油川村の陣中に迎えた。三月十五日弘前の渋江氏を訪ねた。抽斎未亡人五百が饗した。

五月十七日、榎本武揚は開城を約した。五月二十五日、函館を出帆して二十九日、品川着船。六月八日品川浦出帆、九日鞆津着船。11日、鞆津出立、午後八時半総隊到着。

棠軒は明治元年九月二十一日、福山を出立し、翌年六月十二日に還った。棠軒は北征より還って後、日記の筆を絶たなかった。「棠軒日録」の七月十二日の条に「平安誠之館稽古一件頼」とある。平安は今の徳さん（蘭軒の曽孫）で、当時十歳であった。

明治五年（一八七二）は蘭軒歿後第四十三年である。伊沢分家の棠軒は三十九歳、妻柏三十八歳、福山に住み、伊沢又分家の磐安は四月に磐《いはほ》と改称し、母の春（柏軒の妾）は四十八歳、静岡に住んでいた。七月、磐は東京に遊学し、塩田眞方に寄寓した。塩田眞は工部省に仕えていた。当時の磐の身分は静岡県貫属士族で俸禄は現米十八斗であった。

明治六年三月、磐は家族を東京に呼び寄せ、塩田眞の許に寄留せしめた。「良子刀自所蔵の文書中に磐安改磐の日記の断簡があつて、棠軒日録と両存してゐる。わたくしは二者を併せ抄することとする」（その三百五十七）と鷗外は述べる。四月一日、磐の弟平三郎が鳥居坂の伊沢宗家の養子となり、名を信平と改めた。信平は当時十三歳であった。四月三日、磐一家の寄留籍が塩田氏から鳥居坂の伊沢氏に移された。明治七年八月、磐一家は東京の小網町四丁目の借店に寄留替えをおこなった。

明治八年（一八七五）十一月十六日、棠軒は四十二歳で病死した。痢に感染しての急死だった。棠軒未亡人柏は徳の家督相続を県庁に稟請《りんせい》した。徳は時に十七歳だった。

（その三百六十八）冒頭は次のように記されている。

「わたくしは蘭軒の事を叙して養孫棠軒の歿した明治乙亥の年（㊟明治八年）に至つた。所謂伊沢分家は今の徳さんの世となつたのである。以下今に迨《いた》るまでの家族の婚家生歿を列記して以て此稿を畢らうとおもふ」。

以下、鷗外の叙述は箇条書風の叙述になる。主な事項を摘記しよう。明治十一年徳が東京に入った。当時二十歳。翌年徳は母を東京に迎えた。明治十三年四月四日、徳の姉良が又分家の磐に嫁した。磐三十二歳、良二十五歳である。良は大正六年の時の良子刀自で六十二歳、「蘭軒歿後」資料の提供者であった。明治十七年、磐は陸軍士官学校御用掛となり、フランス語を教授した。明治二十年、徳が羽野氏かねを娶った。徳は監獄の吏となっていた。明治三十五年、磐の母春が七十八歳で死去した。明治三十八年十一月二十四日に磐が五十七歳で死去した。明治四十一年、徳の妻かねが四十一歳で死去した。

（その三百六十八）末尾の文章は以下の如くである。「今茲大正六年に東大久保にある伊沢分家では徳五十九歳、母柏改曽能八十三、…（中略）…赤坂区氷川町清水氏寓伊沢又分家では信治二十一、母良六十二、…（中略）…麻布鳥居坂町の宗家を継いだ叔父信平五十七である。以上が蘭軒末葉の現存者である」。

第四章　『北条霞亭』論

第1節　北条霞亭に逢着

鷗外長編史伝第三作『北条霞亭』（以下略称『霞亭』）の連載が始まったのは、大正六年十月二十九日（「大阪毎日新聞」の場合、「東京日日新聞」では十月三十日）であった。『霞亭』（その一）に於いて、鷗外は次のように述べる。「わたくしは伊沢蘭軒を伝《でん》するに当つて、筆を行《や》る間に料《はか》らずも北条霞亭に逢着《ほうちゃく》した」。また、大正七年一月発表の随筆「観潮楼閑話」の後半部でも、「わたくしは今北条霞亭の伝を書いてゐる。是は伊沢蘭軒の事蹟をしらべたとき、期せずして逢着した人である」と述べている。渋江抽斎との出会いを「奇縁である」（『抽斎』その三）、「邂逅した人物である」（『蘭軒』その三百六十九）と述べる。それに対して霞亭の場合は、「逢着」という言葉を使う。抽斎との出会いはまさに奇縁であり、邂逅だったが、霞亭の場合、『蘭軒』を経て、そこへたどり着いたという意識を鷗外は抱いたからであろうか。

北条霞亭という人物については、長編史伝第二作『蘭軒』に於いて既に述べられていたのだった。初出は『蘭軒』（その七十八）の菅茶山の文化十二年八月二日付の蘭軒宛書簡の中に於いてであった。そこには次のように述べられている。「扨《さて》私宅に志摩人北条譲四郎と申《まうす》もの留守をたのみおき候。此人よくよみ候故、私女姪《ぢよてつ》二十六七になり候寡婦御座候にめあはせ、菅三と申姪孫《てつそん》生長迄の中継《なかつぎ》にいたし候積《つもり》、姑《しばらく》思案仕候」。

文化十二年（一八一五）は菅茶山が江戸出役から神辺に帰り着いた時である。『霞亭』（その七十九）の

明治 44 年 11 月　与謝野寛渡欧送別会　鷗外 49 歳（岩波版『鷗外全集』第十巻より）

叙述によると、茶山が神辺に帰着したのは、三月二十九日で、北条霞亭と茶山の姪敬《きょう》が結婚したのは四月十九日となっている。八月二日付の菅書簡では、「…いたし候積、姑思案仕候」とあるが、既に結婚の事実は決まっていたのである。茶山は文化六年十二月、頼山陽を廉塾の塾頭に迎え入れたが、文化八年閏二月には頼山陽に去られた事実がある。子供のいない菅茶山としては、自分が築いた学問所・廉塾の後継者を欲しがっていたのである。そこに現れたのが、北条譲四郎、すなわち北条霞亭である。「此人よくよみ候…」とあるように、茶山に学問の力を認められた人で、なんとか廉塾につなぎとめようとした茶山の「思案」が自分の姪敬と「めあわせる」ことであったのだろう。

『蘭軒』では北条霞亭に関する叙述は断続的に四カ所にわたってなされている。『蘭軒』の叙述だけでも、北条霞亭の経歴や生涯は概略理解されるであろう。しかし『霞亭』で、的矢書牘《まとやしょどく》（霞亭の故郷的矢《まとや》に保存されていた手紙）の解読を進める中で、『蘭軒』での叙述を補正しながら鷗外は北条霞亭という人物を考察していく。私たちは、まず、北条霞亭の経歴を見て置きたい。

北条霞亭は安永九年（一七八〇）九月五日、志摩国的矢《まとや》に生まれた。父は儒医・北条道有（三十五歳）[註1]、母は中村氏縫《ぬい》（十六歳）である。霞亭は長男で、後に弟五人と妹三人が生れている。弟妹のうち、夭折した者を除くと、弟は立敬、良助、敬助、の三名、妹は通、一名である。

霞亭の家の祖先は北条早雲に始まるという。小田原落城の後、北条氏一門は志摩鳥羽の城主内藤志摩守に仕えたが、延宝八年（一六八〇）内藤家断絶という事件に遭遇し、北条家は浪人となり、志摩国的矢に隠れて、医を業とした。的矢で医を業としたのは、霞亭の曽祖父・北条道益である。道益の跡が道可で、霞亭の祖父である。道可の跡が霞亭の父適斎となる。

適斎は医にして儒であった。的矢の子弟が「字を問ひ書を学ぶ者、およそ七十余人」と墓表に記されている。志摩国的矢は現在の三重県志摩郡磯部町的矢にあたる。的矢湾は天然の良港であり、江戸時代は江戸大坂間の廻船の風待ち港として賑わっていた。霞亭は十八歳で故郷を出て各地に遊学した人物であるが、折を見ては帰省し、両親や弟妹の事を気遣う人物であった。

寛政九年（一七九七）、霞亭十八歳の時、京都に遊学した。「経を皆川淇園《きえん》に学び、医を広岡文台に学んだ」（『霞亭』その六）。生涯の友・山口凹巷《おうこう》と知り合ったのもこの時である。山口凹巷は伊勢の人で、儒を皆川淇園に学び、詩を菅茶山に学んだ、漢詩人であり、儒者であった。後に霞亭の末弟・敬助を女婿として迎え入れることとなる人である。

霞亭は京都を去り、享和元年（一八〇一）には、江戸に来ていた。江戸では亀田鵬斎と交友した。亀田鵬斎は霞亭より二十八歳年長の儒者であり、書家としても知られていた。鵬斎は歳の隔てなく霞亭を敬愛していた。

北条霞亭が故郷を出て、京都、そして江戸に遊学した、その目的は何か。鷗外は享和二年と三年、江戸にあった霞亭が故郷の父と母に宛てた手紙を引用しているが、特に、享和三年閏正月十六日付の母宛の手紙の内容は印象深い。その一部を書き抜くと次の如くである。

明治44年　鷗外49歳（岩波版『鷗外全集』第六巻より）

「…学問等に精力いたし候へども、これは元来このみ候事故、苦労とはぞんじ不申、かゑつてたのしみ候事に候。たゞ〳〵運をひらき候て、少々の禄《ろく》をももらひ候はゞ父母様兄弟一所にくらし候はんと、それのみたのしみ申候。それとてもつかみ付様《つくやう》にも出来候はねど、いづれ今暫《しばらく》三十ぢかくもなり候はゞ、ずいぶん出来候やうに相見え候。…」（その八）。

享和三年（一八〇三）、霞亭は二十四歳である。この手紙を引用した後で、鷗外は次のような解説をする。「霞亭は大志ある人物であつた。この一書は次年の避聘《ひへい》北遊の上にも、八年後の嵯峨《さが》幽棲の上にも、一道の光明を投射する。禄を干《もと》むるには〈つかみ付様〉には出来ない。先づこれを避くるは、後に一層大なるものを獲《え》むと欲するが故である。先づ隠るゝは、後に大に顕れむと欲するが故である。人の行為の動機は微妙である。縦ひ霞亭の北遊と幽棲とに些《ちと》のポオズに似たる処があつたとしても、固《もと》よりこれが累《るゐ》となすには足らない」。

「次年の避聘北遊」とは正確には此年（享和三年）九月、磐城侯からの招聘を避けるため、山口凹巷と共に奥州へ旅をしたことを指す。「八年後の嵯峨幽棲」とは、文化八年（一八一一）、霞亭三十二歳の時、伊勢の林崎書院を去り、京都郊外の嵯峨の土地に隠れ住んだことを指す。

霞亭は「一筋縄では行かぬ男であつた」（『蘭軒』その百二十）。享和三年、奥州に旅立ち、文化二年（一八〇五）には相模、房総に旅をする。文化三年から四年にかけては、越後に赴いている。放浪遊行の人にも思える。文化四年（一八〇七）、越後から故郷に帰った。そして翌年、故郷志摩の隣国伊勢の林崎書院長となり、落ち着いたかに見える。林崎書院在職中に、随筆『霞亭渉筆』を刊行する。文化七年（一八一〇）三月、旧師・広岡文台を伊賀に訪ねたが、文台死して六日後であった。同年八月九日には江戸に着き、九月十四日には江戸を出立している。木曽街道を経て京都に至り、年末に林崎に帰っている。霞亭の行動は理解しがたいところもあるが、鷗外は『霞亭渉筆』刊行に関係するのではないかと推測している（その四十一）。文化八年二月、伊勢山田（林崎）を発し、嵯峨の隠遁生活に入る。林崎在任は満二年十カ月であった。

鷗外は『霞亭』冒頭（その一）で、次のように述べている。「霞亭の事蹟は頼山陽の墓碣銘に由つて世に知られてゐる。文中わたくしに興味を覚えしめたのは、主として霞亭の嵯峨生活である。霞亭は学成りて未だ仕へざる三十二歳の時、弟碧山一人を挈《けつ》して（㊟引き連れて）嵯峨に棲み、其状隠逸伝中の人に似てゐた。…」。鷗外にとって霞亭の嵯峨生活の謎を解くことが、『霞亭』執筆の当初の目的であったわけだが、そのことの詳細は後述することにして、霞亭の生涯の概略を追うため先に進む。

　文化九年（一八一二）二月、霞亭は嵯峨から京都市中に移った。嵯峨隠遁生活は一年間だったわけである。四月、霞亭の漢詩集『嵯峨樵歌』の序文を菅茶山が書いた。霞亭は前年の十月、書簡で茶山に序文を依頼したのだった。「力《つと》めて実境を写して、時尚を逐《お》はず」というのが茶山の霞亭の詩に対する評であった。それは茶山自身の詩風に通うものだった。ここに、茶山と霞亭の接点が出来た。二人の出会いの仲立ちをしたのは、出雲国報恩寺住職・道光上人（霞亭より三十四歳年長）であった。道光上人は詩文に長じ、頼春水、菅茶山と交わった人である。

　『霞亭』（その六十二）の冒頭の叙述は次の通りである。「霞亭は文化癸酉《きゆう》（㊟十年）に初めて菅茶山を見た。それが癸酉三月であつたと行状の一本（㊟「霞亭先生行状」）に云つてある。しかしわたくしはその拠る所を知らない」。

　鷗外は各種の資料を用いて、茶山と霞亭の会見の日付と情況を推測（考証）する。鷗外の史伝作品（考証文学）の方法とはそのようなものである。鷗外が見ていなかった「茶山日記」によると、茶山が霞亭に初めて会ったのは、文化十年三月十日である。霞亭は茶山の家で、頼春水とも再会した。春水は孫の余一（山陽の子）と共に有馬温泉に行く途中であった。春水の弟春風宛三月十四日宛の書簡によると、「伊勢の北条譲四郎兄弟長崎の彭城東作なども夜前暮庵宅宴会之人衆にて候。東作は今朝出立、北条は明朝と申事にて候」とある。「北条譲四郎兄弟」とあるので霞亭は弟を伴っていたのであろう。「彭城東作」は長崎の唐通事・劉大基である。(註2)

　三月十三日の藤井暮庵（菅茶山の高弟）宅での宴会の出席者は、菅茶山、頼春水、北条霞亭、劉大基、赤松霈、道光師であった（その六十二）。「さて霞亭は茶山を見た後いかにしたか」と鷗外は追究する。霞亭は同方向に旅する春水と共に三月十五日、廉塾を立ち、帰郷の途に就いた。「霞亭は実に的矢に帰つてより幾ばくもあらぬに伊勢に居を卜《ぼく》した。其家は即ち歳寒堂遺稿に所謂夕霏亭《せきひてい》である」。霞亭が伊勢山田付近の夕霏亭に寓するようになったのは、四月十八日であった。四月十日、霞亭は的矢から廉塾に手紙を出し、伊勢山田付近に移り住むことを伝えている。霞亭は茶山との通信の便を謀ったのである。

　文化十年（一八一三）五月二十一日付の霞亭の弟碧山に与えた書簡がある。この手紙は前半が失われているが、「霞亭を菅氏に繋《つな》ぎ、次《つい》で阿部氏に継《つな》ぐ端緒を開くものにして、事《こと》出処進退に関し、頗《すこぶる》重大なるが故に、…」（その六十四）と鷗外は述べている。その内容は以下のようなものだった。茶山は霞亭に両三年助力いたしもらいたいとの手紙を出した。霞亭にとって茶山は「当時天下に高名の先生」であり、「歴々諸侯方の儒官の人にても入門在塾仕程の人」である。その人からの厚意は有難い。親友の山口凹巷も逃すに惜しい機会と云っている。茶山の招聘を受けて廉塾に赴くべきかどうか、霞亭は迷う。いずれにせよ、両親の気持ち次第である。「的矢に於ける摘斎夫婦（㊟霞亭の両親）と碧山との議は、遂に霞亭をして神辺の聘《へい》に応ぜしむることに決し、次で碧山は此消息を齎して夕霏亭に来たであらう。此間の経過は文書の徴すべきものが無い」。

霞亭が廉塾の都講（塾頭）として神辺にとどまったのは、文化十年八月十五日だった。菅茶山は翌十一年五月、藩命により江戸に赴くことになった。茶山六十七歳、霞亭三十五歳である。茶山が神辺に帰り着いたのは、文化十二年三月二十九日だった。その間、霞亭は廉塾の留守を預かっていたのである。そして、霞亭は四月十九日、茶山の姪（茶山の甥万年の未亡人）敬《きょう》と結婚することになるのである。

霞亭の結婚については、（その六十八）（その六十九）に文化十一年二月二十日付の碧山宛の手紙が霞亭の心情を語っていて興味深い。茶山が霞亭を廉塾に繋ぎ止めるため自分の姪の配偶にしたき旨を門人の佐藤子文を使って的矢の親元へ相談させようとした。佐藤が言うには、霞亭は嫡子で、また平生の志気からして北条の氏を変えることは出来ないだろうと。それに対して、茶山が答えるには、学問所相続と配偶を致されれば、その義（改姓）は意に任せるということだった。以上の事情を佐藤から聞いた霞亭は「小生も甚当惑仕候」と書く。

霞亭がさらに書くところはこうである。自分一己の判断では出来ない、まず、両親の納得を得ねばならない。「小生心中にも改姓の事に候はゞとても承引出来がたく候」「学問のためには至極よろしかるべきと存候へども、先《まづ》自分の事はともあれ、御互に気遣仕候は御双親様（摘斎夫妻）の義に候」。霞亭は両親の意向に気を遣っているのである。

霞亭の的矢書牘を通じて言えることは、両親を始として弟や妹たちへの気遣いであろう。それと共に古里への思いである。「…とかく帰郷の念出候而時々惆悵《ちうちやう》（注悲しみに沈むこと）仕候」「…御双親御存生のながきを相楽み、古里にても或はいせにても又は京都にても、偶然と（㊟ひょっこりと）自由に往来いたし居可申やと段々思慮もいたし候事に候。…」と霞亭は書き送っている。

霞亭の結婚の話は茶山が江戸へ赴く前から出ていたわけだが、実際に婚姻が成ったのは、茶山帰郷後である。茶山帰郷の旅は文化十二年二月二十六日江戸出立、三月二十九日神辺帰着である。その年の三月五日付の霞亭の碧山宛手紙には次のように書かれている。「…（婚事は）いづれ菅翁帰後の事と申置候。御存之通、小生生来雲水杜多《づた》（㊟修業僧・頭陀）の境涯に罷り在候処、俄《にはか》に妻孥《さいど》の体《てい》（㊟妻子を持つこと）、且は官途に拘束せられ候事、我ながら不似合に被思候而《て》おかしく候。人倫名教、儒者第一の事に候へども、山水間憔悴風流難忘、今更心迷候。可成《なるべく》は一所不定の方快楽たるべく被存候。併是は一己之私の事、何分にも御双親様御安心の方に随ひ可申候。何を申も学業の為に候」（その七十八）。

郷里よりの返信は、「霞亭に勧《すす》むるに茶山の言《こと》に従ふべきを以てしたらしい」と鷗外は述べている。茶山帰郷後の四月十九日、霞亭と敬の婚姻は成った。このことは、霞亭が福山藩に仕官することにつながっていくのである。それは先のことにはなるのだが、三月五日付の手紙で「且は官途に拘束せられ候事、…」と霞亭が述べているように、予感されていたのかもしれない。

文化十三年（一八一六）、霞亭は三十七歳となった。この年は霞亭の父適斎の古稀の祝いのある年であった。それに先立ち、霞亭は二月朔日付弟碧山宛の書簡で父の古稀の宴席の準備の事を述べる。そして自らの身を省みて次のように述べる。「…菟角《とかく》小生等業《なりはひ》が少しも盛んなる事は無之、恥入候次第に御座候。それと申《まうす》も、我輩世人のいとなみを皆々脱却いたし、只閑居を愛し候崇《たたり》と奉存候。…」。自らの身はそうであっても、親に孝養を尽くすのをお互いの楽しみにしようと弟に書き送っているのである。鷗外はこの書簡の注釈として次のように述べている。「霞亭は父を寿《じゅ》せむと欲するに臨んで、自己の未だ名を揚げ家を興すに至らざるを嘆《たん》ずるのである」（その八十九）。

五月十九日、長女梅《うめ》が生まれた。七月、霞亭は父適斎の七十の賀筵に列するため、神辺から郷里的矢へ向かった。賀筵は閏八月十日に開かれた。霞亭は「家大人適斎先生七十寿宴、恭《つつし》みて賦《ふ》す」と題する五言六十六句の長編詩を詠んだ。そこにも自分の身が世に入れられず、郷里の人にも罵倒され、父母や弟妹に申し訳ない、というような内容が詠まれていた（『蘭軒』その百二十一）。霞亭が福山藩に仕官するのはそれから三年後の文政二年（一八一九）四月、霞亭四十歳の時だった。この時になって故郷の父母や弟妹に対して申し訳が立ったと言うべきだろうか？

（注１）鷗外の記述では三十四歳となっているが、『鷗外歴史文學集』第十巻（岩波書店、二〇〇〇年七月発行）の注では、「三十五歳が正しい」とされている。本稿第四章は、『鷗外歴史文學集』第十巻、十一巻（岩波書店、二〇〇一年十一月発行）の解題及び注釈を参考にした。

（注２）唐通事・劉大基のことは第三章第５節参照。

第2節　的矢書牘

『蘭軒』（その百六十二）に於いて鷗外は次のように述べる。「記《き》して此に至つた時、わたくしは的矢の北条氏所蔵の霞亭尺牘《せきどく》一匳《けふ》を借ることを得た。思ふにわたくしは今よりこれを撿《けん》して、他日幾多の訂正をしなくてはなるまい。…」。鷗外は『蘭軒』連載中に「北条霞亭」なる人物に逢着し、入手出来た限りの資料を駆使して霞亭に関する叙述を進めて来たのだが、ここに新たに的矢書簡一箱を借りて、詳しく正確な霞亭伝を試みることを予告する。

『蘭軒』（その百六十二）の新聞連載日は大正五年十二月十三日である。その日以前に的矢書牘を入手したわけだが、その入手の経路はどのようなものだったろうか。大正五年十一月二日付島田青峰宛書簡で、霞亭の弟碧山の直系の子孫北条新助のもとに「霞亭の手紙」が沢山所有されていたことを聞いた鷗外がその手紙の拝借を依頼しているのである。島田青峰は的矢出身の俳人で、北条新助とは従兄弟同士であったからである。十一月二十日付浜野知三郎宛書簡では、「拝啓霞亭書状大箱ニ一ツ到着イタシ殆材料ノ多キニ不堪候イカニ取扱フベキカ工夫中ニ候…」とある。十一月二十八日付島田青峰宛書簡では、「拝啓霞亭書状既ニ四五十通バカリモ年月日相定候只今ノ思案ニテハ『北条霞亭の手紙』ト題シテ筆ヲ起ス方可ナラント奉り存候…」。

鷗外は当初、「北条霞亭の手紙」と題して史伝作品を考えていたようだ。『抽斎』の連載が終わった後、鷗外は入手していた寿阿弥の手紙を材料に『寿阿弥の手紙』という作品を書いた経験がある。今回もそのようなことを考えていたのだろうか。大正六年八月二十三日付浜野知三郎宛書簡では、「…北条書状全部今夕アタリ一応読了ノ予定ニ有之候ドウモ又長ク書キ度相成候而《て》困候…」となっている。『抽斎』『蘭軒』に続く長編史伝の構想が出てきたわけである。そしていよいよ、大正六年十月二十九日、三十日、長編史伝作品『霞亭』の新聞連載が始まった。

『霞亭』（その二）では霞亭の著書の紹介とその刊本を貸与してくれた浜野氏（浜野知三郎）の名前が挙げられている。浜野知三郎は福山の出身の書誌学者で、『蘭軒』執筆中から鷗外に資料提供をしてきた人である。福山在住の郷土史家・福田禄太郎さんも『蘭軒』『霞亭』関連の資料提供者であった（その三）。『抽斎』の渋江保、『蘭軒』の子孫のように、『霞亭』制作に当たっての資料提供者の存在は見逃せない。そして今度は新たな資料「的矢書牘」二百余通がある。[註1]「此二百余通の書牘は、わたくしの新《あらた》に獲《え》た資料中 最《もつとも》大にして最《もつとも》有力なるものである」（その三）と鷗外は述べる。

『蘭軒』でも菅茶山の書簡を引用しながら叙述を進めた所があり、それは「貼り付け」（コラージュ）の手法であった。それと同様、『霞亭』の場合でも、的矢書牘を「貼り付け」の手

大正2年頃　鷗外51歳（岩波版『鷗外全集』第十一巻より）

法で引用しながら北条霞亭の生涯を鷗外は綴ったのだと理解される。

それにしても、霞亭の故郷に書簡二百余通がよくも残されていたものだと思う。霞亭は嫡男であったが、故郷の家業を継がず（廃嫡）、家を継いだ弟碧山の子孫がその書簡を保存していたわけである。霞亭は故郷の父母や弟碧山に手紙を書き送り、自分の学問や心境のこと、生活の有様などを報告し、両親や弟妹への気遣いを見せる。その書簡には或る種の熱意が感じられる。その熱意がその書簡を、霞亭死後九十年余の間、保存させていたのだと考えられる。霞亭は福山藩に仕官して四年後の文政六年（一八二三）八月十七日病死する。四十四歳であった。江戸に召されて福山藩の大目付格に出世して間もなくであった。まだこれから儒学者として活躍するであろう最中の病死であり、その意味では霞亭は悲運の人であった。その悲劇性が霞亭の遺した手紙を長く保存せしめたのであろう。

『蘭軒』では霞亭という人物を「一筋縄では行かぬ男であつた」と鷗外は評した。また、『霞亭』後半（霞亭生涯の末一年）では、次のように述べている。「霞亭はわたくしの初《はじめ》より伝をたてようとした人ではない。儒林に入るとしても、文苑に入るとしても、あまり高い位置をば占《し》め得ぬ人であらう。その代《かわり》には此人は文章も作れば、詩も作り、剰《あまつさ》へ歌をさへ詠む」。鷗外は初めの思い入れからすると、霞亭の人物像に裏切られたのだろうか？

批評家は霞亭の俗物性を指摘する。例えば石川淳は次のように述べている。「…霞亭という人間は俗情満満たる小人物である。学殖に支持され、恣態に扮飾されて、一見脱俗清高の人物かと誤認されるだけに、その俗物ぶりは陰にこもって悪質のものに属する。…」。

石川淳独特の断定的な言い回しになっているが、俗物云々は解釈次第である。的矢書牘を読むかぎり、私は霞亭の気持ちに同情の念を抱く。『霞亭』（その八）で、享和三年閏正月十六日付の母宛書簡を引用した鷗外は、「霞亭は大志ある人物であつた」との解釈を導いた。しかし、この手紙の眼目はむしろ、「…たゞ〳〵運をひらき候て、少々の禄をもらひ候はゞ父母様兄弟一所にくらし候はんと、それのみたのしみ申候」というところにあるのではないかと私は思う。霞亭は十八歳の時から故郷を出て各地を遊学してきた。それを故郷の両親は許してきた。父はそう裕福な家庭とは思われないなか、遊学資金を送り続けてきた。父適斎は息子の学問が成就することを願って支援してきたのである。霞亭はそれに応《こた》えなければならない。享和三年閏正月の母宛書簡は次のように続く。

「…此頃友達の松崎太蔵と申人二十人扶持に而《て》太田備中様へ御抱に相成候。無左《さなく》とも学問成就いたし、芸さへよろしく候はゞ、人のすて置申物には無之候。たゞ〳〵つとめが第一に候。御在所へかへり候てもよろしく候へども、御在所などにては所せん業は出来不申、かつ又無用之物になりしまひ候。其段いか計《ばかり》かなげかはしくぞんじ為参《まゐらせ》候。何分こゝろざし候事故、金石《きんせき》をちかひ修業こゝろがけ申候」。

松崎太蔵は松崎慊堂のことで、儒学者であり、当時、狩谷棭斎と並ぶ考証学者であった。慊堂は霞亭より九歳年長の友人である。松崎慊堂の例を引いて母親を安心させようとの霞亭の心遣いが読み取れる手紙であろう。「金石をちかひ修業こゝろがけ申候」とは、〈堅く心に誓い申し上げます〉の意味である。

霞亭の手紙には、学問とか修業という言葉が頻出する。それだけ学問に励まなければならないのだろう。何のためか。それは儒官として仕官するためとひとまず、理解できるだろう。

そしてそれは何のためか。故郷の両親を安心させるため、両親の期待に応えるため、両親に孝養を尽くすため、弟妹を援助していくため、という具合に霞亭の手紙は述べているのである。それを俗物根性とするか、自然の人間の情愛と理解するかは解釈次第である。

江戸幕府時代は、幕府の学問所を始め、各藩ではいわゆる儒学者を文学（儒官）として召し抱えていた。私塾を開いて多くの門人に教授していた儒学者もいた。儒学者とは何か、今日の私たちの眼からは縁遠い存在になってしまったようである。霞亭の学問も儒学であった。儒学とは中国伝来の古典に由来する学問と言えようか。

西洋にはフィロソフィア（哲学）という学問があった。それは西洋（ヨーロッパ）のサイエンス（科学）の源にもなった学問と私は思う。プラトン、アリストテレスの古代ギリシアの哲学者は置くとして、デカルト（一五九六～一六五〇）以降の近世の哲学者たちの名前を列挙してみよう。それは江戸幕府時代の儒学者たちと時代が共通しているからだ。デカルト、スピノザ、ライプニッツは大陸合理論、ロック、ヒュームはイギリス経験論、そしてカントに統合され、ヘーゲルに至るドイツ観念論（理想主義）哲学へと続く。これら西洋の哲学者たちと日本の儒学者たちとはどう違うのか。

和辻哲郎（一八八九～一九六〇）は西洋哲学、倫理思想の研究者であるが、終戦末期から戦後にかけて研究発表してきた論考を、昭和二十五年四月、単行本『鎖国』と題して刊行した。その本には「日本の悲劇」という大仰な副題がついていた。和辻のこの本は南蛮人来航からキリスト教の布教と禁教、そして鎖国に至る歴史を述べた書であるが、「序説」の部分の叙述が反響を呼んだ。

「序説」の冒頭の文はこうである。「太平洋戦争の敗北によって日本民族は実に情ない姿をさらけ出した」。そして次のような叙述が続く。「…その欠点は一口にいえば科学的精神の欠如であろう。合理的な思索を蔑視して偏狭な狂信に動いた人々が、日本民族を現在の悲境に導き入れた。が、そういうことの起こり得た背後には、直観的な事実にのみ信頼を置き、推理力による把握を重んじないという民族の性向が控えている。…」「ところでこの欠点は、一朝一夕にして成り立ったものではない。近世の初めに新しい科学が発展し始めて以来、欧米人は三百年の歳月を費やしてこの科学の精神を生活のすみずみまで浸透させていった。しかるに日本民族は、この発展が始まった途端に国を鎖し、その後二百五十年の間、国家の権力をもってこの近世の精神の影響を遮断した。これは非常な相違である」（和辻著『鎖国』の引用は岩波文庫本に拠る）。

「鎖国」が「日本の悲劇」であったかどうか、歴史家の異論があった。むしろそれは「日本の泰平」であったという意見もある。(注2) 所謂「鎖国」はキリスト教禁止のためのものであったが、西洋の学術方面が全く鎖されていたかというとそうでもない。蘭学経由でそれは入ってきているし、漢学書でも西洋事情は入っている。和辻の本では、明治以降の西洋文化の影響（近代化）の叙述が欠如しているのも問題である。明治以降の性急な近代化が日本の軍国主義の源であったとも考えられるのに。

和辻の叙述の根本は、西洋にはフィロソフィアやサイエンスにあった「合理的な思索」や「科学的精神」が日本や東洋の思想には欠けていたということだろう。では、江戸幕府時代、数多《あまた》の儒者がいた、その人たちにはどのような存在意義があったのだろうか。その研究のためには個々の儒者について調べる必要があるだろう。鷗外の史伝作品だけでも多くの儒者が登場する。渋江抽斎や伊沢蘭軒は漢方医が本職だったが、儒者でもあった。儒者、あるいは儒学者と言ってもよいが、漢学書を読む学者であった。渋江抽斎は演劇などにも詳しい多趣味の人で、学者といってもその全体はなかなか捉え難い。伊沢蘭軒は本草学に精しく、漢詩を詠む人だった。儒者も多様である。

北条霞亭はどうか。志摩国的矢の儒医の家に生まれたが、医者にならず儒者を目指した。江戸では亀田鵬斎にその学力を認められ、備後国神辺の菅茶山には「此人よくよみ候」と言われた。漢籍を良く読み、また自分の学問体系も備えていたのだろう。霞亭の著書は漢文書、及び漢詩集である。当時の学術書は漢文で言い表される。的矢書牘に残された霞亭の手紙は「候文」の和文である。そこにも霞亭の学問や思想を窺うことが出来るかもしれないが、基本的には漢文で表現された中から霞亭の学問を探っていくしかない。漢籍に疎くなっている現代の人には難儀な作業かもしれない。

西洋の学術用語はラテン語であった。私はオランダの哲学者スピノザ（一六三二～一六七七）のことを考える。日本の年代では江戸時代前半の人である。スピノザはオランダ在住であったが、話す言葉はポルトガル語であった。彼の主著『エチカ』（倫理学）はラテン語で書かれている。『エチカ』はスピノザの哲学体系を叙述している。北条霞亭の話す言葉や手紙の文章は日本語であったが、刊行された著書は漢文で書かれている。その漢文の著書から霞亭の学問や思想体系を探っていけるのか、どうか？

『霞亭』（その一）に於いて鷗外は次のように述べる。「霞亭の事蹟は頼山陽の墓碣銘に由って知られてゐる。文中わたくしに興味を覚えしめたのは、主として霞亭の嵯峨生活である。霞亭は学成りて未だ仕えざる三十二歳の時、弟碧山一人を挈して嵯峨に棲み、其状隠逸伝中の人に似てゐた」。霞亭はどうしてこういうことができたのかと鷗外は問う。山陽は中条山に隠れた唐の陽城の為人《ひととなり》を慕っての事だろうと推測するが、霞亭の口から聞いたことはないと記す。

文化五年（一八〇八）二十九歳の時から文化八年三十二歳の時まで、霞亭は伊勢山田の林崎書院長の職にあり、書籍目録の作成や教授の仕事で多忙をきわめた。その間の霞亭の心境は的矢書牘の中にも記されている。文化七年四月二十八日付の父適斎に宛てた霞亭の書簡には、「…私方も日々会集御座候。迷惑なる事に而、私は断申度候得共夫なりに、さわがしく候而こまり入候、…」とある。文化七年六月二十日付の弟碧山に宛てた手紙では林崎を撤退する旨を書き送っている。『霞亭』（その三十四）のには「霞亭は将に林崎を去らむとする時、校讎抄写のため忙殺せられた」と記されている。霞亭は林崎から一時帰郷し、また林崎に帰っている。この年、霞亭は八月九日、江戸に着き、九月十四日江戸を発し、木曽街道を経て京都に至り、年末に林崎に帰っている。林崎書院に籍をおいたままの旅であったのだろうか。霞亭は学問修業に励む一方でこのような放浪じみた生活を好むところがあった。一筋縄ではいかない、複雑なところがあったのである。

最終的に林崎書院を辞任し、伊勢山田を発したのは、文化八年（一八一一）二月六日だった（その四十四）。弟碧山（十七歳）が同行していた。弟は嵯峨で同居するわけだが、京都の医家・吉益南涯に従学するためでもあった。嵯峨生活に入ってからの霞亭の父適斎宛の書簡を引用する。「…すべて一面竹林に而、竹をへだて候而桂川の水声よくきこへ候」「…心おもしろく読書修業出来可申候。なじみ候程至極住みよき処に被思候」（以上、二月三十日付）。三月の末と推定される書簡（その四十五）では、「段々居馴染候が、ますます清閑に而甚おもしろく罷在候。処がらと申、閑静に候故、著述事等も甚だ埒明候やうに覚え候」とある。

鷗外は『霞亭』の冒頭、霞亭の嵯峨生活を「彼《かの》霞亭は何者ぞ。敢《あへ》てこれを為《な》した。霞亭は奈何《いか》にしてこれを能《よ》くしたのであらうか。是《これ》がわたくしの曾《かつ》て提起した問《とひ》である」と述べていた。その答えは意外と簡単かもしれない。霞亭が嵯峨生活に入ったのは、林崎書院での事務的な多忙を逃れて、学問や著述に専念しようという思いがあったのではないか。また、それと同時に風流の境地を楽しんでみたいという気持もあったのではないか。ある意味それは霞亭の我儘《わがまま》かもしれない。嵯峨生活を材料として漢詩集『嵯峨樵歌』を作成し、菅茶山に認められ、廉塾に招かれ、福山藩の儒官となった、そこに霞亭の俗物根性を見る解釈も可能であろう。しかしまた、そのような我儘を許してくれた両親への感謝の気持ちが霞亭の心の中では大きかったことも忘れてはならない。

文政元年（一八一八）六月十一日、霞亭の長女梅が疫痢《えきり》で亡くなった。文政元年七月六日付の碧山宛霞亭の手紙には、痢病流行とそのため三歳の幼女梅が死去したこと、霞亭自身も病んだが、快方したことなどが報告されている。梅の死については、「…終に六月十一日午時はかなく相成申候。大分愛嬌らしくなり、物などもいひ候処、可憐事いたし候。…」と述べられている（その百十五）。鷗外の史伝作品では幼児の死去の記述が多く見られる。流行病で急死する人も多かった。渋江抽斎はコレラで死に、伊沢蘭軒も急劇の熱病によって死去したという（『蘭軒』その百八十七）。また、疱瘡で死ぬ幼児の記述も見られる。死は免れても、疱瘡で顔貌を破られた人の記述もある。鷗外も述べているように当時疱瘡は恐るべき病であった。

文政元年十一月二日付の碧山宛霞亭の手紙には、十月の次女虎《とら》が生まれたことが報告されている。戊寅《つちのえとら》の年の生れ故の名かと鷗外は推測している。この年、六月に長女が死に、十月に次女が生まれたのである。次女虎は、父霞亭死後の一年後の文政七年八月三日、流行痢疾にて死去した。数え年七歳であった。

文政二年四月十七日、霞亭は福山藩に仕官することになった。鷗外は「解褐《かいかつ》」という難しい漢語を使っている。それは「仕官すること」を意味する。「褐」は漢和辞典によると、「身分の低い人が着るそまつな着物」のことで、いわばそれを脱いで晴れ着を着ることになろうか。霞亭にとって晴れがましいことではあった。五月二日の日付（実は閏四月二日）の碧山宛の書簡にその仕官のことが述べられている。その文面を引用するとこうである（その百二十二）。

「…先月十七日（四月十七日）御用書到来、私へ別段五人扶持被仰付、時々は弘道館と中学校へ罷出、講釈等世話いたし候様被命候。…」「私心中には甚迷惑にもぞんじ候得共、表向御用に而被仰付候故、只今のふり合御断も申出がたく候。…」「塾と両方に相成候故、只今よりは又々世話しく相成候而、自分の事出来兼候。それがつらく候。…」。

石川淳の評言によると、「…福山藩の文学の地位に納まって、迷惑そうにもじもじしながら、じつは得意の様子が見える」となるのだが、霞亭としては、得意の気持ちを抑えながらの手紙だったのだろう。十八歳の時、故郷を出て以来、各地を遊学放浪してやっと仕官が出来たのである。学問修業が公に認められた。これで、両親をはじめとして古里の人々への申し訳が立った、という気持を抱くのは当然である。享和三年、二十四歳の時の母宛書簡で「いづれ今暫《いましばらく》三十ぢかくもなり候はゞ、ずいぶん出来候やうに相見え候」と書き送った霞亭であったが、仕官できたこの時、四十歳になっていた。

文政四年（一八二一）、四十二歳の霞亭は四月十三日に藩主より江戸に召命を受けた。四月十八日付の弟碧山宛手紙は、そのことに関しての内容である。「…十三日江戸屋敷より御用に付出府仕候様被仰付候。難有仕合と翌十四日城中に罷出御受申上候。成程栄幸之儀とも存候得共、爰《ここ》十二三年来閑放之癖有之、一図に勤仕筋の儀きらひになり居候故、甚迷惑にも被存候故、内々当役の者にへも御辞退申上候儀願出候得共、已に公命なれば、何分にも一旦は出府いたし不申候はねば（申さずては）叶不申、…」（その百四十）。

四月二十二日付の手紙も同様である。江戸行きがどのようなことになるのか、まだわからない状況ではあるが、霞亭としては、辞退云々と言いながらも光栄に思っているのである。道中の途中で「関宿《せきじゅく》（㊟伊勢別街道の要所）あたり迄」おいで下されば、と再度言っているのは、自分の晴れ姿を肉親に見てもらいたい気持ちからであろうか。

霞亭は五月十一日、神辺を出立し、六月二日、江戸に着いた。江戸本郷丸山阿部屋敷に滞留している間、六月十三日、霞亭は大目付格儒官兼奥詰を命ぜられ、三十人扶持を与えられ、「御前講釈」（主君への講義をすること）に従事することになった。藩主・阿部正精公に特に目をかけられての出世であった。霞亭は六月十五日、このことを茶山と碧山に報告した。

後者は的矢書牘の中にあり、鷗外はその全文を引用する（その百四十三）。その中で、菅茶山翁とも比べても、かなりの待遇に感激していることが綴られている。福山藩の儒官の中でも大目付以上は自分のみであると述べる。「…何分此度は御上之御主意有之、家中一統の風俗を正し、学問と政事と相通じ候様との御主意の由、（太田又太郎伝宣）誠に難有思召に御座候。…」「在番なれば来年此頃迄の滞留に候。万一定府（注江戸詰）被仰付候はゞ、故郷父母帰省の義は別格にをり〳〵御許容被下度と願ひ候つもりに候。其儀はうすうす相含申出候。是は定府になり候時の事にて、今より申すべき事にも無之候。…」「家中一統の風俗を正し、学問と政事と相通じ候様との御主意の由」との殿様の意向を霞亭は有難く、重く見ているのである。定府はまだ決まっていないのだが、霞亭の予想通り、定府儒官に任命され、妻子を神辺から呼び寄せることになる。

文政四年（一八二一）、的矢の家督を継いでいた弟碧山は二十七歳。文政二年九月には妻を娶り、的矢の家業を守っていたのであろう。父適斎が高齢になっているので、この頃の郷里への書簡は弟碧山宛になっている。しかし、江戸への召命と、江戸滞留中、及び大目付格拝命などの報告の手紙には、「乍筆末双親様へ可然被仰上可被下候」「乍憚尊親様へ可然被仰上可被下候」「両尊様へ被仰上可被下候」という文言を付け加えて両親への報告を依頼しているのである。霞亭にとって仕官及び儒官としての出世は、面倒をかけて来た両親への恩返しと孝養の意味を持っていたのである。

「霞亭は新《あらた》に命を受けて、朋友知人のこれを祝賀するものが少《すくな》くなかつたであらう」と鷗外は記す（その百四十三）。その一例として亀田鵬斎の手紙を引用する。「…殊に三十口（注三十人扶持）之月俸被下置候事、実に結構なる事無窮《きはまりなく》存候。定而嘸《さだめてさぞ》や志州之御両人（適斎夫妻）にも、生前之面目を開《ひらく》とて感涙（御流し）可被成事と奉察候。…」。霞亭二十二歳の江戸遊学の折より知遇を得た儒者亀田鵬斎は、霞亭とその両親の気持ちをよく知っての文面であった。

文政四年八月八日、霞亭は「江戸表引越」の命を受けた。八月二十三日に「妻子召致之為福山に赴く旨」

を命ぜられた。八月二十五日、江戸を出立し、途中、伊勢と的矢に立ち寄り、九月二十三日、福山に到着。十月五日、妻子を連れて江戸へ向かった。途中、十月十七日、関宿で母縫と弟碧山と出会い、母と弟は桑名まで同行して見送った。母と弟は霞亭の妻敬と娘虎と会うのは初めてだった。十一月十三日、霞亭とその妻子は無事、江戸の藩邸（本郷丸山阿部家中屋敷）に到着した。

文政五年六月晦日、霞亭一家は阿部屋敷内に建てた新居（嚢里《のうり》の家）に移り住んだ（その百五十八）。七月二十五日、田内月堂が霞亭に手紙を送った。田内月堂（霞亭より四歳年少）は松平定信の側近で、茶山や霞亭と交わった人である。この手紙を鷗外は浜野知三郎に借りて引用する。月堂は楽翁侯（松平定信）の命で、築地園恍然島のために霞亭の詩を求めたのである。「此書を得た時、霞亭は既に脚気を病んでゐた。そして其病は遂に癒えなかつた。わたくしは翌日岡本花亭の茶山に与へた書に由つてこれを証することが出来る」と鷗外は記す。岡本花亭（霞亭より十三歳年長）は五百石の旗本で漢詩人。後に天保十三年勘定奉行も経験している。岡本花亭の手紙の文面に「…乍去御御脚疾に而御引籠の由、御困可被成、折角御保養奉祈候」とあるので、鷗外は「既に脚気を病んでゐた」と判断しているのである。しかし、鷗外は後になって、霞亭の死因は脚気か萎縮腎かと問題にする。

文政五年九月、霞亭は隣りの家に住む伊沢蘭軒に乞うて梧桐と芭蕉を移し植えた。「小学纂註」の校刻が成ったのもこの月である。『霞亭』は（その百六十四）で中断した。その叙述は文政五年九月二十六日付の和気柳斎の書簡の引用で終わっている。和気柳斎は霞亭より三歳年長の儒学者。寛政五年築地で私塾を開き、弘化二年まで塾生千五百人を輩出したという。霞亭のこの頃の江戸での交友は田内月堂、岡本花亭、和気柳斎といった人々であった。霞亭は文政六年八月十七日、死去する。死去まであと十一カ月の叙述は「霞亭生涯の末一年」に持ち越されることになる。

（註１）今日確認できる書簡の数は百九十二通（尾方仂「史料目録」）であるという。

（註２）岩波文庫『鎖国』（下）解説三一九頁参照。

第3節　霞亭生涯の末一年

『霞亭』の新聞連載が始まったのは、大正六年十月二十九日であった。しかし、その新聞連載は大正六年十二月二十六日の「その五十七」までで打ち切られてしまう。同年十二月二十五日付で、鷗外は宮内省帝室博物館総長兼図書頭に就任したので、「日刊新聞に物書《ものか》くに便悪《びんあ》しくたつてしまつた」（『霞亭生涯の末一年』その一）と鷗外は述べている。鷗外の長編史伝作品は漢学の素養がないと、読み難い作品なので、販売店には新聞読者の苦情が舞い込んでいた。そういう事情を察して、鷗外は連載の方法を変えたのかもしれない（註1）。

「霞亭伝」はまだ文化八年、霞亭三十二歳の時までしか叙述は進んでいなかった。次に鷗外が『霞亭』の続稿を掲載した雑誌は『帝国文学』だった。『霞亭』の続稿は大正七年二月一日発行『帝国文学』第24巻第2号に「その五十八」から始められた。『帝国文学』は月刊誌であったが、新聞連載と同じような形で、まとめて載せられていた。しかし、その『帝国文学』も大正九年一月を以て休刊となった。鷗外の「霞亭伝」はまた中断せざるを得なかったのである。

「霞亭伝」が次に続けられたのは歌誌『アララギ』に於いてであった。その際、鷗外は『霞亭生涯末一年』と表題を変えているが、「霞亭伝」の続稿であることには変わりはない。本稿ではそれも含めて『北条霞亭』論として扱うことにしたい。『アララギ』は月刊誌で、大正九年十月一日発行の第13巻第10号に、『末一年』（略称）の（その一）（その二）が掲載され、以後、（その十七）まで、大正十年十一月一日発行『アララギ』第14巻第11号の掲載を以て終結したのである。

『霞亭』の新聞連載が始まって足かけ五年かけて、途中の中断があったにもかかわらず、「霞亭」伝は完結した。そこに、鷗外の執念を見る思いがする。鷗外の長編史伝三部作『抽斎』『蘭軒』『霞亭』の中では、『霞亭』は作品の量としては、『抽斎』よりは長く、『蘭軒』よりは短い。作品の優劣及び評価はさまざまであろう。『霞亭』に於いて、鷗外は最初の意気込みからすると、その主人公の人物像に裏切られたとする批評もある。その批評は『末一年』の鷗外の叙述からする影響が大きいのではないか。

『末一年』（その一）に次のような叙述が見られる。「…霞亭はわたくしの初《はじめ》より伝をたてようとした人ではない。儒林に入るとしても、文苑に入るにしても、あまり高い位置をば占め得ぬ人であらう。…」。「儒林」とはこの場合、儒者たちである。あるいはもっと広く言えば、学者ということになろうか。『末一年』冒頭の記述には、「…此《この》狩谷棭斎一派の学者の事蹟を隠滅《いんめつ》せしめぬやうにしたいと思ひ立つたのが、わたくしの官を罷《や》めた時の事であつた」とある。「官を罷めた時」とは、大正五年四月十三日陸軍省を退官した時である。『抽斎』執筆中だった。渋江抽斎との出会いをきっかけとして、『抽斎』を書き、『蘭軒』を書きしていくうちに、鷗外は狩谷棭斎や松崎慊堂などの

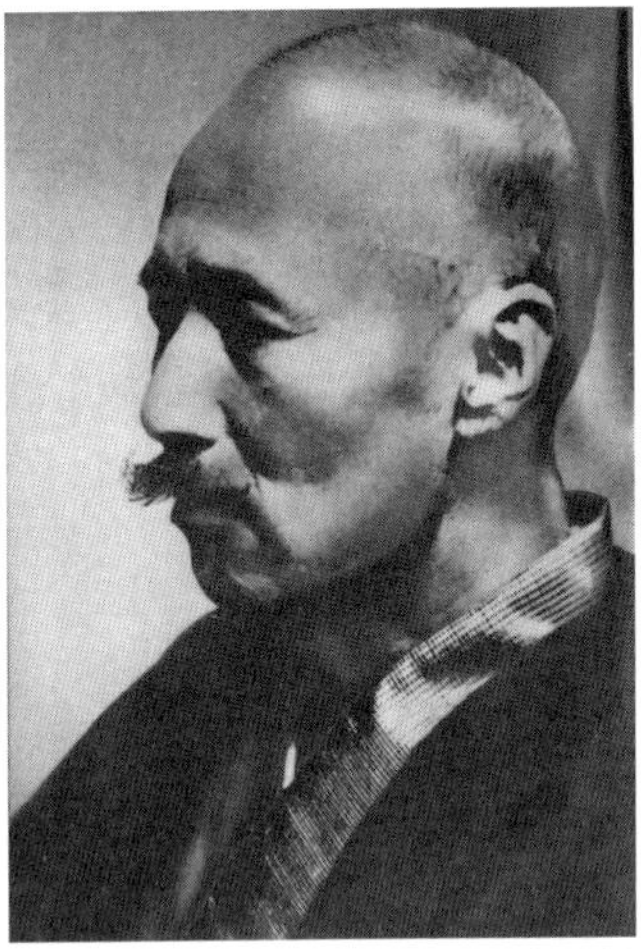
大正６年９月撮影　鷗外55歳（『新潮日本文学アルバム森鷗外』より）

考証学者に関心を抱いた。狩谷や松崎は考証学者、書誌学者に分類されるかもしれないが、儒者、あるいは学者であろう。鷗外の先ほどの言葉では「儒林」に入る人である。狩谷や松崎は著名な学者であった。伊沢蘭軒は漢方医であったが、儒学者であり考証学者であった。この人は狩谷や松崎に比べると無名の人である。無名の人の足跡を書き上げたことで、鷗外はある種の自信を得た。『霞亭』を書き始める前の大正六年十月、考証学者小嶋宝素の伝記（『小嶋宝素』）を書いた。狩谷や松崎については知られているので、「後廻しにした」（『末一年』その一）と鷗外は述べるが、特に書く意欲はなかったのだろう。森枳園は『抽斎』の中で述べた。『蘭軒』執筆中に逢着した北条霞亭は亀田鵬斎や菅茶山に認められた儒学者であり、多大な資料の提供も受けた。鷗外は「霞亭伝」執筆の意欲を駆り立てられた。

『霞亭』（その三）に於いて、鷗外は次のように述べた。「…幸《さいわひ》なるは霞亭の生涯に多少の波瀾があつて、縦《たと》ひいかなる省筆を用ゐて記述せむも、彼蔵儲家《かのざうしょか》校讎家《かうしうか》として幕医の家に生没した小嶋宝素の事蹟の如く荒涼落莫なる虞《おそれ》の無い事である」。「多少の波瀾」どころか、霞亭は一筋縄ではいかない、複雑な性格行動の人だった。その生涯が落ち着いたのは、廉塾の都講となり、結婚して、福山藩に仕官してからであった。『霞亭』（百四十七）に於いて、霞亭の出世を評した頼山陽の茶山宛手紙の一節に「尚々北条先生なにやら昇進とか、江戸詰は逢旧友《きういうにあふ》とて可面白《おもしろかるべく》候へども、山野放浪之性、侍講などは大困《おほこまり》と奉存候。可憐《あはれむべし》々々」（『霞亭』百四十七）とあるように、「山野放浪之性」もあった人である。各地への遊学放浪のことを山陽は皮肉まじりに言っているのであろう。

文政二年、四十歳で福山藩に仕官して以後の霞亭は、それまでの遊学放浪や学問修業の経験を生かして学者として大成したかも知れない。文政六年、四十四歳での死去は悲運であり、未完の人だった。鷗外が「儒林に入るとしても、文苑に入るとしても、あまり高い位置をば占め得ぬ人であらう」と記しているのは、早計ではなかったかと私は思う。

『末一年』の中で注意を惹《ひ》くのは、霞亭を死に至らしめた病状の叙述である。大正五年十月十七日掲載の『蘭軒』（その百三十七）に於いても、霞亭の死因については述べられていた。「わたくしは霞亭に痼疾《こしつ》のあつたことを聞かない。其死を致した病《やまひ》は恐《おそら》くは急劇の症であつただらう。わたくしは唯《たゞ》霞亭が酒を嗜《たしな》んだことを知つてゐる。酒を嗜むものは病に抗する力を殺がれてゐるものである。急病に於《おい》て殊にさうである」。この段階では、鷗外は的矢書牘その他の資料を得ていないが、多くの資料がそろった大正九年十月以降の連載である『末一年』では、脚気か萎縮腎かで論述がなされている。

『霞亭』（その百五十九）の叙述では、「…此書を得た時（注文政五年七月二十五日）、霞亭は既に脚気を病んでゐた。そして其病は遂に癒えなかつた」とあるので、霞亭は死去の一年以前から病に苦しんでいた。その病は一進一退の様相を呈していたようだ。文政五年十月二十三日、岡本花亭の霞亭宛書簡には「…御痰喘《たんぜん》のよし、御加養奉祈候。痰は若《もしく》は酒祟にはあらず候や。節飲湯薬にまさるべくや。…」（『末一年』その二）とある。同年十二月二日の霞亭宛岡本花亭書簡には、「…御痰喘は既に御清快に候や、…」（『末一年』その四）とあり、鷗外は「霞亭の痰喘は或は脚気とは別であらうか」と注釈を付けている、同年十二月二十八日の霞亭宛和気柳斎書簡にも「…御喘気如何被為在候哉相伺度候」とあり、鷗外は「柳斎はやはり霞亭の脚気を言はずして其喘息を言つてゐる」とコメントしている。

　文政六年（一八二三）正月、「霞亭は病を抱いて歳を迎へた。病は脚気と痰喘《たんぜん》とである。わたくしは初め痰喘の一時の気管枝病なるべきを推測した。しかしその余りに久しく痊《い》えざるを見れば、わたくしは疑《うたがひ》を生ずる。霞亭は或《あるひ》は萎縮腎などに罹《か》かつてゐたので、脚腫も脚気に由《よ》つて発したのではなかつたかも知れない」（『末一年』その五）と、鷗外は脚気病因説に疑問を述べる。正月二十五日付の霞亭の碧山宛書簡には、「…私少々痰喘に而《て》引込摂養いたし候。追々暖気になり候故か、先《まづ》は快く覚え候。御案じ被下間敷候。…」とある。この箇所の解釈として、鷗外は次のように述べる。「霞亭は己の病を痰喘と称してゐる。そして麦飯を常食として酒を絶つてゐる。推するに喘息と脚腫と並び存してゐて、主に喘息のために苦《くるし》んだものか。前にも記した如く、気管枝の徴候が此の如く久しく去らぬのは、或は脚腫が脚気ではなく、萎縮腎などのために起こつた水腫であつたのではなからうか。若《も》し然らば医療の功を奏せなかつたのも、復《また》怪むに足らぬであらう」。鷗外は脚気説よりは萎縮腎説に傾いているようである。

　三月二十五日付の霞亭の碧山宛手紙には、「…私病気も追々快く候。緩症故、始終同じ調子故、急に復しがたく候。二三の医人に相談いたし候。只今伊沢辞安と中藩医の薬用ひ居候。…」とあり、伊沢蘭軒の診察を受けていたことがわかる。霞亭は弟に心配をかけないつもりか、「私病気も追々快く候」と書き送っているが、正月来引き籠りで、歩行にも難儀しているらしいことも窺えるのである。同じ手紙の文面に、「明春は何卒一寸《なにとぞちよつと》帰省仕度候」とある。これに関して、鷗外は「書中の事で最も気の毒とすべきは、霞亭が明年帰省せむとしてゐることである。余命は既にいくばくもないことを知らずに、渠《かれ》は望《のぞみ》を明年に繋《つな》いでゐた」とコメントする（『末一年』その七）。

文政六年五月、三通の書簡が遺されている。霞亭の碧山宛、山口凹巷の霞亭宛、山口甚平の霞亭宛、である。これらの書簡の引用に先立って鷗外は次のように述べる。「…其情況はどんなものであるか。約して言へば、霞亭の病は著るしく変じたとはおもはれない。しかし既に久しく病勢が一進一退してゐるので、霞亭の自ら憂ふることも漸《やうや》く切《せつ》になり、霞亭の親戚朋友もその久しきに亘《わた》るを見て漸くこれを重視するに至つたらしい。霞亭の一書も、両山口の二書も斉《ひと》しく此情況の下に書かれたものである」（その九）。

五月廿日付の霞亭の碧山宛手紙は長文である。医師数人に診察を受けたことなどが述べられている。特に安芸広島藩医・恵美《えみ》三圭（三世三白）は脚気診療の名医であった。恵美は霞亭の病を脚気と診断した。塩ものを絶ち、赤小豆と大麦を食料とし、米をたつ、という食事療法を行った。「…赤小豆、大麦計《ばかり》、初《はじめ》はつらく候へども、此頃にてはなれ候て、随分甘《うま》く喫申候。二椀半位宛たべ申候。此様子なれば無程《むどなく》全復可仕候へども、先《まづ》用心の為、当年は已《すで》に半年病気引込故、炎書中は静養可致奉存候。…」とある。鷗外はこの件に関しても、「わたくしは上《かみ》（㊟その五）に霞亭の病は萎縮腎ではなからうかと言ふ疑問を提起したが、説いて此《こゝ》に至つても、此《この》疑問を撤回する必要を見ない。…」（その十）と述べる。

（その十二）に於いて、五月二十一日付の山口凹巷の霞亭宛書簡が全文引用される。「是は霞亭の病が久しきを経るために、知友の間に種々に評議せられた一端を見るべき書である」と鷗外は述べる。その手紙の中で、凹巷は門下生で医家であった文亮《ぶんすけ》（東夢亭《とうむてい》）の医按（診断、見立て）のことを述べる。文亮の医按というのは、凹巷の女婿で霞亭の末弟であった山口甚平の家で凹巷が見せてもらった脚気の診断書である。甚平の霞亭宛手紙は五月二十一日付で凹巷の手紙に同封されていたようだ。甚平は五月一日付の実兄霞亭からの手紙を読み、医家である文亮に相談した。この間の事情は、甚平の手紙には次のように書かれている。「…然者《しかれば》御病気已《すで》に御復常と奉存候処、于今《いまに》御勝れ不被遊候よし、甚案じ居り申候。御申越被下候御病症早速文亮子へ相尋しばらくして接対（㊟対面）候処、御申越之趣に而者《ては》脾胃虚《ひゐきょ》（㊟胃弱）にては有之間敷、脚気緩症と被存候様被申候。其明日《そのあくるひ》此尺牘（㊟医按）被贈万一之利益にも相成候哉、早々此様子可申上様申来り候。…」。弟は兄の病状を心配して、医師の文亮に尋ねたところ、文亮は医按を送ってくれたのである。その診断によると、脚気緩症とのこと、この後の文で文亮は江戸市中の医者の名を挙げていたようだ。

（その十二）末で、鷗外は、「癸未《きび》（㊟文政六年）六月に入つた頃には、霞亭の病はあまり険悪ではなかつたらしい。わたくしは六月朔に霞亭の作つた三通の尺牘が存してゐるから此《かく》の如くに云ふのである」と述べ、（その十三）で三通の手紙を紹介する。二通は碧山宛であり、一通は茶山宛である。病状については、「賤症《せんしょう》（㊟自分の病気の謙称）も段々順適いたし候。併薬用保養はいたし候。薬はやはり恵美に候。…」「五月朔恵美三白見舞被下（中略）水気段々とれ、心下の痞《つかえ》も追々退き候。乍憚《はばかりながら》御安意可被下候。（中略）昨日は肩《けん》輿《よ》にて霞関へ参候。格別動気も無之、先《まづ》をり合（㊟落着き）申候。…」と記されている。霞関を鷗外は阿部家の上屋敷と理解しているが、ここでは、恵美三白の居住した広島藩邸に赴いたのである。ともあれ、五月二十九日、駒込の嚢里の家から霞関へ駕籠で往ったことにより、「久病の霞亭が癸未が当時小康を得てゐた確証である」と述べる。

しかし、「此後《こののち》未だ幾《いくばく》ならざるに、霞亭の二弟立敬、良助は突然江戸に来て伯兄の病床の前に拝伏した」

と鷗外は記す。立敬は北条家を継いだ碧山、良助は谷岡氏の養子となった次の弟である。二人の弟は兄の病状を心配して、はるばる故郷の的矢から江戸に駆け付けてきたのである。二弟はいつ的矢を発したか、いつ江戸に着いたか、鷗外は考証を試みる。六月十六日に二弟は既に江戸にいた、そして江戸を発したのが十九日か二十日頃であることは、六月十六日付高林郡右衛門から霞亭宛返信書簡から推測されることだった。霞亭は二弟のために高林に帰途の通行手形を依頼して、高林から承諾の返事がきたのである。歳寒堂遺稿の詩集の末に「立敬良助二弟来訪、臨帰賦贈」と題した五言古詩があり、「相見る、数晨夕、明朝、将に却回せんとす」の句があり、鷗外は「二弟は僅かに十五若しくは十六日より十八若しくは十九日に至る三日乃至五日の逗留をなしたに過ぎぬかも知れない」と判断する。

（その十四）で、鷗外は先に挙げた五言古詩の要を抄記している。それは痛ましい内容である。それを一部、書き下し文で示すとこうである。「一たび病みてより春夏に渉《わた》り、医薬、寸効無し。微命、惜しむに足らざるも、親に先んずるは実に不孝なり。…」「…毎《つね》に家書を脩めんと欲するも、紙を展《の》ぶれば屢《しば》しば筆を停《とど》む。告げざれば不情に類し、告ぐれば則ち遠恤《ゑんじゆつ》を労す。遂に其の梗概を書し、弟に因りて小異を知らしむ。…」。「遠恤を労す」とは、「遠くの両親に心配をかける」の意味である。鷗外は「己の病の日ならずして治《ち》すべきを信じ、二弟に速《すみやか》に帰らむことを勧めた」と書いているが、古詩の内容からは、長引く病のため、霞亭は死をも予感したような気配も感じられるのだが、どうだろうか。

七月三日、二弟は伊勢の山田に着いた。志摩の的矢に帰り着いたわけではないが、故郷の地は近い。そこから二弟は兄に手紙を送った。その手紙を七月十一日、霞亭が受け取ったことは、八月二日付碧山宛霞亭の手紙に記されている。その手紙の中でも、霞亭自身の体調に触れた箇所がある。「…其後は先《ま》段《づ》々快方に候。心下も追々さばけ、腹の筋もずつと引込申候。気力精神は常の如くに候。ただ膝腰の軟弱にこまり候。これは脚気のもち前の症と見え候。復後の用心等御心付次第被仰可被下候。いまだ米塩肉たち居候。とても事に四五日に而百日故、たち可申候。復後補養にそろそろかかり可申候。…」。霞亭は自らの病を脚気と断言しているのだが、鷗外は脚気病因を認めようとしないようである。

この手紙についての鷗外の叙述は次の如くである。「…霞亭は此に至つて始めて下肢の徴候に言及してゐて、そして其言《そのこと》が遽《にはか》に見れば病の脚気たるを証するものの如くである。しかし是は必ずしもさうではない。霞亭は久しく病んだ後に、峻烈な食餌療法を行つてゐる。その〈膝腰の軟弱〉は全身衰弱の現象として看ることを得るのである。且その今に及んで纔《わづか》に顕《あらは》れたのも、わたくしをして脚気の徴候ではないと云ふ判断に傾かせしめる」。

八月二日付の書簡が現存する霞亭の最終の手紙である。それから十五日後の文政六年八月十七日、霞亭は阿部丸山邸内で死去した。「霞亭の死因は何であつたか」と鷗外は問う（その十五）。「その病症が二様の見解を容《ゆる》すと同じく、その死因も亦二様の見解を容す。若し病が脚気であつたら、霞亭は衝心に殪《たふ》れたであらう。若し病が萎縮腎であつたら、霞亭は溺毒《ねうどく》（尿毒）に殪れたであらう。…」と述べ、二様の可能性を挙げながら、萎縮腎の方へ論を導く。異様に強引な論のようにも思える。

坂内正氏はその著『鷗外最大の悲劇』（前掲書）二八〇頁において、「彼は霞亭の病気が脚気であったかなかったかについて執拗にこだわり、病気は脚気でなかったという結論に導こうとする」と述べている。確かにこの辺りの鷗外の叙述はそのようにも捉えられる。しかしそれは、坂内氏が主張する「鷗外の心の深いところにある傷―兵食（脚気）問題における負い目をいくらかでも補塡し癒すもの」（二七四頁）という形でなされていたと考えるのは、結び付けに過ぎるであろう。坂内氏の著作の表題ともなっている「最大の悲劇」は最後に霞亭の脚気と邂逅したことのようである。しかしここでは、鷗外晩年の病と霞亭の病を同じようなものと見なそうとする鷗外の傾向が働いたと考えるほうが素直であろう。鷗外は晩年、腎臓疾患で苦しんでいた。死因は萎縮腎と結核であった。『末一年』が『アララギ』誌上で完結したのは、大正十年十一月である。その八カ月後の大正十一年七月九日、鷗外は死去した。鷗外のかつての兵食論が誤りを含んでいたというのは、その通りであろう。栄養障害説は経験的に知られていたが、それが微量栄養素ビタミンBの欠乏によるものであるとは、当時は誰も知らなかった。それは鷗外が初代会長を務めた「臨時脚気病調査会」の中で次第に明らかにされていったのである。

霞亭が楠木正成の墓の側に自作の詩碑を建てることを欲したとして、松平定信（楽翁侯）の側近である田内月堂の文政六年七月二十五日付書簡が引用されている。これは霞亭死去直前の出来事であった。月堂は以前、霞亭に定信の命で霞亭に恍然島の詩碑を求めたことがあった。今回は霞亭が楠木正成の墓側に自作の詩碑を建て、楽翁侯の題額を獲ることを月堂に依頼していたのである。その返信がこの書簡である。月堂はその旨を楽翁侯に告げてなかった。月堂が言うには、菅茶山の詩と併せて刻してはどうか、ということだった。「月堂の言《こと》は霞亭のためには苦言である」（その十五）と鷗外は述べる。これは批評家に霞亭の俗物的な野心が露呈した出来事と指摘されている。伊沢蘭軒は著述を刊行しない不立文字の人であったが、霞亭は著述を刊行する人であった。その性向が詩碑を残そうという欲求として現れたのだろう。霞亭のこの欲求と対比されるのは、霞亭歿九年後の天保三年（一八三二）に霞亭の墓碣銘を作成した頼山陽の行為である。山陽は自らの病にかかわらず、友人のための墓碣銘のために尽力した。巣鴨真性寺に建てられた霞亭の墓碣銘は山陽の絶筆となったのである。

文政六年八月二日の霞亭の最終の書簡後、第十五日が霞亭の死であった。「此《この》十五日間の消息、霞亭臨終の状況は渾《すべ》て闇黒の中《うち》にある。惟《ただ》井上氏敬《きやう》と少女虎《とら》とが傍《かたはら》にゐたのを知ることが出来る」と鷗外は記す。文政四年六月、江戸で三十人扶持、大目付格を仰せつかり、八月、妻子を呼び寄せるため、途中、故郷的矢に立ち寄り、また、江戸へ向かう途中、関宿で母と弟に妻子を引き合わせた、その頃が霞亭の人生の中での華だったのだろうか。同年十一月、江戸の阿部屋敷内に着き、翌年六月、屋敷内の新居に移り住んだ。学者としての生活の一方で、妻と娘、一家三人の幸福な生活があったのだろう。しかし、霞亭に残された人生は一年余りであった。しかもその半ばは病気に苦しむ生活だった。私たちは霞亭発のまた霞亭や親族に送られた周辺人物の手紙で、その状況を知ることが出来る。

霞亭は、漢詩は勿論のこと、和歌を詠む人でもあった。その詩歌の中から霞亭の生活や心境を窺うことが出来る。文政六年五月廿日付の碧山あて霞亭書簡には、細やかに自らの病状が述べてあるが、その中に次のような一節もある。「…此節ほととぎす鶯沢山《たくさん》音づれ、後園に筍《たけのこ》生じ、家内喫し候外、私たべ不申、ちかく二三里の所ならば差上度などと此頃妻共申居候。おとらが此頃ちひさき筍にて花いけをこしらへ、草花をさして、御とと様の御なぐさみにと持出候節の腰折、花さすとをさな子がきる竹の子のなほき誠をみてぞなぐさむ、すこしむづかしき歌に候。…」。「腰折」とは自作の歌をへりくだって言う語で、「むづかしき歌」は「理におちてすっきりしない歌」の意。この年、娘のお虎は数え年六歳である。ほほえましくも哀れな場面であろう。

霞亭の死が的矢に伝わって、二人の弟、碧山と撫松（山口甚助）が江戸に来て、兄の喪事《そうじ》を終えて、的矢に帰り着いた。未亡人敬は三人扶持を給《たま》わり、十月二十二日、江戸を発し、神辺に帰り、菅氏に寄寓した。「文政七年甲申四月十四日には霞亭の生父適斎が歿した。霞亭に後《おく》るること八月である。婦《よめ》お敬をも孫女《まごむすめ》お虎をも見ることを得なかった。次《つい》で八月三日に虎が茶山の家に夭折した。年僅《わづか》に七歳である」と鷗外は述べる（その十六）。この年、北条霞亭の継嗣が定まった。河村新助十七歳であった。北条退蔵と改め、悔堂と号した。天保三年（一八三二）、北条退蔵は養父霞亭の墓銘を頼山陽に依頼した。山陽は死病をおして碑文を書いた。この年、八月頃と推測される。九月二十三日、山陽は歿した。

北条悔堂とその子孫の成り行きを鷗外は簡略に述べる（その十七）。文久二年（一八六二）、悔堂が病に依って職を辞し、子の笠峰が儒者心得となった。慶応元年（一八六五）正月十六日、悔堂は病没した。五十八歳であった。明治三年（一八七〇）七月二十八日、笠峰は根津高田屋の娼妓を誘《いざな》い出して失踪した。九月八日に福山の北条氏は藩籍を没収された。子の徳太郎は菅氏に寄寓した。「徳太郎さんは今滋賀県に寄留してゐる」と記されている。

霞亭の実家では、明治四年に霞亭の弟碧山の継嗣一可が的矢に歿して、子新民が継いだ。「今の北条新助さんは新民の継嗣で、三重県多気郡領内村に住んでゐる」と記されている。北条新助は「的矢書牘」を保存していて、それを鷗外に貸与した人である。この「的矢書牘」のお蔭で、鷗外の長編史伝作品『北条霞亭』は成立したのである。

（註1）猪瀬直樹著『ピカレスク　太宰治伝』（前掲書）一四六頁には、当時の東京日日新聞社外事部長事務取扱・城戸《きど》元亮《もとすけ》の自叙伝『碧山人』の引用が述べられている。「販売店からの猛烈な反対が持ち上がって来た」「私も内外の不評にはほとほと困ってしまいました」と記されている。

あとがき

平成二十七年（二〇一五）十月十七日（土曜日）、私は妻の甥の結婚式に出席するため、夫婦で上京した。長崎の大村空港を朝、出立し、東京のホテルに午前中に着き、夕刻から行われる式と披露宴まで時間があった。私はこの機会に、東京都内にある「渋江抽斎」「伊沢蘭軒」「北条霞亭」の墓地を訪れてみようと考えた。前もって、谷中感応寺《かんのうじ》の抽斎墓、西麻布長谷寺《ちょうこくじ》の蘭軒墓、巣鴨真性寺《しんしょうじ》の霞亭墓を地図で調べていたが、結局、訪れることが出来たのは、港区西麻布二丁目の永平寺別院長谷寺境内にある伊沢蘭軒の墓のみだった。時間的に無理だったのである。

長谷寺は大きなお寺であった。寺務所で伊沢蘭軒の墓のことを尋ねると、一人の僧侶の方が案内して下さった。僧侶の方の話によると、近くに「坂本九ちゃん」の墓があるということであった。また、「エノケンの墓」と刻まれた石碑も見たので、往年の喜劇俳優榎本健一の墓碑もあったはずである。「九ちゃん」も「エノケン」も一世を風靡した人気者である。「伊沢蘭軒」は一般の人には無名の存在だが、境内に「港区指定文化財・史跡・伊澤蘭軒墓」の大きな案内板が建てられているのは、鷗外の長編史伝のお蔭なのだろう。

私は「芳櫻軒自安信恬居士・和楽院潤壌貞温大姉」と刻まれた蘭軒夫妻の墓と史跡案内板をデジタルカメラで撮影した。蘭軒夫妻の墓は何か寂しげに建っているように思えた。かつては伊沢蘭軒一族の墓碑が沢山あったのかも知れないが、今はその墓碑のみが寂寥感を漂わせている。

今回は訪れることが出来なかった渋江抽斎の墓と北条霞亭の墓について、若干、記しておきたい。台東区谷中二丁目日蓮宗感応寺にある「渋江抽斎墓」はネットサイトで索引すると、「渋江道純墓碣銘」の写真と説明書きが出てくる。撰文は名文家として知られた海保漁村であり、書は能書家小島成斎である。一度は訪れてみたいものである。豊島区巣鴨三丁目真言宗真性寺にある「北条霞亭の墓」もネットサイトで索引すると透明のカバーに覆われた霞亭墓碑の写真が出てくる。「墓碑銘の拓本を取る人が多いので、現在はカバーされています」の説明が付いている。

北条霞亭の墓碑銘は、頼山陽の絶筆である。頼山陽の文章と書が墓石の三面に刻されている。拓本を取る人が多いのもそのためであろう。北条霞亭の故郷・三重県志摩市磯部町的矢は「風待ち港」として賑わった所である。ネットサイトではこの地方の紹介が様々な形で紹介されている。その中に儒学者北条霞亭の墓の写真も含まれている。

系図や歴史考証の叙述が煩わしく、難解であるとも評される鷗外史伝三部作の面白味は何だろうかと、考えることがある。それは一言でいえば、「人物探究の妙」ではないかと私は思う。渋江抽斎は先祖から受け継ぐ津軽藩在府の漢方医であった。多趣味の人で文献学者であり、劇評論家でもあった。

史伝作品『渋江抽斎』は抽斎を主人公とするが、家族、親族、友人を中心とする多彩な人物像が描かれている。伊沢蘭軒は親の代からの備後福山藩在府の漢方医で、抽斎の医学の師に当たる人物である。この人も単に漢方医というのではなしに、考証家、本草学者、漢詩人でもあったと言えようか。史伝作品『伊沢蘭軒』には菅茶山の書簡が多く紹介されている。頼山陽の叙述も豊富である。この作品には江戸時代後期の文化人が多数登場する。文化人との交遊の広がりがこの作品の特長であろう。

北条霞亭は菅茶山に見出されて、廉塾の塾頭から福山藩儒官になった儒学者であった。史伝作品『北条霞亭』には、霞亭の故郷の肉親に宛てた書簡（的矢書牘）が多く採用されている。霞亭は十八歳で故郷を出て京都や江戸へ遊学し、また各地へ旅する風流を愛する人でもあった。的矢書牘は、霞亭の肉声が聞かれるようで面白い。霞亭が放浪と学問修業の果てに見つけたものは何だったのだろうかと私は思う。四十歳で福山藩抱えとなり、四十二歳で江戸藩邸に招かれ、大目付格の儒官に出世して故郷の両親への面目が立ったのだろうか。しかし、四十四歳で病死する。霞亭の学問は未完成だったのではないか。批評家は霞亭の俗物性を指摘するが、私は学業途上で病死した悲運の人として捉えてみたい。

平成八年七月発行の森鷗外記念会の機関誌『鷗外』59号に「鷗外歴史文学考（一）」と題した論考を発表した時は、長編史伝三部作まで続けるつもりだったが、中断してしまった。平成二十五年五月発行の拙著『鷗外歴史文学序論』はそれを引き継ぐものだった。そして、今回の『鷗外歴史文学続論』

は、一応、長編史伝三部作まで論述した。満足のいくものだったかどうかわからないが、これで、鷗外歴史文学論の一区切りとしたい。

この本の出来上がりについては、梓書院の田村明美会長を始め、藤山明子さん、池隅千佳さんの御世話になった。感謝申し上げる次第である。

平成二十八年五月

新名 規明

鷗外歴史文学序論　目次（前著　二〇一三年五月二十日発行）

『鷗外歴史文学序論』正誤表

①24頁5行目「明治三十五年」（誤）↓「明治三十二年」（正）
24頁5行目「没理想論争から十年が経過している」↓この文の前に、「その後、明治三十五年『審美極致論』が刊行され、」を挿入する。
②59頁7行目「秋玉山」（誤）↓「秋山玉山」（正）
③84頁4・12行目・100頁7行目「昂」（誤）↓「昴」（正）
④164頁1行目「大正五年」（誤）↓「大正元年」（正）
⑤219頁13行目「幸田成文」（誤）↓「幸田成友」（正）
221頁8行目「幸田幸成」（誤）↓「幸田成友」（正）
⑥258頁10行目「津下四郎右衛門」（誤）↓「津下四郎左衛門」（正）
259頁4行目「津田四郎右衛門」（誤）↓「津下四郎左衛門」（正）

〈著者略歴〉
新名規明（にいな　のりあき）
1945年5月、鹿児島県に生まれる。1964年鹿児島県立鹿屋高等学校卒業。1968年九州大学文学部哲学科卒業。1971年同大学院修士課程修了。1977年同博士課程退学（西洋哲学史専攻）。1980－2009年長崎海星学園中学高等学校の国語科教諭として勤務。森鷗外記念会会員、北九州森鷗外記念会会員。著書に『小説　彦山の月』（2010年　長崎文献社発行）、『鷗外歴史文学序論』（2013年　梓書院発行）、『芥川龍之介の長崎』（2015年長崎文献社発行）がある。

鷗外歴史文学続論《おうがいれきしぶんがくぞくろん》

2016年7月1日初版　第1刷発行

著　者　新名規明
発行者　田村志朗
発行所　㈱梓書院
福岡市博多区千代3-2-1
tel 092-643-7075
fax 092-643-7095

印刷・青雲印刷／製本・日宝綜合製本

ISBN 978-4-87035-575-0